王安石演义

杨模贵◎著

SPM 南方传媒 | 花城出版社
中国·广州

图书在版编目（CIP）数据

王安石演义 / 杨模贵著. -- 广州 : 花城出版社,
2024.7
ISBN 978-7-5749-0096-7

Ⅰ. ①王… Ⅱ. ①杨… Ⅲ. ①电视文学剧本－作品集－中国－当代 Ⅳ. ①I235.2

中国国家版本馆CIP数据核字(2023)第233163号

出 版 人：张　懿
责任编辑：陈　川
责任校对：汤　迪
技术编辑：林佳莹
书名题字：陈宾杰
封面设计：视觉传达 13811159477

书　　名	王安石演义 WANG ANSHI YANYI
出版发行	花城出版社 （广州市环市东路水荫路 11 号）
经　　销	全国新华书店
印　　刷	佛山市浩文彩色印刷有限公司 （广东省佛山市南海区狮山科技工业园 A 区）
开　　本	880 毫米 ×1230 毫米　32 开
印　　张	13.375　1 插页
字　　数	350,000 字
版　　次	2024 年 7 月第 1 版　2024 年 7 月第 1 次印刷
定　　价	58.00 元

如发现印装质量问题，请直接与印刷厂联系调换。
购书热线：020-37604658　37602954
花城出版社网站：http：//www.fcph.com.cn

主要人物表

曹太皇太后｜宋神宗的祖母，即慈圣太后，出场时62岁。

宋英宗｜赵曙，宋神宗的父亲，出场时34岁。

高太后｜宋英宗赵曙的皇后，宋神宗的母亲，出场时35岁。

赵顼｜宋神宗，宋英宗赵曙长子，1067年继承皇位，出场时19岁。

向皇后｜宰相向敏中曾孙女，赵顼的皇后。出场时20岁。

赵煦｜宋哲宗，宋神宗第六子，出场时10岁。

赵颢｜字仲明，吴荣王。宋神宗的弟弟。

赵頵｜益端献王，宋神宗的弟弟。

李评｜枢密都承旨，宋神宗姑婆之孙。

王安石｜字介甫，号半山，北宋政治家、思想家、文学家。抚州临川（今江西抚州）人。1069年任参知政事，开始主持变法。次年拜同中书门下平章事、史馆大学士，与韩绛并列为相。1074年第一次罢相，次年复相。1076年再度罢相后，退居江宁（今江苏南京）。1086年逝世。出场时46岁。

吴琼｜王安石之妻，出身于仕宦之家，以夫贵，封荆国夫人。出场时43岁。

王雱｜字元泽，王安石之子，出场时23岁。

王旁｜王安石次子。

王倩新｜王安石大女儿，枢密使吴充的儿媳妇，出场时23岁。

王倩儿｜王安石次女，出场时16岁，后嫁蔡卞。

王安礼｜字和甫，北宋政治家、诗人，王安石弟弟，出场时44岁。

王安国｜字平甫，北宋政治家、诗人，王安石弟弟，出场时40岁。

蔡卞｜字元度，王安石女婿，曾任北宋宰相。

管蠡｜王安石的管家。

丁旭｜王安石的侍从。

李舜举｜字公辅，北宋宦官，出场时33岁。

韩琦｜字稚圭，北宋政治家、词人，三朝宰相。出场时59岁。

司马光｜字君实，号迂叟。北宋政治家、史学家、文学家。出场时48岁。

富弼｜字彦国，1055年拜相。宋英宗即位，召为枢密使。1069年，再度为相。出场时63岁。

韩维｜字持国，宋神宗侍读官，出场时50岁。

韩绛｜字子华。1070年拜参知政事。出场时55岁。

苏轼｜字子瞻，号东坡居士。北宋诗人、散文家、书法家。出场时31岁。

苏辙｜字子由，苏轼弟弟，北宋散文家。出场时29岁。

李常｜字公择，曾为谏官、户部尚书。出场时41岁。

范纯仁｜字尧夫，范仲淹次子。出场时40多岁。

吕嘉问｜字望之，枢密使吕公弼从孙。市易务长官，熙宁十年（1077）十月谪知江宁府，和王安石是患难之交。

程颢｜字伯淳，人称明道先生，宋代大儒，理学家、教育家。出场时37岁。

刘彝｜字执中，北宋水利专家。出场时50出头。

卢秉｜字中甫，宋神宗时累官提点两浙、淮东刑狱、进制置发运副使，制置三司条例司所遣八个采风使之一。出场时40多岁。

谢卿材｜字仲适，曾知临川县，王安石举于朝，制置三司条例司所遣八个采风使之一。出场时40岁左右。

侯叔献｜字景仁，宋朝大臣、水利专家，制置三司条例司所遣八个采风使之一。出场时45岁。

王汝翼｜制置三司条例司所遣八个采风使之一。

曾伉｜制置三司条例司所遣八个采风使之一。

王广廉｜制置三司条例司所遣八个采风使之一。

魏继宗｜平民。市易法的发起人，后在市易务任职。

蔡承禧｜谏官。

欧阳修｜字永叔，号醉翁，晚号六一居士。北宋文学家、政治家、史学家。出场时60岁。

王珪｜字禹玉，北宋文学家。1070年任参知政事，1076年任宰相。世故圆滑，人称"三旨宰相"。出场时48岁。

徐禧｜字德占，曾任太子中允、监察御史里行、给事中等职。出场时39岁。

李稷｜北宋将领。

高永能｜北宋将领。

曲珍｜北宋将领。

吕惠卿｜字吉甫，北宋政治家、改革家。王安石被宋神宗召进京时，吕惠卿任集贤院校书。出场时36岁。

吕升卿｜吕惠卿弟弟。王安石第一次罢相后，吕惠卿提拔他为崇政殿说书，太子中允，直集贤院。

吕和卿｜吕惠卿弟弟，曾做曲阳县尉。

曾布｜字子宣，曾任集贤校理、三司使等职，免役法的起草者。散文家曾巩胞弟。出场时34岁。

章惇｜字子厚，号大涤翁，编修三司条例官，集贤校理，王安石的得力干将。出场时35岁。

邓绾｜字文约，举进士，曾任御史中丞、翰林学士。出场时40岁。

曾公亮｜字明仲，号乐正，与韩琦并列为左相，出场时69岁。

文彦博｜字宽夫，号伊叟，曾任宰相和枢密使。出场时62岁。

宋敏求｜字次道，曾任史馆修撰、知制诰。出场时49岁。

李大临｜字才元，为绛州推官，后被文彦博荐为秘阁校理，出场时58岁。

苏颂｜字子容，曾任知制诰。

郑侠｜字介夫，号西塘先生，光州（今河南省潢川县）司法参军。出场时33岁。

冯京｜字当世，富弼的女婿，与王安石同朝为官，为枢密副使。

吴充｜字冲卿，王安石亲家。1075年为枢密使。

余安｜宋神宗身边的侍读官。

李定｜字资深，扬州人，王安石学生，出场时42岁。

练亨甫｜字葆光，1073年进士，累迁崇文殿校书。

陈升之｜字旸叔，曾任北宋宰相。

蔡确｜字持正，曾任北宋宰相。

王古｜字敏仲，北宋官员。

范镇｜字景仁，北宋史学家、文学家、政治家，官至翰林学士。

周常｜字仲修，北宋官员，学者。

蹇周辅｜字磻翁，北宋官员。

孙固｜字允中，曾任北宋宰相。

巢谷｜字元修，北宋眉山人，苏轼的朋友。

吕公著｜字晦叔，北宋官员、学者，吕嘉问的祖父。

唐介｜字子方，与王安石同为参知政事。出场时59岁。

蔡挺｜字子政，北宋官员，在对西夏的战争中立过功。建勤武堂，训练官兵，颇受神宗赏识。出场时53岁。

王韶｜字子纯，北宋名将，官居枢密副使。王安石下台后，其被贬洪州知州，后又贬为鄂州知州。出场时39岁。

景思立｜北宋战将，吐蕃军反扑河州时因轻敌失利，自刎而死。

王宁｜北宋战将，吐蕃军反扑河州时战死。

韩存宝｜北宋战将，吐蕃军反扑河州时负重伤。

魏奇｜北宋战将，吐蕃军反扑河州时负重伤。

俞龙珂｜北宋时吐蕃青唐（今青海西宁）部族首领，熙宁年间归顺宋朝，授西头供奉官，赐姓包名顺。

木征｜北宋时青海东部吐蕃部族首领。后归降宋朝，封为营州团练使，赐名赵思忠。

穆尔｜吐蕃军将领。

结舒克巴｜吐蕃军将领。

瞎药｜吐蕃军将领。

李宪｜字子范，宋仁宗皇祐年间补入内黄门，升供奉官。宋神宗时屡次参与监督、指挥边境的征讨活动。官至宣州观察使、宣政使、入内副都知，迁宣庆使。出场时36岁。

刘昌祚｜字子京，任泾原副都总管。精通兵法，尤善骑射。出场时59岁。

高遵裕｜字公绰，高太后叔父，善言辞，晓武略，但心胸狭窄，嫉妒心强。

种谔｜字子正，北宋名将。

沈括｜字存中，号梦溪丈人。北宋官员、科学家。

种师道｜字彝叔，北宋末年名将。

杨德逢｜即湖阴先生，王安石在江宁的邻居。

耶律洪基｜辽道宗，辽兴宗耶律宗真长子。辽国第八位皇帝。

萧禧｜辽国使臣。

耶律玦｜辽国官员。

耶律奇｜辽国武将。

刘六符｜辽国官员。

李谅祚｜西夏景宗李元昊之子，即夏毅宗，1066年曾发动攻打宋朝的战争。

梁太后｜夏惠宗母亲，夏惠宗继位后摄政。

夏惠宗｜名秉常，夏毅宗长子，7岁继位。

叶悖麻｜西夏将领。

咩讹埋｜西夏将领。

梁乙埋｜西夏相国，梁太后弟弟。

都罗马尾｜西夏武将，总领西夏军事。

罔萌讹｜西夏将领。

仁多零丁｜西夏大将。

罔萌鹿｜西夏间谍。

鲁宏｜平民，出场时30来岁。

陶花｜鲁宏之妻，出场时28岁。

余平｜流民，出场时30岁左右。

王媛春｜流民，余平之妻。出场时30岁左右。

余庚生｜余平的大儿子，出场时9岁。

刘志康｜东明县农民。

刘七｜东明县农民。

王石头｜东明县农民。

吴秉常｜江宁府上元县令。

林虎｜王安石汴京随从。

钟信｜王安石汴京随从。

目录

第一集　内忧外患

1

冈峦起伏的黄土高原。远近几处烽火亭狼烟腾空，犹如直扑天穹的苍龙。

画外传来急促的号角声和马蹄声。

字幕：公元1066年秋。

镜头推向庆州城头。

城头的碑石上镌刻着两个古朴苍劲的灰色大字“慶州”，字形和风格近似《爨宝子碑》。已经获得军情的宋军官兵戴着头盔，身穿铠甲，手挽弓弩，全副武装列队迎敌。城头飘扬着绣有“宋”字和“蔡”字的大纛。城楼上，目光炯炯、气宇轩昂的蔡挺将军和几位僚属在观察敌情。

辽阔的董志塬北边黄尘滚滚，西夏骑兵潮水般地向庆州城涌来，旌旗猎猎，悍马嘶鸣，有的旌旗上绣着“大夏”二字，有的绣着“李”。西夏骑兵在离壕沟不远的地方停了下来，双方对峙了一会儿，西夏兵纷纷向城头射箭，宋军士兵凭着城墙掩体、盾牌保护自己。“嗖！”“嗖！”“嗖嗖！”……一阵箭雨过后，西夏将领瞪着一双怪兽般的眼睛号叫：“向前冲，给我上！”

面对着越过壕沟的西夏士兵，蔡挺将军大喝一声：“狠狠打！”伴着咚咚战鼓，宋军向西夏兵发起猛烈反击：有的用床子弩放箭，有的挽起弓弩射箭，有的把滚木礌石往下推，杀声震天。

西夏兵一边用盾牌挡飞矢，一边推着云梯前赴后继向前冲。有的把云梯架到了城墙上，沿着云梯往上攀。有两处西夏士兵居然攀了上来。宋军围了过去，一阵厮杀，铁血铿锵，西夏兵被击毙。

2

西夏中军帐里，一身戎装的西夏皇帝李谅祚背着手在布案前走来走去。

两边站立着西夏将领。

一军官上气不接下气地跑进来报告："启奏陛下，我们的第十次攻城又失利了！死伤了好多人。"

李谅祚恼羞成怒："饭桶！"

一将领："陛下，不是我们窝囊，而是宋军早有防备。"

李谅祚双目放出两道凶光："甭说了，停止攻城！把它包围起来，朕要像箍桶一样把他们箍死！"他的右手由巴掌变成了拳头。

西夏将领们异口同声："喏！"

3

庆州城头，蔡挺和几个僚属举目远望，周遭是西夏兵星罗棋布的营帐。

一部下焦虑地问："蔡将军，我们怎么办？"

蔡挺（神色凝重）："城他们攻不破的，援兵一到我们就两面夹击……只是苦了乡亲们，不知他们又要遭什么罪。"

一支西夏兵骑着马直闯某村。

马蹄嗒嗒，尘灰漫天。

妇女儿童四散逃亡。

窑洞前，十几个乡勇与西夏兵拼打厮杀，最终全部战死，鲜血染红了黄土。

西夏士兵闯进窑洞，扛出一袋袋粮食，几个老头和老太上去抢夺，被西夏士兵踢倒在地。

西夏士兵抓起麦秸点着火往窑洞里扔，火焰熊熊，窑洞的门和窗被烧得毕毕剥剥响。

山坡上，西夏兵砍倒放羊的老头，宰杀羊儿，追逐惊奔的羊群。

山坡的另一面，西夏兵抢夺苞谷，猥亵妇女。

特写：几个年轻妇女被反绑在西夏骑兵的马背上，披头散发，其中一个骂道："豺狼！强盗！"另一个央求道："放下我，我有孩子。"也有的喊着孩子的名字"大宝""石头"，有的嘤嘤啜泣。

孩子们一边追一边哭："娘亲！娘亲——"

4

汴京，富丽堂皇的禁宫。

福宁殿，宋英宗斜躺在龙床上，脸色蜡黄，目光黯淡。

入内供奉官李舜举神色紧张地进来禀报："陛下，西夏又来犯边。他们包围了庆州城，并在乡间烧杀抢掠，奸淫妇女，无恶不作！"

宋英宗："驰援庆州……交枢密院……这些豺狼，时时觊觎我领土，得寸进尺，给朕狠狠……"

他攥紧拳头，越说越激动。

突然他的嘴歪了，攥紧的拳头松开了，脸色也变了。

李舜举（惊讶地）：“皇上，你怎么了——皇上不好了！”

高太后、韩琦、曾公亮、赵顼、太医、侍女急忙进来。

太医把着皇上的脉，摇摇头对高太后说：“皇上中风了……”

高太后坐在英宗的旁边，边帮他揉肩边哭：“皇上，你醒醒，你还年轻，大宋不能没有你啊！呜呜——”

赵顼站在床头看着病危的父皇啜泣起来。

赵顼的两个兄弟也走了进来。

英宗面对皇后皇子，想说话但嘴唇动不了。

第二天，福宁殿里。

侍女用调羹往宋英宗嘴里送汤药。

宋英宗的气色比昨天好多了，但是不能说话。

韩琦、曾公亮、文彦博、富弼等大臣和赵顼兄弟环侍在龙床边。

李舜举也在旁边伺候。

韩琦（神色凝重）：“立太子的事，皇上要有所交代。”

英宗轻微地点了下头，眼神疲惫而无奈。

韩琦对李舜举说：“公辅，拿笔砚、黄绢过来。”

李舜举：“诺。”随即取了御笔和黄绢过来。

韩琦郑重地把笔递给英宗：“皇上有什么要说的，就写在这黄绢上。”

英宗用颤抖的右手在李舜举展开的黄绢上吃力地写下几个歪歪斜斜的字：“立颖王为太子。”

颖王赵顼急忙下跪叩头：“谢父皇！”

两个弟弟也跟着哥哥叩头：“谢父皇！”

5

正月的汴梁城，寒风呼啸。

栉比鳞次的宫殿楼宇上面白雪皑皑。

福宁殿门外，英宗的遗像和灵柩两旁，孝幡竖立。

皇子、公主以及宗室、百官，披麻戴孝，下跪痛哭，哭声震天。庭院里是白晃晃的一片。

镜头推向跪在最前面的赵顼，他长着一张国字脸，眉毛浓而短，蒜头鼻，鼻梁较高，身高一米七五左右。

赵顼已继承皇位。他神色悲戚，在道士的指挥下，和大家一起向灵柩三鞠躬。

6

紫宸殿，宋神宗端坐于龙椅上。

李舜举、余安在旁边侍候。

文武百官列于朝堂。

韩绛正在上奏：“陛下，如今国库入不敷出，严重亏空。按以前的规矩，先帝驾崩，陛下登基，朝廷要给官员赐羊、赐酒，可是现在国库里的存银连这笔钱也付不起了。”

宋神宗（神色焦虑）：“诸位有何良策？”

曾公亮：“陛下，微臣以为眼下国用不足，赐羊赐酒的钱，能省就省。”

韩琦：“这怎么能省？陛下，如此一来，天下人会说皇上不孝。”

宋神宗：“规矩不是不可以改。要量体裁衣，看菜吃饭。眼下如果我们还大肆铺张，万一辽国、夏国来侵犯，我们如何对付？节俭从事，凝聚人心，稳固江山社稷，就是朕对先帝最大的孝！”

7

辽国皇宫，辽道宗坐在御案前，一班文臣武将列坐两边。

辽道宗耶律洪基正与他们共商国是。

辽道宗的后上方是一幅狼的画像。

其中一位武将上前进言：“可汗，宋国皇帝乳臭未干，刚刚登基，我们可以趁他阵脚未稳，举兵南下，开疆拓土！”

另一位大臣（自信地）：“宋军本来懦弱，兵不识将，将不知兵，凭我军的骁勇强悍，打败他们易如反掌！”

耶律洪基（赞许地）：“各位壮士，朕佩服你们的勇气！话虽这么说，可我们也有些许年没跟他们打过大仗了。我们先增兵朔州、拒马河一带，观察观察再说。知己知彼，方能百战不殆。”

武将：“不怕，我们起码可以迫使宋国增加岁贡。”

另一位大臣脸上带着嘲笑：“不对，不对，是让人家多赐一些银两、丝绸和茶叶给我们。”

辽道宗和群臣：“哈哈哈哈！……”

幽州城，城门大开，辽国铁骑浩浩荡荡向南开发，旌旗飘飘，上面绣着“耶律”或“辽”字。

8

深夜，福宁殿。

宋神宗躺在龙床上辗转反侧，难以入眠。

他自言自语："我大宋何以沦落到这步田地，外困于辽、夏，内困于财政，再不振作，亡无日矣！"

9

紫宸殿里，宋神宗与司马光君臣相对，神宗坐在御案前，旁边站着内侍李舜举和侍读官余安。

司马光坐在旁边的椅子上，第一次获皇上单独召见，他显得有些紧张。

宋神宗："卿送过来的《通鉴》前七卷朕看过了，其中总结了历朝历代的功过得失，很值得借鉴。"

司马光（诚恳地）："陛下过奖了，还请陛下不吝赐教。"

宋神宗（略微思索）："如果要修改的话，朕建议把书名改一改，就叫它《资治通鉴》，如何？"

司马光连连点头："好，好！陛下改得太好了！"

宋神宗（谦虚地）："先帝刚刚驾崩，如今国库空虚，民生凋敝，辽国、西夏对我虎视眈眈，朕十分忧心国家的前途，请问卿有何良策振兴我大宋？"

司马光（皱了皱眉）："陛下，臣观古今，治国有三要素：一是选拔贤才理政，二是有功必赏，三是有过必罚。"

宋神宗："就这几条？"

司马光："还有就是要节省开支，官员要廉洁奉公，上下要恪守礼仪纪纲。”

宋神宗（有些失望，但还是礼貌地点点头）：“哦。”

10

紫宸殿里，宋神宗坐在御案前，阅读着一本书。

文章标题特写：《岳阳楼记》

宋神宗（深情地）：“居庙堂之高则忧其民，处江湖之远则忧其君……范公，一代贤臣，可惜与我无缘。”

宫廷内侍：“陛下，富弼已到殿外。”

宋神宗（急切地）：“宣他进殿。”

内侍：“宣富弼进殿！”

富弼快步走了进来，下跪，磕头：“陛下，老朽富弼恭请圣安，吾皇万岁万万岁！”

宋神宗（微笑，眼神里充满敬佩）：“卿家，快快请起！”

富弼站起来，他身材富态，栗子脸，眼眶下挂着两个眼袋，双目正视皇上。

宋神宗：“赐座。”

内侍搬来一张椅子，放在富弼旁边。

富弼（缓缓坐下）：“谢陛下！”

宋神宗（赞赏地）：“卿是三朝元老，德高望重。方才读了范老先生的《岳阳楼记》，甚是感动。当年卿曾和范仲淹等先贤，探索改革朝政、富国强兵之路，令人钦佩！”

富弼（笑笑）：“谢陛下！微臣那时年轻气盛，初生牛犊不畏虎。”

宋神宗：“治国理政就需要这种魄力。”

富弼（遗憾地）：“可世上的事情不是那么简单，庆历新政施行了一年零四个月就被废除了。”

宋神宗：“朕知道，这是大宋之不幸。现在冗官、冗兵、冗费比起以前来，有过之而无不及，再不变法，不富强我社稷，我朝非但恢复不了汉唐时的国土，恐怕还会被人吃掉。”

富弼（惊讶地）：“陛下想恢复汉唐时的疆界？其志可嘉！可眼前的状况……微臣以为陛下新登基，还是以安定为好。二十年内休要言兵。”

宋神宗：“朕不是说要遽兴兵戎。如今国库空虚哪有钱打仗！朕的意思是大宋走到今天，积贫积弱，如何才能摆脱困境，走向中兴？宋、辽、夏三国鼎立的局面能永远维持下去吗？再不振作，亡国之祸不远矣！”

富弼：“陛下新登基，是该有番作为，大宋是应该强大起来，华夏是该复兴，可是……”

宋神宗（焦虑地）：“可是什么？”

富弼叹了一口气说：“可是一涉及王公贵族的利益，就‘此路不通’了！”

宋神宗（双目放光）：“朕就不信这个邪！”

富弼：“庆历年间的事至今还历历在目。微臣和范仲淹、韩琦、滕子京、欧阳修等统统被贬。”

宋神宗：“你也不要一朝被蛇咬，十年怕井绳嘛！”

富弼摇摇头：“唉，老朽年事已高，也没多大能耐了，总觉得一切以安定为好。”

11

夜半三更，“水运仪象台”[1]传来了几声钟响。

宋神宗躺在福宁殿的龙床上，眼神沉郁。他辗转反侧，久不能寐。

镜头摇出宋神宗与欧阳修、韩琦、文彦博等大臣交谈的情景，叠化：

宋神宗（躺在床上）：“都是些老生常谈，解决不了什么问题。”

12

第二天，紫宸殿里早朝会，文武百官列队殿中。

宋神宗坐在御案前，侍读官余安和入内供奉官李舜举在一旁侍立着。

宋神宗（诚恳地）：“大家也知道如今朝廷的困窘。现在我们急需贤才来治国理政，就请诸位举才荐贤，也可毛遂自荐。”

司马光、曾公亮、韩琦、富弼、文彦博、欧阳修等人的表情有些失落。

韩维：“陛下，臣为你举荐一人，此人有经天纬地之才，定能担当大任！”

宋神宗：“谁？”

韩维（郑重地）：“王安石。”

宋神宗眼睛一亮：“哦？就是那个写《上仁宗皇帝言事书》的

① 水运仪象台：北宋时苏颂、韩公廉等人发明的以漏刻水力驱动的大型天文仪器，集天文观测、天文演示和报时系统为一体。

王安石吗？”

韩维点点头：“正是。”

宋神宗：“他对我大宋的种种弊端分析得很透彻，只是不知他办事的能力如何。”

韩维：“皇上放心，王安石是从地方官一级级升上来的，施政经验丰富。他在鄞县做县令时，把鄞县治理得相当好，百姓有口皆碑。”

韩琦（不以为然地）：“陛下，王安石虽才高八斗，但性格孤傲固执，他认定的事九头牛也拉不回。微臣以为此人不可重用。”

韩维：“人无完人，金无足赤嘛，谁没有缺点？韩大人说话也太夸张了吧！陛下，只怕你召他进京做官他还未必答应呢！仁宗皇帝在世时，曾多次召他来朝廷任职，他都婉拒了。”

宋神宗（好奇地）：“哦？朕想见见他。宋敏求，马上拟旨，召王安石进京！”

宋敏求：“诺！”

银幕上打出片名：王安石演义

主题音乐响起，银幕上出现王安石雕像，随后剧情的片段相继出现。

与此同时，男高音唱主题歌，歌声沉郁苍凉而又激昂慷慨：

一

大厦岌岌可危，
我忧心如焚。
百姓流离失所，
我寝食难安。
金瓯有缺干戈频，

愧对汉唐祖先。
革除弊政解民困，
社稷中兴人开颜。
啊，风难测，云难量，
风云骤变莫问天。
革故鼎新无反顾，
荣辱毁誉抛一边。
千秋功罪后人评，
公道自在天地间。

二
仇寇虎视眈眈，
我辈岂能等闲！
蛮夷磨刀霍霍，
战马哪敢歇鞍！
九州不一烽烟起，
忍看生灵涂炭？
厉兵秣马任英才，
旌麾横扫青海云。
啊，冰已破，船已行，
暗流漩涡何惧险。
革故鼎新无反顾，
荣辱毁誉抛一边。
千秋功罪后人评，
公道自在天地间。

13

江宁远郊，天色阴沉，春寒料峭，天空飘着牛毛细雨。

身为江宁知府的王安石和签判及一个侍从骑着毛驴在田野上行走，他们穿着便服，戴着尖顶斗笠。

镜头推向一个村庄，村口有棵大榕树。突然村口传来一个妇女撕心裂肺的哭声：“小宝，你醒醒——小宝，你醒醒——呜呜呜……”

王安石一行急忙上前，只见一个蓬头垢脸的妇女坐在榕树下粗大的树根上，抱着一个瘦骨嶙峋、四肢僵直的小男孩号啕大哭，泪水滴在已断气的孩子的脸上。

衣衫褴褛的男人坐在旁边哽咽流泪。

躺在破草席上的另一个约莫九岁的男孩用微弱的声音叫道：“爹，我饿。”

王安石右脚向后一伸，腾地从毛驴背上跳下来，签判和侍从也跟着他从驴背上下来。

王安石神色凝重。他走上前去问男子：“老乡，孩子怎么啦？”

男人：“没了。”

王安石俯身端详小男孩，用手贴着他的鼻子，发现已经没有呼吸了。

王安石：“可怜的孩子……”

特写：王安石两眉间的“川”字纹更深了，眼圈红红的。

妇女：“小宝一路挨饿，哭哭啼啼，又受了风寒……”

王安石直起身，从横陈在驴背上的褡裢里掏出一串铜钱，递给男人：“老乡，快去买点东西吃，把孩子的遗体掩埋好。”

男人双手接过铜钱，向王安石下跪叩头：“谢谢官人恩典，谢谢官人恩典！”

王安石把他扶起。

侍从从自己的褡裢里取出两个酥饼递给小孩，小孩狼吞虎咽地吃起来。

王安石（关切地）：“老乡，你们打哪儿过来？”

男人：“滁州。”

签判：“老乡，现在是春耕季节，为什么不在家种稻？”

男人：“官人，去年我们那遭了旱灾，收成大减，交了租税，连种子都没剩下，只好出来讨饭。”

王安石：“你们那里没有山塘、河陂蓄水吗？”

男人：“没有，下雨时河水白白流掉了。去年晚稻扬花抽穗时，老天爷连续一个月没下雨，我用木桶到河里挑水来浇，但不管用。”

签判也从衣袋里掏出几个铜钱给男人：“老乡多保重！”

男人双手接过钱：“谢官人恩典！”

侍从：“老乡，请问姓名？”

男人：“小姓余，名平。”

侍从：“为什么不向财主家借点谷子渡过难关？”

余平：“官人，不敢借呀，借一石还二石，有的甚至还三石。”

王安石：“这利息也太高了！当年我在鄞县时，开仓借粮给老乡，利息只收两成。”

余平：“如果现在官府有这样的恩典那就好了，我们就不用出来讨饭了。”

王安石摇摇头，叹了口气。他摆摆手，示意余平去安抚家人。

王安石对签判和侍从说："农民有多苦哇，靠天吃饭。一遇上旱涝，便意味着破产，一家人的生存都成问题。长此以往，天下焉能太平？"

签判、侍从（异口同声）："王大人说得是。"

王安石向远处望去，田野上还有几个扶老携幼的家庭，从另一条路逦迤而来。他们衣衫破烂，老人拄着拐杖，步履蹒跚。

王安石（表情煎熬，内心独白）："老小相携来就南，南人丰年自无食。悲愁白日天地昏，路旁过者无颜色。汝生不及贞观中，斗粟数钱无兵戎。"

他转头对签判说："薛签判，你去找里正，叫他们村收留这些逃荒的乡亲，暂时安排在祠堂里，先借点粮食给他们吃，江宁府的救济粮随后会拨到。"

薛签判："诺！"

王安石又对侍从说："丁旭，我们过去看看那些乡亲。"

侍从："好！"

两人骑上驴，朝远处逃荒的难民走去。

14

汴京，东华门街，店铺林立的街市，熙熙攘攘的人群。街市上有卖丝绸的，有卖香料的，有卖药材的，有卖珍珠的，有加工金银首饰的，不一而足，吆喝声、讨价还价声、谈笑声不绝于耳。

李舜举头戴幞头，身穿圆领长袍，腰系皂色皮带，和一个随从骑着马沿着东华门街穿过人流一路东行。他们经过一处较僻静的地方，一幢建筑物上面写着"府库"二字，门口停了好多马车，只见几个小吏指挥着搬运工，把一捆一捆的丝绸往车上搬。他们看见李舜举就作揖打招呼："李公公，早安！"

李舜举微笑着作揖还礼："早安！"

随从问李舜举："李公公，这些丝绸不知运去哪里？"

李舜举："还不是运到辽国和夏国去。皇上刚登基，赏赐银子、丝绸慢了点，他们就大发雷霆，说陛下怠慢他们，还出兵袭扰边境。"

随从："哪有这么屈辱的赏赐，这分明是胁迫！"

李舜举："弱国无外交哇，不给，人家又发兵攻城略地。这不，皇上托我们去办一件大事。"

随从："什么大事？"

李舜举："暂时保密，到了那里再说。"说着，在马屁股上抽了一鞭，马儿加速前进，随从也紧紧跟上。

二人出了旧曹门，一溜烟往东南方奔去。

15

丘陵起伏的山野，大自然的画笔已给它涂上了浅绿。

王安石一行三人来到一条小河边，只见一座拦水陂头已经垮塌，陂头上游的河床上尽是白沙，白沙上面有牛粪和人、畜的脚印。河床之间只有一线流水蜿蜒向南，像一条长蛇钻进了垮塌的堤坝的乱石里。乱石的前边，有两个庄稼汉在打木桩，还有几个人在河边的荒地上铲草坯来筑坝。

王安石："老乡，这陂头垮了，打几个树桩顶用吗？"

庄稼汉甲："客官，没办法呀，这陂头被冲垮几年了，也没人牵头修，我们只好用土办法拦点水救救春耕。没有水，没法播种哪。"

王安石："你们这叫什么村啊？"

庄稼汉乙："陂头村。"

王安石："薛签判，把它记下来，看来我们这一带的水利建设也亟待加强。"

签判："诺。"

16

坐北朝南的江宁府衙门，大门口蹲着一对威猛的石狮子。大门口的匾额上镌刻着三个镀金的楷书大字——"江宁府"。从大门进去是走廊、庭院，越过庭院便是江宁府议事大堂，知府王安石和通判、团练使、观察使、签判等官员交谈。

王安石："承蒙皇上信任，在下担任江宁知府几个月来，走访了附近的几个州县，发现好多地方农田水利设施失修，不能蓄水抗灾，旱的时候旱死，涝的时候涝死。这种情况不能再继续下去了。"

通判："王大人说得是。农田水利设施失修，必然影响灌溉，影响收成，我们得想办法调集人力物力把它修好。"

团练使："问题是用什么办法筹钱？"

王安石："这样行不行：按每家受益田亩的数量来筹款，田多的多出，田少的少出，没有钱的可以劳力代钱。"

观察使："这个办法比按户等出钱好，容易调动大家的积极性。"

王安石："如果没什么异议，就发个文书，叫各州县照着办。"

签判："好的。"

这时，有个衙吏进来禀报：“王大人，钦差大人到。”

王安石：“哦？快快请进！”说着从座位上站了起来。

李舜举和随从以及延请的衙吏走了进来，站在大堂中间。

李舜举：“王安石，圣旨到。”

王安石忙上前叩头：“臣在！”

李舜举（展开圣旨）：“敕：王安石博学多才，牵挂国是，哀悯黎民，为官以来，恪尽职守，政绩斐然，特授尔翰林学士，可！”

王安石磕头道谢：“谢皇上隆恩！吾皇万岁万万岁！”

众官员向王安石作揖：“恭喜王大人高升了！”

众官员都向王安石投来羡慕的眼光。

王安石起身作揖还礼：“谢各位！”又对李舜举说，“李公公，江宁知府这把交椅卑职还没坐热，兴修水利的事情才刚刚筹划，安石真舍不得离开江宁。”

李舜举（着急）：“王大人，临行前，皇上还特别嘱咐奴才，请你早日进京。”

王安石敏锐的双眼正视着李舜举：“李公公，朝廷发生了什么变故吗？”

李舜举：“也没什么变故。”

通判（诚恳地）：“王大人，李公公可是皇上的全权代表，此次非同以往，在下以为大人当立马进京。”

王安石：“只是兴修水利一事刚开头我就要走了，非常遗憾。望诸位能齐心合力把它办好。”

几位同僚（异口同声）：“请王大人放心，我们一定把它办好。”

王安石作揖：“本府拜托了。”

17

王安石江宁府邸。

王安石的书房兼卧室，王安石的夫人吴琼和小女儿王倩儿在收拾他的衣服、被褥。小女儿十五六岁，瓜子脸，像母亲。

王安石在捆绑书籍，旁边放着一张竹床。

管家管蠡把捆绑好的书籍、文稿往门外的马车上搬。

王安石的次子王旁在马车旁玩弹弓，不时用石子去射树上的麻雀。他十一二岁的样子，脸圆圆的。

管蠡："少爷，你千万不能射马，怕马受惊。"

王旁（调皮地）："如果我射了呢？"

管蠡："不怕老爷揍你吗？"

王旁（张嘴伸舌）："嘿嘿！"

屋里，吴琼："夫君，过往朝廷下诏，叫你进京做官，你要么屡辞不就，要么迟迟不肯动身，为何这次一反常态，急如星火呢？"

王安石："皇上是个有抱负的主，现在急于见我，肯定有大计擘画，我们要急皇上之所急。"

吴琼："再急也该见见儿子吧？旌德离江宁不远，捎封信叫雱儿回来见见面再走也不迟吧。"

王安石："时间紧，雱儿那我修书告知他就行了，如果叫他回来起码也得耽误半个月。再说他任旌德令不久，公务繁忙——他以后进京述职，你还怕见不着？"

王倩儿歪着个头说："娘，早点去汴京好，听说那里比江宁繁华多了，到了那里，我就和你去逛。"

王安石："女儿，到了汴京可不能只想着逛街，要多读点书。”

王倩儿努努嘴说：“爹，放心吧，家里的书孩儿都差不多读完了。”

吴琼：“女儿还会作诗呢。”

王安石（笑笑）：“是吗？那我们家可是往来无白丁啰。”

王倩儿（脸红）：“娘，看你说的——爹，其实孩儿想早点去汴京，主要是想见姐姐。”

王安石：“你姐嫁到吴员外家后，都没回来过。快两年了，我也念着她。”

吴琼：“可不是嘛，山长水阔，回来一趟不容易。”她指着旁边的一张竹床说，“夫君，这张竹床躺起来真舒服，我们把它带走吧。”

王安石（严肃地）：“使不得，这是官府的东西，按规定，官员调走，官邸所有的器物都得留下，不能带走一针一线。”

吴琼：“我出点钱买还不行吗？”

王安石：“不行。买贵了，我们划不来；买便宜了，亏了官府。总之，你带走了就说不清楚，影响不好。”

吴琼：“夫君，好多事我都听你的，你就听我一回吧。”

王安石：“公是公，私是私，公私要分明，不是我们的东西，一件也不能要。你喜欢竹床，到了汴京，我给你买一张，不就得了嘛。”

吴琼：“好。我要买一模一样的，你能买到吗？”

王安石：“能，一定能。”

吴琼：“我看到了汴京，你不是待在书房里看书，就是去衙门里处理公务，还顾得上买竹床？”

王安石：“这回绝不食言。”

管蠡：“夫人，如果老爷没空去买，我帮你去买。”

吴琼（假装不高兴）：“你看你，又站到他那边去了！”

大家相视而笑。

18

浩浩荡荡的长江，江面上时常有帆船穿梭。江岸，芦苇在蓬勃地生长，杨柳在扬花飞絮。

江边码头，王安石租用的客船，在细浪中轻轻摇荡。

吴琼和王倩儿坐在船舱中，王旁在甲板上用弹弓射水中的鱼儿。管蠡在一旁看着他。

王安石和几位僚属以及好友一一作揖道别。

通判：“祝王大人步步高升！”

团练使：“祝王大人鹏程万里！”

李定：“先生，一路顺风！”

杨德逢：“介甫公，高居庙堂，如履薄冰，望多珍重！”

俞秀老笑笑作揖，啥也没说。侍从丁旭扶着王安石上了船。

王安石（微笑着向大家招手）：“谢谢，谢谢各位相送！”

王旁和管蠡也向大家招手。

19

旌德县衙内，二十几岁的县令王雱正聚精会神地批阅奏报。他脸庞略长，眉清目秀。

衙吏送了封信来：“王大人，你的札子。”

王雱：“哦，放上面。”批阅完奏报，看到信封是王安石的笔迹。

他眼睛一亮："是父亲的札子。"

王雱取出信件展开来，只见信件上写着几行遒劲有力的毛笔字。

王安石（画外音）："雱儿，久不相见，甚念。皇上下旨，召我火速进京，共商国是。当你接到家书时，父亲已带全家在奔赴朝廷的路上……"

20

王安石乘坐的船在江上航行。

王安石和侍从管蠡站在甲板上向河岸眺望，次第映入眼帘的是两岸的芦苇、灌木、翠竹。

王旁站在父亲身旁，玩着他的没有"子弹"的弹弓。

远处的农田里遍布插下不久刚返青的秧苗。田野上杨柳青青，莺歌燕舞。面对此情此景，王安石额头上的"川"字纹也舒展开了，似有无限憧憬。

吴琼和小女儿从船舱里往外看，不时啧啧赞叹如画的春色。

随着时间推移，夕阳西下，明月东升，小船来到了瓜州。

管蠡："老爷，天色已暮，我们今晚就在瓜州歇一宿吧。"

王安石："好吧。"

小客船缓缓划入瓜州渡口。

王安石站在船头回望，只见明月沉璧，春水连天。

他略微思索了一下，便吟诵道："京口瓜洲一水间，钟山只隔数重山。春风又过江南岸，明月何时照我还。"

管蠡："老爷又吟诗了，真是才情横溢呀！"

王安石："什么才情横溢，我只不过是即兴打油。"

这时吴琼和王倩儿从船舱里走了出来，王倩儿说："爹，我们听到你吟诗了。"

王安石："哦，刚才心情好，随口吟了几句。还不理想，没什么点睛之笔。"

吴琼："夫君，第三句改为'春风又到江南岸'如何？"

王安石（皱了皱眉头，然后摇摇头）："不行不行，还是不行。"

王倩儿："爹，改为'春风又绿江南岸'如何？"

王安石重念了一遍，然后拍着栏杆说："改得太好了，这一绿字，使意境全出！我的女儿真厉害！"

管蠡（拊掌）："虎父无犬女，大人之谓也。"

王安石夫妇开心大笑。

管蠡（疑惑地）："不过，老爷，最后一句我不明白，为什么你刚去京城赴任，却说'明月何时照我还'？"

王安石笑笑："哦，这个嘛，一是因为我生活在江宁的时间长，它是我的第二故乡，我深深地眷恋它；二是给自己点压力，要为朝廷做点事，使我大宋尽快国富兵强，百姓安居乐业，我也好功成身退，告慰江宁父老。"

管蠡（微笑）："哦，原来如此。"

21

旌德县衙内，王雱继续读着家父的信。

王安石（画外音）："……雱儿，你蒙皇恩赴任旌德令不久，要恪尽职守，廉洁奉公，造福百姓。"

王雱激动地站起来，推开窗户，凝视远方的山水……

22

高大、庄严的紫宸殿。殿中间有八条朱红色柱子排成两行，每条柱子上各盘着一条金黄色的龙。柱子之间灯笼高挂。灯笼的红光辉映着斗拱上的彩图。

宋神宗端坐在黄色的御榻上，若有所思。

余安、李舜举和六位女官侍奉于左右。

一个内侍从侧门进来："皇上，王安石已到殿外等候。"

宋神宗眼睛一亮，对李舜举说："宣王安石进殿。"

李舜举（庄重地）："宣王安石进殿——"

王安石走进殿来，枣形脸上深邃的目光正视神宗，这目光中有几分敬畏，也有几分关切。他走到神宗面前下跪，叩头："微臣王安石叩见皇上，恭请皇上圣安！"

宋神宗："卿平身，赐座。"

王安石站起来作揖："谢皇上。"

旁边的内侍搬出椅子给王安石坐。

宋神宗（微笑）："卿一路舟车劳顿，辛苦了。"

王安石（微笑）："没什么，江宁到京都也不算远。"

宋神宗（关切地）："一家老小都安顿好了吧？"

王安石（点点头）："谢皇上赏赐宅邸，都安顿好了。"

宋神宗："卿多年在地方为官，有何见闻和感想？"

王安石（忧郁地）："农民穷啊，很多破产了，土地给大户兼并了。"

宋神宗："朕知道。"

王安石："皇上知不知道百姓穷的根源？"

宋神宗："卿说来听听。"

王安石："现在普通农户受大户人家盘剥太厉害了。大户人家放债，利息高达百分之一百或二百。青黄不接的时候，很多农户不得不向大户借债，收成不好的时候，还不清本息，只好拿土地来抵债。所以，大地主对小农户的兼并越来越严重，贫富差距越来越大。"

宋神宗："哦。"

王安石（越说越激动）："种庄稼离不开灌溉，现在乡村的水利设施太落后了，多年失修，雨季雨水白白流走。天旱时，无水灌溉，农民颗粒无收。一家人只好逃荒要饭。普天之下，一日三餐都没着落的人多了，这个国家也就难言安定了。"

宋神宗："是啊，朕刚继位，国库空虚，积弊甚多，深感肩上的担子重啊！今日召卿来，就是想请教安邦治国之大计。"

王安石："微臣不才，不敢当，只怕辜负陛下的期望。"

宋神宗："卿不必过谦，朕闻你大名已久，知道卿学养深厚，在地方为官政绩斐然。"

王安石（略感欣慰）："皇上过奖了。"

宋神宗："卿以为如何才能使我大宋国富兵强，百姓安居乐业？"

王安石（若有所思地）："这个嘛……说来话长哪。"

第二集　天降大任

1

宋神宗：“卿以为如何才能使我大宋国富兵强，百姓安居乐业？”

王安石（若有所思地）：“这个嘛……说来话长啊。”

宋神宗（急切地）：“卿只管说。”

王安石（表情严峻）：“陛下，微臣以为大宋时下的出路只有一条，就是变法！改变不合时宜的律法。”

宋神宗：“哦，能不能说得具体点？”

王安石：“譬如，我们现在的冗官多，冗兵多，冗费多，朝廷可通过变法，精兵简政，提高官署的办事效率，提高军队的战斗力，减轻朝廷的财政负担。”

宋神宗：“卿所言极是。”

王安石：“朝廷也可设置机构理财，为国家积累财富。”

宋神宗（喜出望外地）：“是吗？”

王安石：“不过，这些举措的推出，或多或少会触及王公贵族和官员的利益。”

宋神宗：“这个不用担心。”

王安石：“朝廷还要减轻百姓负担，兴修水利，发展生产，让黎民丰衣足食，安居乐业。”

宋神宗："民心稳则江山固。"

王安石："对呀！朝廷还要积极办学，培养人才，任人唯贤。等我们国家强大了，吐蕃、戎羌的臣服也就水到渠成。西北统一了，契丹也就不在话下了。"

宋神宗（连连点头）："卿之言正合朕意。这样一来，九九归一，我神州各族又回到和睦相处的大家庭来，再不会兵戎相见、兄弟相残了。"

王安石："是呀，万民和乐，共享太平——此乃千秋伟业！这是陛下的机遇，也是陛下要面对的挑战。"

宋神宗（钦佩地）："当年汉昭烈帝得诸葛孔明，如鱼得水，如今听卿一席话，朕茅塞顿开，颇有同感。"

王安石（谦虚地笑笑）："陛下谬赞了，微臣不敢当。"

2

汴京城西，王安石宅邸。门口挺立着一棵高大的梧桐，枝繁叶茂，在风中摇曳生姿。

宽阔的庭院里矗立着假山，假山下面是澄碧的水池，锦鲤在池中游动，漾起美丽的清波。

鹅卵石砌就的池沿上，摆放着兰花、菊花、牡丹、芍药、海棠等花卉；鱼池的一侧，种着梅树、桂树和石榴。

往上走两个台阶便是客厅。客厅北面墙上挂着唐代陈宏所绘的《八公图》，画的下方是制作精良、古色古香的茶几、椅子；东西两边靠墙的敞门橱柜里，摆放着名贵的瓷器、玉雕、木刻等各种古玩。

王安石正坐在客厅的椅子上看《邸报》，上面有"河北六州县遭遇百年大旱”的字眼。

管蠡进来报告：“老爷，有位客人来访。”

王安石：“谁？”

管蠡：“姓司马的一位官人。”

王安石：“哦，快快请进！”王安石急忙走向庭院。

只见年近半百、长着一张冬瓜脸的司马光微笑着向他走来。

王安石高兴得忙作揖道：“君实兄，失迎失迎！”

司马光也忙作揖回礼：“介甫兄，好久不见，别来无恙？”

两人四手相握，哈哈大笑。

王安石：“光阴荏苒，岁月无情，想当年我们在群牧司供职时，满头青丝，现在都鬓角染霜了。”

司马光：“是啊，当年我等在公务之余，吟诗作赋，互相唱和，何其快乐！”

王安石（由喜转忧）：“可惜，这么多年过去了，国家却在走下坡路。”

司马光：“在下亦有同感。这不，陛下授你翰林学士，急召进京，就是对你寄予厚望嘛。”

王安石：“彼此彼此，你不也是翰林学士了嘛。”

两人彼此对看了一眼。

司马光：“是啊，在下也感到肩上的压力很大。”

两人边谈边走。

走进客厅，侍女沏好了茶，一人一杯。

两人坐下，各喝了一口茶。

王安石（依次屈着左手的拇指、食指、中指、无名指）：“现在我朝积贫积弱，冗官、冗兵、冗费多，破产农民多，不搞一次彻底的变法，恐怕不行。”

司马光一怔：“什么叫彻底的变法？”

王安石：“就是将不合时宜的制度废除，制定新的律法。譬如我们的军队，有一百三十万人，但战斗力如何呢？不仅打不过辽国，同西夏作战也常常败北。这就是制度有问题。又譬如差役法，只让农民中的富户承担徭役，害得富户想方设法变穷，穷者不想致富。不少大臣包括你也曾上书朝廷，指出其弊端，这些问题都亟待解决。”

司马光（不以为然地）：“其实我朝初立时，太祖太宗确立的制度是很完美的，只是后来执行时，走了样，现在我们略作调整就是了，关键是用人。”

王安石摇摇头：“用人当然重要，但制度更重要。”

司马光笑笑说：“好了好了，我们不争这个了，老兄从江宁带来了什么好书？”

3

迩英殿，宋神宗坐在御案前，两边站着文武重臣。

韩琦、韩绛、曾公亮、文彦博、富弼、欧阳修、吕公著、司马光都在其中。

王安石站在司马光旁边。他们的前面有桌子，后边有椅子。

吕惠卿和一个内侍在搬桌椅，他们把桌椅放在南边，正对着宋神宗。

宋神宗身后的墙上，有两个欧体大字“经筵”。两边廊柱上镌刻着一副米芾行书楹联：“汇百家之言匡世救俗，融群贤之智强国兴邦。”

宋神宗（兴致勃勃地）：“诸位，今天，请新就任的翰林学士王安石为我们讲学，如何？”

众人：“好！”

王安石（站出来作揖）：“不才谢皇上抬举，谢大家捧场！”于是向置于御案对面的讲台走去，讲台的后面放着一把椅子。

宋神宗：“你就坐下讲吧。”

王安石：“谢陛下！”

王安石还未坐下，韩琦表情严肃地说：“陛下，臣子在君主面前站着讲学是古礼，这个规矩不能破。窃以为介甫还是站着讲为妥。”

众人七嘴八舌：“是啊，以前给皇上讲经的大臣都是站着讲。”

王安石有些尴尬。

这时韩维微笑道：“诸位，真宗以前，讲学的大臣一直是坐着讲的；乾兴年间以来，他们才站着讲；如今皇上请介甫公坐着讲，体现了皇上虚怀若谷、礼贤下士之精神。”

吕公著一本正经地说：“皇上赐坐，体现了君主尊贤重道之意。可坐而不坐，才显出讲臣的谦抑之德。”

长着一副苦瓜脸的文彦博诡谲地转动了一下双目：“陛下，真宗、仁宗、英宗三朝以来，学士都是站着讲经，如果此时更改，怕天下人会以为陛下喜欢标新立异，对祖宗不敬。”

王安石叹了口气，轻轻地摇了摇头，额头的“川”字纹显得更深了。

司马光：“既然老规矩都是站着讲，介甫兄就站着讲吧。”

站在一旁负责勤杂的吕惠卿，实在看不过眼，他倏地上前跪在神宗面前说：“陛下，卑职以为没必要为了这个小节，争执不休。大宋百年以来，形成了一种很坏的风气，那就是清议。士大夫为一些鸡毛蒜皮的小事整日争来辩去，浪费精力。翰林学士给皇上讲学，站着讲或坐着讲，都无所谓，关键是皇上听有所得。”

众人鸦雀无声，面面相觑，王安石感到意外。

宋神宗（赞赏地）：“吕惠卿，平身。”

吕惠卿：“谢陛下！”说着他站起来。此人中等身材，三十上下，皮肤黧黑，豹子头，鹰隼眼，高鼻梁，看起来敏锐机警。王安石向他投去欣赏的目光。

宋神宗：“吕惠卿说得好，凡事要看实效。王安石就坐着讲！今天来这里听讲的各位，大都上了年纪，大家都坐着听吧。”

众人还犹豫不决。

宋神宗摆动双手：“坐下，坐下，都坐下！”

众人作揖：“谢陛下！”大家这才坐下。

王安石在讲席上打开线装书，讲起来：“今天在下来谈谈研习《吕氏春秋·察今》的一点浅见。文章说‘上胡不法先王之法？非不贤也，为其不可得而法……’”

王安石越讲越起劲，时不时用目光扫视全场。

宋神宗目不转睛地看着王安石。

吕惠卿站在一旁聚精会神地听王安石讲学。

王安石：“文中‘荆人循表夜渡’这则寓言，包含着一个深刻的道理：天道尚变，对于治国理政者来说，就是世情变了，民情变了，我们不能完全按老一套方略来治国了，要有新的思路、新的举措。”

司马光边听边摇头，冬瓜脸上露出不耐烦的神情。

4

华北平原，赤日炎炎，大片大片的高粱玉米因无雨而枯死、倒伏。

面黄肌瘦的人们跪在地上痛哭求雨：“老天爷，可怜可怜我们吧！老天爷……”

大名府门口的板房在煮粥、施粥，端着饭钵领粥的人，排着长龙队，个个蓬头垢脸，衣衫褴褛。

夜晚，福宁殿，宋神宗皱着眉头批阅一张张灾区来的奏报。

余安、李舜举在旁边伺候着。

宋神宗（沮丧地）：“想不到，朕继位以来不到半年，灾害连连。”

余安：“陛下不必过虑，旱灾乃自然天象，与人事无关。”

宋神宗：“谁说的？”

余安：“王安石。”

宋神宗：“但愿如此吧。李公公，传我口谕，府库开仓发粮，赈济灾民。”

李舜举：“诺。”

5

延和殿，早朝会。

宋神宗神色忧郁地端坐在御榻上。

旁边站着李舜举和余安，还有六位女官。

朝堂里，大臣们身穿朝服，手持笏板排成九个队列肩并肩站着。王安石、司马光、曾公亮、陈升之、文彦博、韩琦、韩维、韩绛、富弼、欧阳修、王珪、吕公著等在其中。

宋神宗："今年夏秋以来，河北路六州县遭遇百年旱灾，当今国库空虚，财政吃紧，赈济起来捉襟见肘，要想扭转这种局面，请问诸位有何良策？"

宰相曾公亮："陛下，可否免去今年祭天大礼时给朝廷官员的赏赐，以便节省开支？"

司马光："陛下，臣以为曾大人的建议很好！臣还建议，今年南郊祭天，两府免赐金帛，朝廷免发我半年薪水。我也希望所有朝臣、宗室都减半年俸禄，用这些钱来救济灾区。今后朝廷举办各种典礼，尽量从简。我们的官员、士兵要裁减一些，薪水要降低一些。"

宋神宗（点点头，对司马光充满敬意）："卿对朝廷真是忠心耿耿！"

司马光作揖道："皇上过奖了，朝廷的事，也就是我们臣子的事。皮之不存，毛将焉附？"

听司马光说要减半年俸禄，其他官员面面相觑，低声议论。

这时，王安石从行列里站出来作揖说："陛下，君实兄说的有一定道理，但微臣以为减免赏赐省不了多少钱，减薪也非长久之计，这是治标不治本。"

全场顿时鸦雀无声，大家都惊呆了。

司马光的冬瓜脸一阵红一阵白。他名望很高，平时在朝堂说话，只有附和的，没有反对的，今天却杀出个程咬金，让他出洋相。他"哼"了一声，表示不满。

王安石接着说："陛下，臣以为朝廷缺钱不是当务之急。"

司马光（充满嘲讽）："介甫兄，你说朝廷缺钱不是当务之急，那当务之急又是什么呢？"

王安石："当务之急就是国家要理财，要选拔善于理财的人，为国家积累财富！"

司马光（不以为然）："天下的财物就那么多，不在民即在官。你说理财不就是增加赋税、搜刮百姓吗？"

王安石："不是的，善于理财者，不用增加赋税也能增加国库收入。"

司马光："汉朝时，桑弘羊对武帝说，他可以不增加赋税而使国库充盈，最后不是被证明是欺人之谈吗？"

王安石："汉朝是汉朝，我朝是我朝。大宋的人口在增加，乡野未开垦的土地还有很多，城里的作坊、商铺在不断增加，怎么能说天下的财物就那么多呢？总之，在下以为，节流不足以解决问题，开源才是根本出路！减官员的俸禄，叫清廉的官员怎么养家糊口？这有伤国体嘛，借天下之力以兴天下之财才是王道。"

大臣们小声说："言之有理，言之有理。"

宋神宗不动声色，认真听他们辩论。

王珪横眼瞅了瞅两旁，然后上前道："陛下，刚才司马大人讲节省费用是当务之急，自然有理；王大人讲减俸有伤国体，也是实情，还是请陛下裁决吧。"

司马光和王安石都把目光投向神宗。

宋神宗皱了皱眉，说："朕很同意司马光的意见，该节省的还是要节省。但王安石所言也颇在理，我看减薪就免了吧。今天的朝会就到这里。"

司马光板着面孔，有些不服气。

王安石的脸上则显得很平静。

李舜举："退朝！"

朝臣们纷纷退去，延和殿里只剩下宋神宗和侍读官余安。

宋神宗："余先生，你看今天朝会的表现，谁强些？"

余安："还是王安石讲得实在些。司马先生说的只能治标，不能治本。王安石有独到新颖的见解，为人有大气魄，臣以为正需要这样的人来辅佐陛下。"

宋神宗："李公公，你的看法呢？"

李舜举："奴才赞同余先生的看法。"

宋神宗（满意地点点头）："嗯，所见略同。"

6

延和殿门外，退朝的官员们纷纷到各自的衙署去处理政务。

司马光跟韩琦走在一起，王安石跟韩绛走在一起。

韩绛："介甫兄，你今天的辩论讲到了点子上。"

王安石："嗯，讲到点子上就容易得罪人。看君实今天说话的口气和脸色，好像是我故意要给他难堪。"

韩绛："司马光说免他半年俸禄，还说要减薪，就是想在皇上面前邀宠卖乖，以便得到皇上的器重。"

王安石："那倒不一定，君实这人，就是观念比较守旧，没什么新思路，总以消极的眼光来看新事物。"

另一边，韩琦迈着方步说："君实今天讲的句句在理，可王安石却……"

司马光："人家要出风头，要博皇上的青睐。"

韩琦："君实，你也是翰林学士，博古通今，要用历史来说服皇上。"

司马光："谁知道皇上愿不愿意听呢？"

7

朝阳照耀着皇城的宫阙楼宇，龙楼凤阁更显得金碧辉煌。

镜头推向禁宫的后苑：整齐的菜畦上玉米苗子在茁壮成长，翠绿的叶子上闪烁着露珠，黄瓜、丝瓜、苦瓜在引藤爬蔓。身穿便服的曹太皇太后和十三四岁的孙女及几个侍女正弯腰拔去菜畦上的杂草。

曹太皇太后脊背有点佝偻，人略显消瘦，但她高挺的鼻梁和丹凤眼仍留有美的余韵。她的目光慈祥而又明亮，仿佛能洞察一切。

8

福宁殿，墙壁上挂着“卧薪尝胆”四个魏碑大字。

宋神宗面对铜镜穿好了一身铠甲，他束紧饰玉腰带，伸手接过李舜举双手奉上的兜鍪，把它戴在头上，然后转过身，面对皇后和李舜举，双目炯炯有神，雄姿英发。

向皇后和李舜举用惊异的目光打量着皇上。

向皇后：“皇上，你一身戎装，要去哪里？”

宋神宗：“朕要去向太皇太后和母后请安。”

向皇后（笑）：“她们可要大吃一惊的。”

李舜举（赞赏地）：“看皇上的打扮好像是要征战沙场，让人倍感振奋！”

向皇后：“皇上经常在梦中喊着‘冲啊！’，还念唐诗‘黄沙百战穿金甲，不破楼兰誓不还’，有一次把皇儿都吵醒了。”

宋神宗：“胡人年年要征我们的丝绸、银两，凭什么？”他攥紧拳头继续说，“太宗、真宗都曾御驾亲征，朕或许也有那么一天吧。”

李舜举：“皇上是日有所思，夜有所梦。”

宋神宗：“九州没统一，大宋不强大，朕于心不安哪！”

9

禁宫后苑，曹太皇太后弯着腰把短竹竿插在种瓜的菜畦上，把一条条瓜蔓牵引到竹竿上。

小孙女：“奶奶，为什么要把瓜蔓牵引到竹竿上？”

曹太皇太后：“把它引到竹竿上，它才能不断向上，开花结果。”

小孙女：“哦，人也一样啊，奶奶。”

曹太皇太后满意地点点头，她的目光慈祥而又敏锐。

一个宫女：“公主真聪明！”

小孙女露出得意的笑容。

这时传来内侍李舜举的声音：“皇上驾到！”

所有人肃然起立。

宋神宗头戴兜鍪，身穿战甲，大步走出迎阳门。

众人愕然。曹太皇太后打量着皇孙，激动得热泪盈眶。

镜头摇出宋军在岐沟关与辽军奋力厮杀的情景：

宋军首领指挥弓弩手排成横队，面对冲上来的辽国骑兵、步兵，一声令下：“放！”中箭的人仰马翻，没被射中的冲上来和宋军将士刀戟相搏，杀声震天……

镜头回到现在。

宋神宗在曹太皇太后面前单腿下跪作揖：“孙儿参见祖母太皇太后！恭请祖母早安！”

曹太皇太后说："皇孙，请起！"

宋神宗："谢皇祖母！"他随后起立，"想不到皇祖母这么早就起来料理菜畦。"

太皇太后："哀家一把年纪了，睡也睡不着，不如早点起来活动活动筋骨。——皇孙，今儿为何这般打扮？"

宋神宗："奶奶，每当想起我大宋跟辽国、西夏的战争，朕的心情就无法平静。先帝既然把天下托付给朕，朕当励精图治，富国强兵，收复失地，以雪太宗沙场中箭之耻！"

曹太皇太后："有种，大宋的中兴就靠你了！先帝没有选错人。辅弼你的大臣好用吗？"

宋神宗："老臣们都算忠心耿耿，但他们拿不出什么新方略，倒是远在江宁的王安石很合孙儿的意。"

曹太皇太后："王安石早年写过一篇《上仁宗皇帝言事书》，笔锋犀利，切中肯綮，是个有才华的人。"

宋神宗（高兴地）："祖母也赏识他。"

曹太皇太后："人可用，但要懂得制衡。骏马再好，也得有缰绳。记住：不要太倚重任何一个人。文臣也好，武将也罢，重用他们的时候，都得多长个心眼儿。"

宋神宗（心领神会地）："孙儿明白。"

10

富弼府邸。

宽阔的庭院，院子中间矗立着一座假山，假山怪石嶙峋，上面爬满了藤萝。环绕着假山的是一个鱼池，鱼池里有锦鲤跃动。院子四周各色牡丹绽蕾吐艳。

富弼和小妾在用小勺抛撒鱼粮，水池中的锦鲤争相前来觅食。

突然，门外鼓乐喧喧，管家上前禀报："大人，李公公传旨来了。"

富弼："快快请进！"

李舜举在乐官的簇拥下，走进富府，只见富弼已跪在面前。

李舜举："富弼，接旨。"

富弼叩头："臣在！"

李舜举："敕：三朝元老富弼，忠心耿耿，内政外交屡建大功，今授尔同中书门下平章事（宰相），可！"

富弼一连三叩头："谢陛下栽培！吾皇万岁万万岁！"他接过圣旨站起来。

李舜举："恭喜富大人！"

富弼："多谢李公公！"

这时，一家老小从厅堂里出来，兴高采烈地。

孙子、孙女蹦蹦跳跳来到富弼面前："爷爷！爷爷！"

富弼摸摸他们的头，抱起四岁的孙子亲："乖乖！"小妾抱起孙女。

一位年近花甲的贵妇人来到富弼跟前，作揖道："恭喜夫君荣升！日后奔走于圣上前后，政务繁忙，人事纷纭，万望夫君劳逸结合，保重贵体！"

富弼："谢夫人提醒！"

这时，门外传来了噼里啪啦的爆竹声。

爆竹声停，司马光、文彦博、李大临、苏颂、宋敏求满面笑容走进庭院的大门来祝贺。他们走到富弼面前打躬作揖："恭喜富大人高升首相！"

富弼作揖回礼："谢谢！"

司马光："富老德高望重，拜为首相乃众望所归。"

文彦博："皇上刚登基，就需要富大人这样老成持重的社稷之臣来辅弼朝政。"

富弼："文大人过谦了，彼此彼此。"

李大临："晚生李大临久仰富老大名，还望富老日后多多教导。"

宋敏求："晚生宋敏求拜见富老，还望富老日后多多栽培。"

富弼："不敢当，自古道'长江后浪推前浪'，老夫智竭力疲，还得仰仗各位为朝廷效力，替圣上分忧。"

富弼夫人："各位大人，里面请。"几位朝臣在富弼的引领下朝厅堂的方向走去。

李舜举："富大人、夫人，卑职皇命在身，就此告辞了。"

富弼作揖："李公公请便。"

富弼夫人、小妾作揖："李公公走好。"

富弼的儿子和管家送李舜举和随从、乐官一并走出庭院大门。

11

汴京，王安石宅邸。

王安石皱着眉头在书房写着什么，突然府外鼓乐喧喧。

夫人吴琼赶紧来到书房："夫君，朝廷派人来传圣旨，请接旨。"

王安石来到庭院里，只见管蠡已把李舜举和随从、乐官一行迎进大门来。

王安石拱手作揖："李公公安好！"

李舜举："王安石，接旨！"

王安石连忙下跪："臣领旨！"

李舜举："敕：王安石入朝以来，把脉朝政，切中肯綮，治国方略高人一筹，特擢拔汝为参知政事，可！"

王安石磕头道："谢皇上栽培，吾皇万岁万万岁！"然后接过圣旨站起来。

王雱、三倩儿、王旁、王安礼、王安国、吴琼、管蠡皆簇拥过来，喜笑颜开。

李舜举："恭喜王大人，官拜副相。"

王安石拱手："谢谢！李公公，里面请。"

李舜举作揖："王大人，卑职皇命在身，就不进去坐了，就此告辞。"

王安石夫妇送他们一行至大门口，分别说："李公公走好。"

12

福宁殿议事堂，宋神宗坐在御榻上，前面放着一张长方形的红木会议桌。

富弼和王安石分别坐在红木桌子的两边。

宋神宗："朕继位以来，深感国事维艰，非有雄才大略者，不能担当辅弼之大任。这两天朕相继任命两位卿做正副宰相，就是希望你们能辅佐朕富国强兵，外不受异族侵扰，内能长治久安，使百姓安居乐业！"

富弼："陛下，老朽年事已高，才疏学浅，恐辜负你的重托，还是另选年轻有为的官员吧。"

王安石："陛下，微臣在京为官不久，见识浅陋，参知政事一职恐难胜任，还望皇上另选贤才。"

宋神宗（郑重地）：“你们两位就不要推辞了，朕是经过深思熟虑的，你们都是国之栋梁，你们不能胜任，还有谁能胜任？”

富弼、王安石起身作揖：“谢陛下信任！”

宋神宗：“时不我待，接下来你们的要务就是迅速筹划新政。”

富弼、王安石：“诺！”

13

中书省官署，王安石和富弼坐在太师椅上交谈。太师椅之间放着一张制作精良、四角刻着狮子头的红木茶几。

王安石（谦恭地）：“富大人，你是三朝元老，辅佐皇上治国的经验丰富，晚生还望你多多指教。”

富弼：“不敢当，老朽宦海沉浮几十年，虚度光阴，惭愧，惭愧。”

王安石：“富大人不必过谦。仁宗皇帝在世时，你和范仲淹、韩琦、滕子京、欧阳修等前辈力主改革，实行庆历新政，其胆识和魄力令人钦佩。”

富弼：“唉，别提了。半途而废，不了了之。”

王安石：“失利了可以重来嘛。”

富弼：“重来？谈何容易。”

王安石：“如今皇上锐意变法，有他做后盾，变法应该有胜算吧。”

富弼：“介甫，你没经历过不知道，这宦海的旋涡有多凶险。你触犯了王公贵族的利益，他们能放过你吗？他们会用各种手段排挤打击你……”

王安石：“眼看大宋王朝这艘船漏洞越来越大了，不修补它，可要沉船的，我们不能置之不理呀。”

富弼：“你补船，人家可以污蔑你想夺船，你有绝对的权力吗？你有多大权，才能干多大事。”

王安石：“这我知道。可是，现在的皇上年轻，想有一番作为，跟庆历年间的形势不同。”

富弼：“以前的皇上就不想有所作为吗？一个王朝自有它的定数，不是你我左右得了的……好好过几天清静日子吧。”

王安石：“可是皇上要我们筹划新政，拿不出方案来如何交代？”

富弼：“我们在现有律法的基础上，制定几条督促官员勤政爱民、秉公办事的奖惩措施就行了。”

王安石：“皇上任用我等，就是想富国强兵、振兴社稷，这样恐怕会辜负皇上的重托！”

富弼（不温不火地）：“这个……你愿意怎么搞就怎么搞吧，你不怕撞南墙你就去撞吧！”

特写镜头：王安石满脸愕然。

王安石（内心独白）：“真不知道皇上为何要拜他做首相？他将来能给大宋带来什么？”

14

王安石官邸。

王安石和家人在客厅吃饭。

安礼、安国举起酒杯说：“恭喜哥哥高升，我们敬兄长一杯！”

王安石：“谢谢，来，大家一起来，干！”他吮了一小口，放下酒杯。

众人干了一杯酒后，仆人又上来添酒。

王安石皱了皱眉头：“其实，参知政事这把椅子是不好坐的，官员们都因循守旧惯了，要使大宋摆脱积贫积弱的局面，实现富国强兵的理想，任重道远啊！”

王安礼：“哥哥，为政之道，在于安民、利民，还望兄长能体恤黎民，使大宋长治久安。”

王雱：“仁君仁君！”

大家相视而笑。

王安石：“雱儿，你明天去把苏轼叔叔请来，我有要事跟他商量。”

王雱：“父亲要提携他了？”

王安礼：“侄儿真是机敏过人。”

王安石：“一个篱笆要三个桩，一个好汉要三个帮，苏轼乃旷世之才，如他能助我一臂之力，变法的胜算就更大些。”

王雱：“哦。孩儿也能助父亲一臂之力。”

王安石：“你还嫩着呢，好好做你的旌德尉吧，做出了政绩皇上自然知道的。”

大家哈哈大笑。

15

第二天，王安石府邸客厅。

王安石和吕惠卿、章惇、曾布、邓绾在谈论着什么。

管蠡进来禀报：“苏学士到。”

王安石：“请他进来！”

管蠡引着苏轼进来。

苏轼身穿绯色圆领宽袖长袍，头戴直脚硬幞头，腰束金涂带，脚着乌皮靴，精神健旺。明亮的双眸中充满自信，帅气的脸上带着几分客套的谦恭。他跨进客厅的门槛，面对王安石作揖："在下参见介甫公，恭喜你高升了！"

王安石和几位同僚起身相迎。

王安石（"川"字纹舒展开来，满脸笑容）："多谢了！子瞻，咱们一别多年，现在你丁忧已满，在朝廷任职，彼此可以常见面切磋学问，探寻治国之道，这实在是难得的机缘。"

苏轼："多谢介甫公抬举。"

王安石："我来介绍一下，这位是吕惠卿，这位是曾布，这位是邓绾，至于你的同年我就不介绍了。请坐请坐。"

章惇和苏轼相视一笑，点点头。苏轼又打量了一下邓绾，他看上去四十岁左右，罗汉脸，蒜头鼻，面带三分笑。

吕惠卿、曾布、邓绾作揖道："久仰，久仰！"

苏轼作揖："幸会，幸会！"然后在宾座上坐下。

王安石："子瞻哪，客气话我就不多说了，今天请你来，就是想借你的利器，助我变法。"

苏轼（微笑）："不敢当。请问介甫公有什么宏图远略？"

王安石："你也说过，大宋积贫积弱，是因为冗官多，冗兵多，冗费多。当今皇上锐意变法，振兴大宋，你我生正逢时，大有用武之地。让我们一起来辅佐皇上，革除弊政，富国强兵，如何？"

苏轼："介甫公能讲得详细些吗？"

王安石："我想把现有的差役法、常平仓法、募兵制等来一个全新的变革，减轻农民负担，抑制豪强地主对土地的兼并，兴修水利，发展生产，增加国库收入，增强军队的战斗力。还要改革科举考试，考士子经世致用的能力；以才取人，唯贤是用，彻底扭转大宋积贫积弱的局面。”

苏轼（皱起了眉头）：“治国理政的关键在于教化，在于凝聚人心，而不是靠法术。如果人心不淳正，人心不向着朝廷，再好的律法也难以奏效。恕我直言，你谈的以才取人、唯贤是用还可取，其他的在下未敢苟同。”

王安石：“子瞻哪，人心淳正固然重要，但律法更加重要。”

吕惠卿向苏轼投来嘲讽的目光：“王相公说得对，律法更加重要。一个国家有了好的制度，就好像一辆车走上了正确的轨道。”

曾布：“春秋时期，秦穆公重用商鞅进行变法，秦国于是日益强大。”

章惇：“国家强大了，百姓富裕了，人心自然就淳正啰，仓廪实而知礼节嘛。”

苏轼笑笑：“哈哈，你们都是同一个鼻孔出气。”

王安石：“子瞻哪，我们这个民族不应该是目前这种窘样，应该有更威武的雄姿，更辉煌的未来！但如果不变法，因循守旧，你说会怎样？后果不是很明显吗？”

苏轼：“介甫公，变是要变，但要看怎么变。”

王安石：“好，咱暂且不谈这个了，来杀两盘棋吧？”

苏轼：“要得要得。”

管蠡拿出棋盘、棋子，两人在茶几上对弈起来。其他几个人都站过来围观。苏轼为黑方，王安石为白方，几个回合下来，白方就可以双吃了。

吕惠卿（钦佩地）：“相公厉害，双吃，子瞻兄要损兵折将了。”

王安石笑笑：“尺有所短，寸有所长嘛。子瞻的书法，安石也是望尘莫及呀！”

苏轼：“介甫公过奖了！”

王安石：“这治国安邦亦如对弈，举棋不定可就错失良机。一旦落错子，满盘皆输。”

章惇：“相公所言极是。”

苏轼用中指和食指夹着一个黑棋子，似有所悟地笑笑。

16

汴京，吉星客栈。

门口是来来往往的行人。

一辆马车在门口停了下来，身材肥硕的老板娘，赶忙出来招呼客人：“客官远道而来，辛苦了，楼上请。”

上元县令吴秉常和侍从小牛子从马车上跳下来。

吴秉常：“老板娘，这周边有什么好消遣的吗？”

老板娘（殷勤地）：“客官，这附近有勾栏瓦肆，有美食，有青楼；喝花酒，听丝竹之妙音，观丽姬之曼舞，啥消遣都有。”

吴秉常：“好，我们就在这住几宿吧，叫店小二来搬行李。”

老板娘满捡堆笑：“要得要得。”

柜台前的小伙子不等叫唤，即上前来提行囊。

吴秉常提起一个沉甸甸的褡裢交给侍从：“这个你拿好，里面有银锭和端砚。见了大人后，先呈上端砚。如果他收了，我们再送银锭。”

侍从：“送哪位大人？”

吴秉常：“先别问。”

侍从：“如果他不收端砚呢？”

吴秉常：“如果他不收，褡裢里的银锭就不必拿出来了。”

侍从："是。"

17

王安石书房，书架上放满了书。

王安石站在书架前，抽出一本书，时而翻翻，时而思索着什么，眉头紧锁着。

主题音乐响起。

这时，门"笃笃"地响了，王安石："谁呀？"

王雱："爹，是我。"

王安石："雱儿，进来吧。"

王雱推门进来："爹，你又在忙。"

王安石："儿啊，皇上交给爹爹的担子不容易挑呀，你看朝廷一年录用多少士子，可支持变法的有多少呢？像你苏轼叔叔，以前看他写的东西，蛮像想大干一场的样子，可真到要变法的时候了，他却唱反调。"

王雱："世事如棋，此一时，彼一时也。爹爹，关键是读书人的思想问题，他们的思想大都无出经书旧注的窠臼。依我看，朝廷应该组织人力重新注疏《诗》《书》《礼》等经典著作，颁发到各类学堂，并以此作为科举考试的依据，把士子们的思想统一到'变法是大宋走向中兴的唯一途径'的认识上来。"

王安石（赞赏地）："你说得有道理，爹爹明天就去奏请皇上。以后我们的学校不但要培养好用的人，还要培养顶用的人，要兴办武学、律学、医学等专科学校。"

王雱："爹爹英明，如果大宋做到了这样，还愁不强大吗？"

第三集　如履薄冰

1

王安石府邸。

王安石正在书房阅读文书。

管蠡来到门口禀报："老爷，有位官人想谒见你。"

王安石："哦，是谁？"

管蠡："上元县令吴秉常。"

王安石："好，让他等等，我就来。"

四十左右、身材肥硕的吴秉常和王安国站在会客厅一旁寒暄，王安石穿着便服从东侧门走进客厅，吴秉常忙弯腰作揖道："下官吴秉常拜见王大人！"

王安石作揖回礼："不客气。今天什么风把你吹来了？"

吴秉常（谄笑）："卑职进京办点事，顺便拜访大人。"

王安石（以手示意）："哦，请坐请坐。"

王安石在主席坐了，吴秉常坐在右边的椅子上，王安国坐在哥哥旁边的椅子上，侍从坐在过道旁的凳子上。

侍女上茶。

吴秉常："恭喜王大人高升了，卑职上次本想去江宁府恭贺，听说大人接到圣旨的第二天就上路了。"

王安国："家兄的行事风格你又不是不知道，他感兴趣的事，总是心急火燎的。”

吴秉常：“对对，王大人做事一贯雷厉风行，皇上新登基，就喜欢大人这样的贤臣。”

王安石：“奉承话就不必说那么多了，今番来找我，有什么事吗？”

吴秉常：“没什么，就是想见见你，聆听你的教导。”

王安国作揖：“土容兄，你们聊，愚弟就不打扰了。”

吴秉常回礼：“请便。”

王安石：“士大夫当以天下为己任。目前，宋、辽、夏三足鼎立，辽夏凭着军事上的优势，扰我边民，索我钱帛，依你看，怎么才能使我大宋富国强兵，走出困境？”

吴秉常：“在下才疏学浅，讲不出个所以然。王大人有伊尹、姜尚之才，有你当国，大宋一定会国泰民安！”

王安石淡然一笑：“我有那么厉害吗？别把牛皮吹到天上去！”

吴秉常（谄笑）：“当然，我看王相公是有过之而无不及。相公，你高升了，我也没什么表示，今天专程给你带来一个砚台，聊表恭贺之意，请相公笑纳。——小牛子，把东西递过来。”

侍从小牛子用双手把礼盒奉上来，吴秉常打开礼盒，把一个雕着龙凤图样的黑色砚台取了出来，双手捧着呈给王安石：“相公，这是一个端砚，石材上乘，制作精良，非常好用，适合研墨挥毫。”

王安石脸上倏地掠过一丝失望而又厌恶的表情，眉头又皱了起来。

他接过砚台，故作不知：“这个砚台好在哪里呀？”

吴秉常：“它的台面莹润，呵口气就有水。”

王安石：“哦，能呵出多少水呢？就算能呵出一担水又怎么样？”

吴秉常（谄笑）：“这……哎，起码也能增添大人府邸的儒雅之气吧！”

王安石：“买这个端砚得花多少钱哪？”

吴秉常：“我也不清楚，是管家去买的。”

王安石：“不会吧——小牛子，这端砚值多少钱？”

小牛子：“王大人，我也不清楚，没问过管家。”

王安石（严肃地）：“你们都在做戏。依现在开封的市价，这个端砚起码值一千五百缗钱。土容哪，这宅第、古董都是皇上所赐，是朝廷的东西，不是咱的家当。本官不兴收礼送礼这一套，要想提拔，须有真才实学和突出的政绩。这个砚台，你自个儿拿回去用吧。”说着把砚台放进礼盒里。

吴秉常（满脸惭愧）：“是，相公教导的是。”

王安石（痛心疾首）：“现在一些庸碌官员不以黑厚为耻，用受贿弄来的钱财去铺就封官晋爵之路。这样的官员上了位，对国家有什么用？对于勤政廉洁的官员来说是太不公平了，这些人严重毒化世风！”

吴秉常连连点头：“是，是！”

王安石：“土容哪，你回去好好干吧，按照朝廷的律令条文办事，把上元县治理好。现在皇上锐意变法，需要大量人才；你在地方为官，如能造福一方，朝廷自然知道。”

吴秉常：“谢谢相公点拨！在下告辞了。”站起身作揖。

王安石起身回礼：“好的，大家都忙，我也不留你了。”

管鏊把装着砚台的礼盒提起来，递给小牛子，然后送他们出门。

王安石在客厅里踱来踱去，自言自语："青青子衿，悠悠我心。"

王安国（从房间里出来）："哥哥招揽到贤才了？"

王安石："什么贤才，来的又是个马屁精！"

2

浩渺的黄河横亘在眼前。

江面上，舟楫争流，风帆点点。

河滩上鸥鹭翔集，竞相啄食。

长着杂草和灌木的防洪大堤。

王安石和吕惠卿、章惇、曾布骑着马在河堤上朝西而行，吕惠卿和王安石并辔而行，章惇、曾布紧跟在后。

镜头推向西边，黄河直接天际，像一匹衔云接地的巨幅彩帛。

王安石："各位，要不是休假，我们难得来这黄河岸边溜达。"

吕惠卿："接触母亲河，令人浮想联翩，感慨万端。"

王安石："黄河远上白云间。现在河套地区战乱频仍，生灵涂炭。什么时候黄河能成为联结我神州各族同胞的纽带，而不是流血淌泪的天堑？"

曾布："王相公，只要变法能成功，一切问题都能迎刃而解。"

章惇（感情充沛地）："君不见黄河之水天上来，奔流到海不复回。君不见高堂明镜悲白发，朝如青丝暮成雪……"

众人鼓掌："诵得好！诵得好！"

王安石："李太白的诗，道出了多少士子的心声。人生易老，青春难再，咱们要珍惜韶华，为富国安邦、造福生民建功立业！"

吕惠卿："相公说得没错，只是眼下我们这帮年轻人职微言轻，分散于各个衙署，想帮你也帮不上。"

王安石："有这门心思就好了。我们要广泛宣传，为变法造势，多争取青年才俊的理解和支持。"

曾布："王相公说得是，人多力量大。"

王安石："涓涓细流，汇成江河。理解变法、支持变法的人多了，变法就能更快更好地推进。我们要以大浪淘沙的气魄，把国家的弊政涤除掉！"

章惇："王大人，说起来容易，做起来难。现在新法还没制定出来，从大内到开封府各衙门，就传出各种风言风语。"

王安石："论至德者不和于俗，成大功者不谋于众。流俗之人的话岂能听之？流俗之人，对世情没有深入的了解，没有独立的思考，没有行之有效的方略。"

吕惠卿："相公所言极是。"

3

吉星客栈的客房里，吴秉常正踱来踱去。他自言自语："这人倒霉呀，拍马屁都拍到马蹄上。关山难越，谁悲失路之人？萍水相逢，尽是他乡之客。"

小牛子："大人别难过，来日方长。"

吴秉常："什么来日方长？人生苦短哪。我给王安石留下了一个溜须拍马的坏印象，以后的升迁恐怕没希望了。"

小牛子："王大人不是说有真才实学和突出的政绩就可以升迁吗？"

吴秉常："那是表面文章，朝中无人莫做官！"

小牛子："我看王相公是个清官，用人还是看品德、看能力的，吴大人你好好干，没准有希望的。"

吴秉常："但愿如此吧，今朝有酒今朝醉，莫使金樽空对月。走，我们到勾栏瓦肆找乐子去！"

小牛子（喜出望外地）："要得要得。"

4

朱家桥边的勾栏瓦肆里，热闹非凡，不时传出人们的喝彩声。

身穿便服的吴秉常和小牛子来到勾栏瓦肆的门口，小牛子给把门的付了五个铜钱，跑龙套的小生立刻打开栅栏门让他们进去。

里面有多个表演棚，演杂技的，说书的，唱小曲的，跳舞的，奏乐的，演木偶戏的，演小品的……表演棚周边是卖糖葫芦的，卖羊肉串的，卖柿饼的，卖瓜子的，不一而足。

他们来到一个唱小曲的棚里坐下，瓦肆里的小生立即上茶送瓜子过来。

一个身穿红绸衫的姑娘，站在小舞台上歌唱，旁边还有两个艺人伴奏，一个拉二胡，一个吹笛子。姑娘唱的是欧阳修的《生查子》：

去年元夜时，花市灯如昼。
月上柳梢头，人约黄昏后。
今年元夜时，月与灯依旧。
不见去年人，泪湿春衫袖。

歌声婉约柔美，似有无限伤感。

吴秉常赞叹："唱得好，唱得好。这京城里的艺伎就是不一样。"一曲下来，观众鼓掌喝彩，好不热闹。

小牛子（眼珠骨碌一转）："大人，这小妮子长得真漂亮，今晚请她到我们住的客栈里去多唱几首，怡悦心身，如何？"

吴秉常："要得要得。拿褡裢来，我要打赏一下那小妮子。你去跟店家商量今晚的事。"

小牛子："诺！"说着递上褡裢。

吴秉常取出一块银锭走上小舞台，笑眯眯地递上银锭："小娘子唱得真好，这是我的一点小意思。"

姑娘作揖："谢客官奖赏！"然后双手接过赏银。

吴秉常："小娘子今晚可否到吉星客栈再展歌喉？"

姑娘："谢官人厚爱！不知店家答应不答应。"

吴秉常："店家那边没你的事，只要你肯赏脸。"

姑娘："既然官人不嫌奴家粗鄙，奴家定会前往。"

"吁——""嘻嘻嘻……"台下一阵轻薄的嬉笑声。

5

福宁殿，宋神宗正在御案前批阅奏疏。

李舜举进来禀报："陛下，参知政事王安石求见。"

宋神宗："叫他进来吧。"

王安石走进殿来，叩头请安："微臣王安石恭请圣安，吾皇万岁万万岁！"

宋神宗（客气地）："卿，快快请起！赐座。"

王安石站起来，内侍搬了一张太师椅放在御案右侧，请王安石坐下。

王安石："谢陛下！"

宋神宗："卿特意过来，一定有什么重大事情吧？"

王安石："正是。"

宋神宗："请说吧。"

王安石："陛下，近几天我同不少官员接触，发现能理解变法、支持变法的官员并不多。为了使变法能顺利进行，我们能否增设一个衙署，调集支持变法的官员来此拟订新法，领导变法。"

宋神宗："革故鼎新，起步维艰。卿这个主意好。"

王安石："陛下，问题是给这个衙署定个什么级别，起个什么名字好呢？"

宋神宗略微思索了一下说："级别定高了，恐宰执们有意见；级别定低了，又没什么权威，办不成事。朕以为让它跟三司平级为妥，就叫它三司条例司吧。"

王安石："陛下英明，为了让百官知道陛下变法的决心，叫它制置三司条例司，可否？"

宋神宗连连点头："好！好！"

6

汴京，大内。

中书省衙门，锣鼓喧天，几只醒狮在跳跃翻滚，文武百官及内侍、女官都在看热闹。只见门前又挂了一块新招牌——"制置三司条例司"。招牌底色是朱红的，字是金色的，招牌上端挂着红色绸带结成的彩球，两边披着彩带。

王安石、陈升之、吕惠卿、曾布、章惇、韩绛、韩维、邓绾、苏辙、程颢、吕嘉问等在门口拍手庆贺。

富弼、文彦博、韩琦、司马光、吕公著、李大临、苏颂、宋敏求、唐介等人在远远张望。

司马光（厌恶地）：“本来就有三司，现在又搞出个三司条例司来，破坏祖宗旧制。”

韩琦：“我看王安石是想大权独揽！”

文彦博：“韩公的洞察力就是强！”

吕公著（不冷不热地）：“有了这个制置三司条例司，富公恐怕要靠边站啰。”

富弼：“老朽今年六十有五，本想致仕还乡，无所谓。”

7

迩英殿，朝廷正在举行经筵。

宋神宗坐主席。

司马光坐在南边的讲席上，面对着神宗。

富弼、三安石、韩琦、欧阳修、文彦博、韩绛、陈升之、余安、吕公著、唐介、吕惠卿、曾布、章惇及其他朝臣分坐两边侍听。

宋神宗：“治国理政，贵在广开言路，博采众议。上次我们请王安石讲《吕氏春秋》，今天的经筵就由司马光来讲吧。”

司马光：“承蒙陛下垂爱，我写好了《资治通鉴》汉初的一段。可否念给大家听听？”

宋神宗：“好，念来听听。”

司马光（展开书稿）：“……起初，曹参当平民时，和萧何相交甚好；等到萧何做了宰相，两人就有些隔阂了。但萧何快死时，他毫不犹豫地推举曹参接自己的班。曹参接替萧何做了宰相后，所有的律令都不做变更，一律遵照萧何当年的规定。百姓称颂他‘萧何制法，整齐划一；曹参接替，守而不失，做事清净，百姓安心’。”

宋神宗：“嗯，文笔不错。”

司马光：“陛下，汉惠帝、吕后时天下太平，百姓乐业，为什么能出现这样的治世呢？”

宋神宗：“经过战乱，人心思定，更重要的是汉朝制定了正确的政策。”

司马光：“陛下，微臣以为，这是因为汉初的治国方略能够一直沿用下去。所谓‘萧规曹随’也。”

宋神宗：“是吗？汉代一直沿用萧何的律法吗？这样做行吗？”

司马光：“是的。不单汉朝的律法，上古三代帝王，夏商周的圣君，他们的治国方略沿用到现在都可以。”

宋神宗：“这……”

在座的官员有的点头，有的摇头，王安石深邃的目光扫视着全场。

吕惠卿大笑：“哈哈哈……”在黧黑面孔的衬托下，他的一口牙齿显得格外洁白。

司马光：“你笑什么呢？等我把话说完嘛。陛下，当年周武王灭了商朝，但没把商朝的规矩灭掉。《诗》云‘不愆不忘，率由旧章’，就是说以前的规矩，我们好好遵守它，就不会犯错误。汉代的时候，汉武帝采纳了张汤的主张，变更了高祖时制定的法度，天下盗贼蜂起。后来，汉宣帝纠正了武帝的做法，继续遵行祖宗的法度，国家就一天天好起来。再后来元帝又改宣帝之政，汉朝就开始衰败了。所以这法是不能乱变的。”

吕惠卿又哈哈大笑，司马光表情尴尬。

吕惠卿笑完后说："司马大人，先王法度哪里是一成不变的？有的一年一变，有的五年一变，有的三十年一变，一成不变的律法是没有的。就拿汉朝来说吧，萧何刚开国的时候是'约法三章'，后来随着社会的发展，他制定了《九章律》，律法的内容变得更丰富了。到了后来汉惠帝、汉宣帝的时候，又废除了一部分《九章律》的内容，怎么能说萧何定的律法一直都没变呢？"

王安石向吕惠卿投去欣赏的目光。

群臣私下叽叽喳喳议论起来。

宋神宗向吕惠卿投去赞许的目光。

司马光的脸一会儿红，一会儿白。

宋神宗："嗯，吕惠卿说得有道理。"

吕惠卿："刚才司马大人说的与历史事实也不相符，汉武帝是穷兵黩武、骄奢挥霍，弄得国困民穷、盗贼蜂起，这跟变不变法没关系。汉宣帝之所以能提振国势，是因为他改变了汉武帝的做派。"

司马光（迅速调整好自己的情绪）："吉甫说得有一定道理，汉朝的兴衰有其自身的缘故。我今天要说的意思是天不变，道亦不变，大宋的礼仪纪纲不能变，治国的总方针不能变。就像一间房子，它漏雨了，我们修补它是可以的，没有大坏就不能拆掉它。"

吕惠卿："我们变法的意思也是如此！谁说要拆掉房子，你不是在讥讽变法吗？"

司马光："我没想要讽刺变法，没针对谁。既然你提出来了，我倒想问问，朝廷本来有三司主管财政，现在又设立制置三司条例司，这到底是为什么？你什么都管，我们这帮宰执大臣不是成摆设吗？"

吕惠卿："司马大人，说到底你还是反对变法。皇上想振兴大宋，却处处受掣肘，没有个独立的衙署，新法能诞生，政令能畅通吗？"

司马光（激动地）："你别给我扣帽子！"

韩琦："反对变法又如何？与其这样变法，倒不如不变！设置三司条例司破坏祖宗旧制，骇人听闻，应该立即取消！"

富弼："皇上，朝廷已有个三司，现在又设一个制置三司条例司，于名不正啊。"

文彦博、吕公著、唐介也在叽叽喳喳地议论。

王安石："诸位，我们设条例司，主要任务是制定律法，它不是什么都管。大家要关注的是它制定的律法好不好，而不是这个机构该不该设立。"

宋神宗："各位卿，不要互相责难，伤和气了。条例司的设立，是朕和王安石共同商议的结果。一个衙署该不该设立，要看它有没有用。现在争论它该不该存在，实在为时过早。"

司马光、文彦博、吕公著、韩琦、唐介等像霜打的茄子——蔫了。

8

西夏王宫，30多岁的梁太后和年仅10岁的夏惠宗坐在御案前，满朝文武大臣列队早朝。梁太后头戴龙凤冠，身着霞帔，威风凛凛。

梁太后："各位文臣武将，宋国欺我主年幼，傲慢无礼，丝绸、白银迟迟不进。都罗马尾！"

都罗马尾："臣在。"

梁太后："调集三十万大军，叫大家带够百日干粮，我要亲自出征，教训宋国。"

都罗马尾："臣遵旨。"

众朝臣："太后神武，太后万岁万万岁！"

皇城南郊，西夏兵浩浩荡荡向南进发。

9

子夜，更漏在滴答作响，司马光躺在床上久不能寐，白天在迩英殿和吕惠卿争论的情景重现眼前。

镜头摇出回忆：

宋神宗："是吗？汉代一直沿用萧何的律法吗？这样做行吗？"

司马光："是的。不单汉朝的律法，上古三代帝王，夏商周的圣君，他们的治国方略沿用到现在都可以。"

宋神宗："这……"

在座的官员有的点头，有的摇头，王安石深邃的目光扫视着全场。

吕惠卿大笑："哈哈哈……"在黧黑面孔的衬托下，一口牙齿显得格外洁白。

镜头回到现在：

司马光（独白）："一定是王安石怂恿的，要不吕惠卿他官阶如此卑微，怎敢如此放肆！你王安石结党营私，标新立异，想名垂青史，我看不遗臭万年就好了！"

10

大顺城外，西夏兵正向城头猛攻。

箭矢如雨。

他们架起云梯往上冲。

城门外，西夏士兵扛起巨木向城门撞去，发出巨大的响声。

中军帐内，梁太后和都罗马尾在看地图，交谈着什么。

11

紫宸殿早朝会。

宋神宗端坐在御案前。

朝臣们手持笏板列队其中，富弼、王安石、陈升之、司马光亦在其中。

宋神宗：“时间过得很快，转眼我朝又将举行殿试，选拔才俊。司马光，今年参加殿试的贡士有多少？”

司马光：“陛下，有一百五十人。”

宋神宗：“翰林院就数你资历最老啰，今年殿试题目就由你来代朕出吧。”

司马光（叩头）：“谢皇上信任！”

一内侍走了进来：“陛下，陕西路战报。”

神宗接过奏本看了起来。

镜头摇出大顺城被攻陷的惨状：西夏兵一边沿着云梯往城墙上爬，一边用巨木撞击城门，城门被撞开，西夏兵如潮水般往大顺城里涌，见人就砍，见物就抢……

蔡挺（画外音）：“陛下，大顺城居然被西夏人攻破了，梁太后亲自出马，领兵三十万南下进犯，主力现驻扎在榆林。”

宋神宗满脸涨红，牙齿咬得咯咯响。

宋神宗：“各位卿，请问有何良策退敌？”

众人缄口不言。

王安石（皱了皱眉头）：“陛下，臣以为应迅速增兵陕西路，确保庆州勿失。同时诏令各州县军民坚壁清野，待西夏人粮草耗尽退兵之时，伏击而歼灭之。朝廷还要派使者出使吐蕃，吐蕃知道西夏后方空虚，必出兵袭之，梁太后自然无心恋战。”

宋神宗：“好！”

12

司马光在自己书房斟酌殿试题目。

他的眼前闪现出制置三司条例司挂牌那天，王安石、吕惠卿、曾布等在门口鼓掌欢呼的情景；还闪现出吕惠卿在迩英殿驳斥自己、让自己尴尬万分的情景，王安石那充满嘲笑意味的眼神……

司马光用力咬了咬下唇，执笔写起了殿试题目：“今有人云：天变不足畏、祖宗不足法，人言不足恤，愿闻所以辩之。”

写好后，他又仔细检查了一遍，然后把题目装进了牛皮纸公文袋。

13

大庆殿，贡士们在看考卷。

题目特写：“今有人云：天变不足畏，祖宗不足法，人言不足恤，愿闻所以辩之。”

不少学生看到这个题目后，表情惊诧、错愕。然而为了功名，他们又只好握起笔来答题。

14

交了卷的贡士们，在宣德门外议论纷纷。

贡士甲："今天作文题里的三句话是谁抛出的？"

贡士乙："听说是参知政事王安石。"

贡士甲："真是大逆不道。孔夫子教导我们要'知天命''畏天命'，奸臣当道之时，天灾连连，就是天的警告，怎能说天变不足畏呢？"

贡士丙："在下不敢苟同。荀子讲过：'天行有常，不为尧存，不为桀亡。'天是客观存在的自然界，其运行规律也是客观的，天没有意志，洪灾、旱灾，日食、月食、地震等与朝政没有必然联系。"

贡士乙："荀子是儒学的叛徒，他的学说是反对孔夫子的！"

贡士丙："荀子也是一代大儒，太史公把他与孟子并列，他发展了儒学，怎能说他是叛徒？"

贡士甲："程先生不是这样讲的，你哪里来的歪理邪说？"

贡士丁："做学问要从实际出发，也要学会包容，和而不同嘛。"

贡士乙："他还要帮他诡辩，揍他！"

贡士丙："谁敢动他一根毫毛？！"

贡士乙："我！"说着上前推了贡士丁一把。

贡士丙用肩膀撞了贡士乙一下，贡士乙打了个趔趄。

贡士甲打了贡士丙一拳，贡士丁又还了他一脚。

持不同观点的两派推推搡搡，手指点点，互相叫骂起来。

守卫宣德门的两位太监来到他们中间斡旋："各位贡士，大家都是斯文人，有话好好说，别伤了和气。"

15

福宁殿，宋神宗问李舜举："李公公，今天殿试后，那班书生在宣德门外嚷嚷什么？"

李舜举："回皇上，他们在争论殿试中的一道策论题。"

宋神宗："哦，拿题目我看看。"

李舜举拿来一张空白考卷，上面印着司马光出的试题"天变不足畏，祖宗不足法，人言不足恤"（特写镜头）。

宋神宗眼前又浮现出司马光跟王安石在延和殿、跟吕惠卿在迩英殿争论的情景。

宋神宗："好你个司马光，朕一忙起来没看试题，你就钻起空子来了。"

16

司马光宅邸。书房里，司马光坐在案前阅读《邸报》，第一版有个醒目的标题——《"三不足"引争议，三贡士大打出手》，他端详着文章里的词句，嘴角掠过一丝冷笑，然后"哼"了一声。

这时，门"笃笃"地响了。

司马光："进来。"

他的夫人张氏推开门进来："老爷，文大人来了。"

司马光走出客堂，文彦博刚好踏进客堂的大门。

司马光作揖："文大人，欢迎光临寒舍，晚生失礼了。"

文彦博回礼："君实，不用拘礼——听你的管家说，这段时间，你老待在书房，一写就是大半天。"

司马光："是呀，《资治通鉴》还有大半没写好，晚生怎敢偷懒。"

文彦博："你也要多走出去看看，了解世情，掌握话语的主动权。"

司马光笑笑："秀才不出门，亦知天下事。《邸报》上写的秀才们打架的事，我都知道了。谢谢文大人。来，请坐请坐。"

两人分别在红木太师椅上坐下。

婢女上来斟茶。

文彦博："谢什么，这文章又不是我写的。"

司马光："文章虽然不是你写的，但《邸报》刊登的内容由你把关哪。"

文彦博（幸灾乐祸）："那倒也是。听说皇上对试题中的那三句话，感到很震惊。"

司马光："皇上震惊就好了，我们就是要把王安石蛊惑人心的话，推到风口浪尖，让大家看到他变法主张的荒谬和乖戾。"

文彦博点点头，说："我老有一种不祥之感，王安石、吕惠卿他们想变天。"

司马光："文大人，不必太悲观。皇上还年轻，喜欢王安石鼓吹的那一套，没准哪天醒悟过来，会明白老臣们的用心。"

文彦博："但愿如此吧。"

17

紫宸殿里，宋神宗和王安石在交谈。

宋神宗坐在御榻上，王安石坐在前面的太师椅上。

宋神宗："前几天殿试后，进士们在宣德门外大声嚷嚷，争论起试题中的几句话来。"

王安石："什么话？"

宋神宗："天变不足畏，祖宗不足法，人言不足恤。有人说是你讲的。"

王安石："哦。臣没讲过这样的话。"

宋神宗："那你怎么看这事呢？"

王安石："陛下登基以来，心系黎民，为国操劳，宵衣旰食，此乃畏惧天变，怎么能说天变不足畏呢？陛下为了变法成功，广开言路，开张圣听，怎么能说人言不足恤呢？至于对待祖宗法度，我们是效法它的初衷，继承其适宜当世的律法，而不是墨守成规。"

宋神宗微笑地点点头："是呀，我们是畏天变、恤人言、法祖宗的。"

王安石："保守派抛出这些言论是为了攻击主张变法的官员。"

宋神宗："显而易见。"

王安石："可话又说回来，如果这个天，纯指自然的话，天变是不足畏的。"

宋神宗："此话怎讲？"

王安石："日月星辰的运行，自有其规律，天狗食月、旱灾、蝗灾，都是自然现象，和君主的行为没有什么关系。"

宋神宗将信将疑："是吗？"

王安石："陛下，要警惕某些人借天灾说事，反对变法。"

宋神宗点点头。

18

制置三司条例司衙门，王安石、陈升之、吕惠卿、曾布、章惇、苏辙围坐在条形会议桌前。

王安石与陈升之同坐主席，陈升之在右，吕惠卿、曾布坐在陈升之右边，章惇、苏辙坐在王安石左边。

此外，还有吕嘉问、程颢、刘彝、卢秉、谢卿材、侯叔献、王汝翼、曾伉、王广廉等分坐两边。

陈升之："诸位，今天是我们制置三司条例司的第一次会议，皇上对我们寄予厚望。变法，可不是件简单的事，我和参知政事王大人联名上了一道奏章，提出了'合众智'的建议，希望陛下广开言路，广泛征询天下民众的意见，使变法大业能够顺利进行。"

王安石："我们宋朝自立国以来，走过了百年历程；如今积贫积弱，到了非变法不可的时候了！成立制置三司条例司，就是要为变法服务。"

苏辙："我们的具体任务是什么？"

王安石："我们的具体任务就是制定新法。你们感受到没有，我们还没开始运作，就遇到了很大的阻力。"

吕嘉问："感受到了，奉旨成立三司条例司都遭那么多高官非议。"

王安石："你们想过没有，仁宗时期，范仲淹等前辈推行的庆历新政为什么一年多就被废除？"

大家面面相觑，一时不知道怎么回答。

过了片刻，吕惠卿回答说："我看是仁宗皇帝太软弱。"

章惇："我看是权贵们太顽固。"

王安石："你们说的都有一定道理。庆历新政对权贵的利益一下子冲击太大，所以遭到百般阻挠，最后以失败告终。我们这次要吸取教训，先从发展生产，改善民生出发，让大多数人从变法中得到好处。有了大多数人的支持，变法才能持续下去，才能把不合时宜的陈规改革掉，从而实现富国强兵的理想。"

大家一致鼓掌。

曾布："王大人说得好！下一步棋我们怎么走呢？"

王安石："皇上要求我们广泛收集社会各界的意见，不管他是官员还是普通百姓，只要意见建议被采纳，统统有奖！"

众人："皇上圣明！"

王安石："我们来一次全国性的摸底，派要员到全国各地去了解民情，了解百姓的生产、生活状况，在调查研究的基础上制定新法。"

曾布："好啊！"

章惇："我想，这样制定出来的新法一定能利国利民，得到大多数人的支持。"

王安石："但愿如此，这样才不会辜负皇上对我们的期望。我这里拟了一个方案，派八个要员，各带一支人马，到全国各地去视察民情。这八个要员是：程颢、卢秉、刘彝、谢卿材、侯叔献、王汝翼、曾伉、王广廉。"

被念到名字的八个要员次第站起来，作揖示意："下官在。"

王安石对大伙说："大家看看，还有什么要补充的？"

陈升之："各位，变法是没有退路的，只许成功，不许失败！我们八位官员肩负重大的使命，须微服私访，以便掌握最真实的情况。"

大家点头称是。

第四集　拒纳美妾

1

王安石在书房聚精会神地看《邸报》，一会儿用毛笔在上面勾画着什么，一会儿从书架上取下书来翻翻。

这时，房门“笃笃”地响了两下。

王安石抬头看，只见门口站着个如花似玉的少妇，他惊讶地问：“你是谁？”

少妇端着茶盘走了进来：“相公，奴婢是服侍你的人。”

她面容姣好，身材苗条，头梳双蟠髻，发髻上插着银钗，钿头上镶着珠子。

王安石：“啥时候来的？”

少妇微笑道：“奴婢是今天来的。相公，请喝茶。”

王安石：“你叫什么名字？”

少妇：“奴婢叫陶花。”

王安石：“你是哪里人氏？”

陶花：“奴婢家在苏州。”

王安石：“上有天堂，下有苏杭，苏州人怎么会出来做婢女？”

陶花：“唉，老爷，哪里都有穷人。”

王安石：“说得倒也是——夫人给你多少月钱？”

陶花强装笑容："我还不知道。"

王安石："奇怪了，你被雇用，还不知道一个月工钱多少。好了，你回房歇息去吧。"他接过茶杯，喝了一口茶，然后把茶杯放在书桌上。

陶花："我不累。"

王安石也没在意陶花，继续看他的书。不知过了多久，外面的雄鸡啼叫了，已是子夜时分。

王安石站起来，伸伸懒腰，长长地舒了一口气。只见陶花还在身边伺候着，神情略显疲惫，在打呵欠。

他感到奇怪，问道："你怎么还没去睡觉？"

陶花忙微笑起来："我等着你呢。"

王安石（同情地）："你不用等我，把事情做完了，就歇息去吧。我这里也没什么需要你做的。"

陶花："问题是事情没做完，书房里你不需要，卧室里还需要。"

王安石（诧异地）："卧室你打扫过一次就行了，还需要你干什么？"

陶花（平静地）："夫人叫我伺候你就寝。"

王安石（惊异地）："什么？叫你伺候我就寝？"

陶花（脸红，尴尬地）："不……不，她叫我把你脱下的衣服拿去洗……她说你常常看书或批阅文书到深夜，衣服也忘了换去洗，就叫我来……"

王安石："哦，她说的也是实话，我这个人记性不好，常常丢三落四的。"

陶花："那就过去歇息了吧，时辰也不早了。"

王安石："好吧。"于是走出书房。

陶花紧跟着王安石，指着书房隔壁的房间说：“王大人，夫人叫你今晚在这个房间睡。”

王安石：“为什么？”

陶花：“进去你就知道了。”

2

王安石走进书房隔壁的房间里，只见房间布置一新，新的床架，新的锦被，新的帐幔。他转头一看，墙上还贴着个“囍”字。王安石注视着“囍”字，镜头摇出回忆……

江宁王府客厅，年轻的王安石和吴琼身穿结婚礼服，正在举行婚礼，亲友们簇拥在周围，王益和夫人坐在厅的中央。

司仪说：“二拜父母。”

王安石和新娘跪下朝父母三叩头。

司仪又说：“三，夫妻对拜。”

新郎、新娘转过身朝着对方虔诚地拜了三下。

王安石和吴琼站起来，媒婆将绾着同心结的红绸带塞到两人手上，于是新郎牵着新娘往洞房里走。

这时，报子走进来大声说：“恭喜王少爷安石进士及第，金榜题名！”

众人欢呼：“哇，双喜临门！”

新郎新娘喜出望外。

洞房里，王安石站在写字台上略微思索了一下，用毛笔写出一个“囍”字。

王安石：“夫人，过来看，我造了一个‘双喜’字。”

坐在新床上的吴琼走过来，手搭在丈夫的肩上，端详了一下，高兴地说：“这字造得真好，就像一对恩爱夫妻连在一起，永不分离，又象征我们今天双喜临门！”

王安石：“你认为好就把它剪下来，贴在墙上。”

吴琼（幸福地）：“好。我估计以后的人结婚，也会喜欢贴个‘囍’字。”

3

镜头回到现在。

王安石笑笑：“好家伙，搞得这么花哨，像洞房一样。老夫老妻了，还想重温旧梦？”说着，他掀开帐幔，只见床上叠着一张红底绣花被，夫人不在。

王安石：“玩什么花样，还要跟我捉迷藏？”

陶花禁不住抿嘴笑，说：“夫人说年纪大了，她会打呼噜，怕影响你睡觉，她就不过来了。”

王安石：“什么她会打呼噜，是我会打呼噜。唉，打呼噜这毛病也没法治，夫人长期跟我睡，都患上失眠症了。现在皇上赐的宅第比较宽敞，有条件了，能分开睡就分开睡吧，对双方都好。”

陶花：“相公真是通情达理。”

王安石说着脱去外衣：“你拿去洗吧。”

陶花：“是，相公。”

她接过王安石递过来的衣服，把它披在衣架上，自己也宽衣解带。

王安石目光逼视陶花：“怎么，你也要在这房间里睡？”

陶花：“是的，相公。”

王安石（严肃地）：“你究竟是什么人？”

陶花（尴尬地）：“我……我……”

王安石：“谁介绍你来的？”

陶花：“客栈的老板娘。”

王安石：“哪家客栈？”

陶花：“吉星客栈。”

王安石：“你莫非辽国的奸细？”

陶花扑通一声跪下（痛苦地）：“相公，奴家不是什么奸细，奴家是你纳的妾！”

王安石：“什么，什么！你是我纳的妾？我什么时候纳过妾？”

陶花：“相公，千真万确，奴家是你纳的妾。”

王安石：“我纳的妾我怎么不知道？”

陶花：“是夫人把奴家买来的，她说你不喜欢纳妾，叫我先不要告诉你。”

王安石（拍桌子）：“岂有此理！”

陶花“呜呜”地抽泣起来，泪水顺着她那水蜜桃一般可爱的脸蛋流下来。

王安石在房间里踱来踱去。

王安石（内心独白）：“她还想来个先斩后奏，等到生米煮成熟饭了，我推也推不掉。”

王安石：“她买你花了多少钱？”

陶花用手帕揩揩眼泪：“一千缗钱。”

王安石：“她还挺大方啊。”

陶花：“她都是为你着想——相公，你千万别把我退回去，我们家没钱赔你。”

王安石：“为什么？你有丈夫吗？你有孩子吗？”

陶花点点头。

王安石："你有丈夫，有孩子，为什么家里要把你卖掉？"

陶花："不是家里要把我卖掉，而是我自己把自己卖掉！"说着，号啕大哭起来。

王安石（同情地）："妹子，你别哭，慢慢把话说清楚。"

陶花："奴家的夫家姓鲁，我们原本在家种稻养蚕，日子过得还算滋润。前些日子，官府差丈夫给朝廷运粮食……"

4

镜头摇出回忆：

江南水乡，农家小院，鲁宏在小院里劈柴，陶花在堂屋里纺纱，两个儿子在房子里捉迷藏。

一小吏闯进小院，拿着文书走到鲁宏面前对他说："鲁宏，县衙派你去押运一船粮食到汴京，后天出发。"

鲁宏："长官，小民从来没走水路运过粮食。能不能换别人去？"

小吏："少啰唆，你愿去也得去，不愿去也得去。"

一艘漕运船在运河上航行。

桅杆上挂着风帆，鲁宏站在船头，四个船工在划船，船尾师傅在掌舵。

当船行驶到运河与淮河的交汇处时，突然狂风大作，江面波涛汹涌，船身侧翻。

鲁宏和几个船工在水面挣扎逃命，几个船工被波涛卷走，水乡长大的鲁宏拼命向岸边游去。这时有条船过来搭救了他。

汴京，漕运司衙门。

鲁宏跪在地上求饶："张大人，情况就是这样，真是天有不测风云，好在小人走运，要不早和那几个船工一样，去阴曹地府了。"

张大人："你说的情况有谁可以证明呢？以前有过刁民监守自盗，与强人合伙骗走财物的案例，所以本官不能随便放人。你押运的粮食，价值五千缗钱，你必须把这笔钱赔清，我们才放人。来人哪，把鲁宏押进大牢。"

两个狱卒上来拽住鲁宏的肩膀和手。

鲁宏："冤枉啊，冤枉啊，你们不分青红皂白要我赔粮食，岂不是要我家破人亡吗？"

开封府牢房。

鲁宏戴枷坐在铺着稻草的地面上，头发散乱，胡子长长的。

愁容满面的陶花提着竹篮，在狱卒的带领下，来到牢房的铁栅前。

丈夫看到妻子来到牢里探望自己，几分高兴，几分惭愧。

鲁宏："孩子他娘，真对不起……"

陶花："快别说。"说着从竹篮里拿出包子递给丈夫，丈夫接过包子，大口大口地吃起来。

陶花："家里的房子、田产我都变卖了，凑了四千缗钱给漕运司，可是他们说得给五千缗才放人。"

鲁宏（愤愤不平地）："还差一千缗钱去哪里弄？漕运司太过分，也不问青红皂白……"

陶花："夫君，别生气，别气坏了身子，孩子们不能没有你。"

鲁宏：“房子都卖掉了，孩子们住哪？”

陶花：“暂时住在祠堂的耳房里。”

鲁宏：“唉，真倒霉！这该死的差役法，以后我宁可砍断自己的腿也不愿当这个差，没个工钱还要担如此大的风险。”

陶花：“你别急，让我想想办法，我一定要把你赎出去。”

汴京，吉星客栈。

陶花在客房里发呆。

镜头摇出回忆：

陶花在堂叔家告别儿子。大儿子十岁，小儿子八岁。

大儿子：“娘，你要早日把爹爹赎回来。”

小儿子：“娘，我跟你一起去接爹爹回来。”

镜头拉回现在。

房门“笃笃”响了，陶花拉开门闩，原来是房东老板娘。

她说：“客官，请交房钱。”

陶花（惭愧地）：“老板娘，不好意思，宽限几天吧，我为了救丈夫，把带来的钱全花完了还不够，现在我已经身无分文了。”

老板娘（板着脸孔）：“宽限几天你就付得起吗？你从哪弄钱来？”

陶花（茫然地）：“我也不知道。”

老板娘：“我给你指一条财路，保证你衣食无忧，还可赎出你丈夫。”

陶花惊喜：“啥法子？”

老板娘：“把自己卖去青楼，你可以赚大钱。”

陶花痛苦地摇头："那我不是把自己给毁了吗？我还有何面目面对自己的亲人？"

老板娘："像你这样被卖掉给家里抵债的女人多的是。"

陶花："不，不！打死我也不做妓女。"

老板娘："那也好过你救不出丈夫。"

陶花擦擦眼泪："哎，有没有人请婢女？我愿意去做婢女。"

老板娘："婢女肯定有人请，问题是做婢女几时能存够钱来赎你丈夫呢？"

陶花："是啊，我夫妻都不在家，孩子们怎么过呢？不行不行。"

老板娘："上次有个媒婆说，朝廷有个大官家想买个妾，不知你肯不肯去？"

陶花皱了皱眉头："像我这样，能值多少钱呢？"

老板娘："像你长得这么标致，应该可以卖到一千多缗钱。"

陶花沉吟半晌："那就告诉媒婆，我愿去。"

第二天，吉星客栈大堂。

媒婆领着吴琼跨进大堂的门槛。

媒婆："老板娘，早安！这位是吴夫人，她是参知政事王大人的太太。"

吴琼："老板娘，早安！"

老板娘："不知吴夫人驾临，失迎失迎，请坐请坐！"

吴琼笑笑："别客气。"

老板娘："店小二，冲壶茶来。"

店小二："好哩。"

陶花的房间。陶花坐在床沿上发呆。

门“笃笃”响了。

陶花：“请进！”

老板娘：“妹子，恭喜你了，买家来了。”

陶花（忧郁地）：“我是卖给人家，喜从何来？”

老板娘：“那买家可不是普通的人，是朝廷的大官，皇上的红人。”

陶花：“叫什么名来着？”

老板娘：“暂时保密，等会儿你就知道了。好好梳妆打扮一下。”

客栈大堂。

老板娘正和吴琼及媒婆聊天，这时陶花来到客厅：“老板娘！”

老板娘：“哎，我来介绍一下，这位是当朝副宰相王安石的太太吴夫人，这位是陶花。”

陶花（眼角有泪痕，惊诧）：“夫人你好！”

吴琼满面笑容：“真标致的人儿。怎么样，做我的姐妹，行吗？”

陶花：“夫人门第这么高，看得起我这草野出身的女子，真乃三生有幸。”

媒婆满脸堆笑:“王相公是第一次纳妾，看到这么标致的你一定会宠爱有加。”

老板娘：“快别说了，吴夫人可要吃醋了，哈哈哈！”

吴琼笑笑：“别耍贫嘴了，价钱就按妹子说的吧，一千缗就一千缗。你们两个也操心了，各赏你们九贯吧，图个吉利。”

牢房，鲁宏坐在地板上。

狱卒拿着钥匙来开门，也打开他身上的枷锁。

狱卒：“你的粮款赔清了，漕运司说你可以回家去了。”

鲁宏形容憔悴，胡子拉碴。他满脸疑虑、踉踉跄跄地走出开封府监狱，来到吉星客栈找妻子。

鲁宏：“老板娘，我婆娘呢？”

老板娘：“客官，你婆娘把自己卖了，卖给人家做妾，这才把你赎出来。”

鲁宏惊诧：“什么？她把自己卖了？”

老板娘：“是的。”

鲁宏：“卖到哪里去了？”

老板娘：“我也不知道。”

鲁宏悻悻地走出客栈门，望着繁华热闹、灯红酒绿的街市大声喊：“这汴京都是有钱有势的人的世界。我房子没了，老婆没了，田地没了，叫我怎么活啊！”

5

镜头回到王安石新房里。

陶花脸挂泪花：“就这样，我拿了钱把丈夫赎了出来，就来到府上。王相公，请允许我终身伺候你。千万不要赶我走，我已经无路可走了，呜呜……”

王安石表情审慎：“你说的这一切都是真的吗？”

陶花：“千真万确，如有半句假的，千刀万剐。”

王安石（严肃地）：“来人哪。”

一个婢女过来：“老爷，什么事？”

王安石："你叫夫人过来。"

婢女："是。"

不一会儿，吴琼穿着睡袍过来。

她有些尴尬："夫君……"

王安石满脸不高兴："你干的好事……"

吴琼："夫君，来到汴京后，你没有食言，买了一张舒适的竹床给我，我给你买个妾，是为了报答你。"

王安石："嚯嚯，还真是'投我以木瓜，报之以琼瑶'，礼尚往来，那我还不能不接受啰？"

吴琼："夫君看着办吧，看你天天这么忙，我不想让你分心，所以就来了个先斩后奏。"

王安石鼓着眼睛："胡闹！我说过要纳妾吗？这样的事也能先斩后奏，你以为是买头猪，买只羊呀？"

陶花（神色紧张地）："王大人如果嫌我不好，就让我做你们家的奴婢吧，我也没钱退给你们了。"

王安石："陶花，我不是嫌你不好——你先下去歇息吧。"

陶花诚惶诚恐地退下。

王安石："夫人，这种事情你不能自作主张。"

吴琼："我不自作主张，你能同意吗？"

王安石："我不纳妾会死人吗？"

吴琼："我就不明白，那么多官员都纳妾，就你卓尔不群。"

王安石："将心比心，我纳了妾，你心里舒服吗？"

吴琼："舒服。"

王安石："骗人！"

吴琼："不舒服……可我也不想让人家说我小气。"

王安石："你不舒服，我心里也不会好受。别人说的话你能听那么多吗？人得有自己的主见——说说看，买人花了多少钱。”

吴琼：“花了一千缗。”

王安石：“还挺大方啊。”

吴琼：“嗯……”

王安石：“你赶紧传个信，叫她老公来领人。”

吴琼：“那钱如果要不回来怎么办？”

王安石：“人家都倾家荡产、妻离子散了，你还指望把钱要回来？”

吴琼：“可这也是你的心血钱哪，你没日没夜地为国事操劳……”

王安石：“毕竟我们比平民百姓的生活好多了吧？这钱就当我捐给他们家了，钱没了可以挣。”

王安国（从另一个房间过来）：“哥，怎么了？”

王安石：“你嫂子背着我买了个小妾。”

王安国笑：“嘿嘿，那你就笑纳了吧，哪个朝廷要员不梅开三度、四度？哪像你那么忠贞不渝？”

吴琼趁兄弟俩说话时，退进后厅。

王安石：“我没心思跟你开玩笑，人家是被迫卖妻赔偿朝廷的粮款。”

王安国：“咋啦？”

王安石（难过地）：“他们家今年的徭役是从江宁押送一船粮食到汴京，她老公也没水运的经验，遇上风浪翻了船……唉！”

王安国：“不懂行服差役出状况的事时有所闻。”

王安石：“这差役法不但影响百姓的生产经营，而且常给他们带来灾难。如果由官府雇用内行的人来服役，应该会好很多。”

王安国：“是呀，差役法遭诟病很久了，朝廷也迟迟未改。”

6

汴京城西，王安石府邸。

平民打扮、中等身材的鲁宏在王安石官邸门口张望了一会儿，他形容憔悴，面带惭愧。良久，他走上前。

门子盘问：“你是何人，找王大人有何事？”

鲁宏：“在下姓鲁名宏，苏州人氏，是王大人叫我来的。”

门子：“进来吧。”

门子把鲁宏带到客厅门口，鲁宏作揖：“小民鲁宏参见王大人！”

王安石（从茶几旁起身向前）：“进来吧！”

鲁宏跨进客厅门槛，看见迎面走来的王安石即下跪：“王大人，小民鲁宏叩谢你的大恩大德。”

王安石扶起热泪盈眶的鲁宏：“起来吧，起来吧！”

王安石：“好好一个家，怎能因一次差役就被拆散呢？夫人，带陶花过来。”

吴琼带陶花从客厅的左侧门出来，手里拿着两贯钱。

鲁宏和陶花四目相望，一时说不出话来，眼里闪烁着泪花。

鲁宏：“王大人，娘子我接回去，钱我要慢慢筹才能还你。”

王安石：“钱不用还了。”说着他从夫人手中拿过两贯钱，塞到鲁宏手里，“这点钱给你们回家作盘缠。”

鲁宏用手推开：“王大人，这已经叫你破财了，我怎能再收你的钱？”

王安石：“拿着吧，拿着吧。把夫人带回去好好过日子。”

鲁宏热泪盈眶：“恩公，请再接受我一拜，你的恩情我永世不忘。”说着，扑通一声跪下。

陶花也扑通一声跪下：“王大人，没有你的大恩大德，就没有我们家的活路，我下辈子要做牛做马来报答你！”

王安石扶起鲁宏：“快快请起！”

吴琼扶起陶花。

王安石夫妻送他们来到庭院。

鲁宏牵着妻子的手，一步三回头地走出王府的大门。

王安石和妻子目送他们离开，直到梧桐树把他们的身影挡住。

吴琼（打趣地）：“吴国周郎赔了夫人又折兵，你是赔了夫人又折金。”

王安石笑笑说：“如果我要了她，你岂不是赔了老公又折金，更惨！”

吴琼：“看看其他朝廷要员，哪个不是三妻四妾，我真怕人家说我小气。”

王安石：“我说你不小气，你就不小气，别管人家说什么。王相公说的话你还不相信吗？”

吴琼：“贫嘴——为什么你就不愿纳妾呢？”

王安石笑着说：“我怕吵架，我怕分心。不是有人说吗，若要人不和，劝人娶个小老婆。”

吴琼“扑哧”一笑，眼神里充满了对丈夫的爱意。

开封郊外，一望无际的田野。一辆马车载着陶花和丈夫渐渐远去。车棚内，陶花依偎着丈夫的臂膀，半眯着眼睛。鲁宏瞅瞅妻子乌黑的秀发，美丽的脸庞，若有所思。

他拍拍妻子的肩膀，悄声问：“老婆，王大人碰过你没有？”

陶花：“去你的，醋罐子！以小人之心度君子之腹。”

鲁宏："真的没碰过？你还是原来的你？"

陶花："如果睡过了，今天我就不在这车上了！"

鲁宏（高兴地）："这么说，王大人是真君子，大圣人！"

陶花："就是！"

鲁宏："那我就该喊'娘子万岁！'"

陶花："你应该喊'王大人万岁！'"

鲁宏："王大人万岁！"

陶花、鲁宏齐声喊："王大人万岁！王大人万岁！"

车夫在前面冷笑道："嘿嘿，两口子没毛病吧？"

7

福宁殿，宋神宗坐在御案前批阅奏疏。

向皇后坐在旁边陪着夫君。

李舜举拿着一个奏本进来："陛下，富弼管家送来一个奏本，请过目。"

宋神宗："呈上来。"

李舜举上前，双手把奏本递给皇上。

宋神宗迅速浏览起来："怎么，富弼要辞官？大臣们都巴不得升上相位，他却要挂冠而去。皇后，你想想这是为什么？"

向皇后："臣妾估计富老是嫌在王安石领导的制置三司条例司里他插不进脚。"

宋神宗："富老德高望重，朕用他为首相，一是褒扬他几十年来对朝廷的耿耿忠心，二是给老臣们吃颗定心丸。"

向皇后："既然如此，皇上就要尽最大努力挽留他。"

宋神宗："李公公，传朕口谕，问候富老，并劝慰他留任首相。”

李舜举作揖：“奴才领旨！”

8

富弼府邸，富弼坐在太师椅上看《邸报》。

管家进来禀报：“老爷，入内供奉官李舜举奉皇命驾到。”

富弼：“哦，快快请进！”

富弼走出庭院来，只见李舜举从轿中出来，双方互相行礼。

“李公公好！”

“富大人好！”

富弼：“李公公今天光临寒舍，不知有何钦命？”

李舜举：“富大人，今天皇上特意差遣奴才来传口谕。”

富弼：“哦，皇上对老朽有何训示？”

李舜举：“皇上看了大人的奏本后，深表遗憾，殷切期望大人留任首相，为江山社稷贡献余热。”

富弼：“芳林嫩叶催老叶，世上新人赶旧人。有王安石他们一帮新贵就够了，何必用老夫做摆设！”

李舜举：“请富公消消气，皇上也有不得已的时候。”

富弼：“李公公，请转告皇上，容我三思。哎，不提这些扫兴事了，李公公，里面请。”

李舜举：“富大人，卑职皇命在身，不进去坐了，就此告辞。”

富弼：“请便。”两人互相作揖。富弼送李舜举至大门口。

第五集　初见成效

1

清晨，王安石回到房间换好礼服，走到客厅，准备上朝觐见皇上。

门子又来报告："王大人，门外有一布衣求见。"

王安石："谁？"

门子："不认识，他说姓魏。"

王安石："哦，叫他进来。"

王安石走到庭院，布衣装束、30岁左右的魏继宗忙上前来打躬作揖："小民魏继宗拜见王大人！"

王安石："不必客气，有话尽管说。"

魏继宗："王大人，小民乃开封人氏。眼下商贾囤积居奇，垄断价格，盘剥百姓，致使平民生活每况愈下，穷者揭不开锅，切盼王大人救救穷人！"说着他从袖口取出投书，双手递给王安石。

王安石接过投书看了起来。

2

镜头摇出汴京街市，熙熙攘攘的人群。

魏继宗来到一家卖面粉的店铺门口，抬头看见店门上面挂着一块匾额，上面写着“食为天”几个大字。

他走到柜台前，问掌柜的：“老板，这面粉多少钱一斤？”

掌柜的：“六文。”

魏继宗：“上个月才三文，怎么一个月就翻倍了？”

掌柜的：“去年小麦歉收，所以价格上涨。”

魏继宗：“减点产也不至于上涨那么多嘛。”

掌柜的不耐烦地瞪了他一眼：“少啰唆，你爱买买，不买拉倒。”

魏继宗：“看你这德性，我到别处去买不成吗？”

掌柜的：“你去吧，哪里都一样。”

魏继宗一气之下，离开店铺，来到另一条街的面粉店。

他走到柜台前问店员：“店小二，这面粉多少钱一斤？”

店员：“六文。”

魏继宗：“怎么你们这里也六文，跟那边一样，好贵！”

店员：“价格是老板们商量好的。你走遍开封城都是这个价。”

魏继宗：“妈的，都不想让咱小民百姓活了！”

镜头回到现在。

魏继宗：“王大人，其实商人垄断的何止面粉，诸如稻米、食用油、布匹、大蒜、生姜他们都垄断。”

王安石：“你反映的问题与民生息息相关，很重要，谢谢你！”

3

店铺林立的汴京街市，络绎不绝的行人。

王安石和随从林虎、钟信身穿便服，平民打扮，骑着驴在街上行走。远远看见“食为天”面粉店，只见一群人踮起脚尖围着看热闹。

镜头推向店门口。

斜靠在墙上的长木梯上吊着一个五花大绑的男子，他头发蓬乱，光着膀子，骨瘦如柴，两个店员轮流用荆条抽打他，噼啪噼啪声不断，他的皮肤被打得红一块紫一块。

被打男子：“饶了我吧，掌柜的。”

店员一：“抽死你，鬼叫你偷！”

被打男子：“行行好吧，掌柜的。”

店员二:“你这王八蛋，差点让我丢了饭碗！”

王安石和随从插进人群中，大声喝道：“住手！你们怎么可以私设公堂，滥用刑罚？”

店员一：“你是何人？他偷店里的粮食，难道不该打吗？”

店员二：“关你屁事！你骨头痒了吧？”说着挥起荆条向王安石抽来，随从林虎飞快地挡住荆条，一脚把他踢倒在地。

坐在柜台前打算盘的一位绅士模样的男子，看见来者身手不凡，急忙走出店门，只见王安石铁青着脸。他忙赔礼道：“客官，两个毛头小伙不懂礼节，多有得罪，请见谅。”

王安石：“你就是掌柜的吧？他犯了什么天条，要吊起来打？”

掌柜的：“他趁我们卸货没注意，抱起一袋面粉就跑，好在他体力不支，没跑多远，就给我们抓住了。”

王安石：“抓住了你就送开封府，由官府来审讯，怎么可以自作主张虐待嫌疑人？”

围观的人们叽叽喳喳议论，向掌柜的投去不满的目光。

掌柜的（不耐烦）："这个……你是何人？你有什么资格苛求我送贼到开封府！"

钟信："王大人是新上任的参知政事！"

众人向王安石投来敬畏的目光："噢，原来是微服私访。"

掌柜的（震惊，忙赔笑脸）："噢，噢，大人莫非王安石相公？"

王安石（严肃地）："本人正是。"

掌柜的："久仰久仰。小民有眼不识泰山，罪过罪过。"

王安石走上前询问被打男子："老乡，你是哪里人氏？为什么要干这种勾当呢？"

被打男子（羞赧地）："相公，小人乃京畿人氏，在汴河上当纤夫。最近几个月物价连连上涨，家里没钱买粮了……"

掌柜的："王相公，莫听他胡说，现在的盗贼很会撒谎，博人同情。"

王安石对林虎说："你速去叫开封府军巡使来。"

林虎："诺！"于是飞马向开封府奔去。

王安石又对掌柜的说："掌柜的，快把人放下来。"

掌柜的（有些慌张）："诺。你们两个木头，还不快点把人放下来。没经我同意就打人，吃不了你们兜着走啊！"

两个店员耷拉着脑袋，把系在梯子上的粗麻绳结解开，把被打男子放下来。

王安石对掌柜的说："掌柜的，现在的面粉多少钱一斤？"

掌柜的："六文。"

王安石："上个月才三文，怎么过一个月就翻倍了？"

掌柜的："去年小麦歉收，所以价格上涨。"

王安石："减点产也不至于上涨那么多嘛。"

掌柜的："没办法呀，大人，我们去拿货的价格也翻倍了。"

一围观者："真是无商不奸！"

另一围观者："你们做生意的总是千方百计捞钱，也不管人死活。"

王安石："谁给你们供货的？"

掌柜的："一位朝臣的亲戚。"

王安石："请问是哪一位？"

掌柜的（面有难色）："具体我也不清楚。"

王安石见对方很为难，也不追问了。

这时，林虎领着军巡使和两个狱吏来到现场。

军巡使作揖："下官李良朋参见王大人。"

王安石："免礼。李巡使，把他和掌柜的带到开封府去审问一下，一个是偷粮食，一个是私自用刑，要依法处置。"

李良朋："诺！"

王安石："如果查实偷粮者确系家境困窘，要马上禀告知府，拨粮赈济。千万不能饿死人！"

被打男子扑通一声跪下："谢王相公解救之恩！"

王安石："起来吧，要如实反映你的家庭境况。"

被打男子含泪点点头："小民绝不敢欺骗大人和官府！"

掌柜的也扑通一声跪下："王相公，饶了我吧，我是一时气愤……"

王安石："起来吧，一切都要依法处置，该怎么着就怎么着。"

两个狱吏把两人拉起来，要他们两手往后伸，然后用麻绳绑着他们的手。

李巡使作揖："王大人，我们走了。"

王安石回礼："好的。"

李巡使和狱吏押着两人往开封府方向走去。

王安石看着他们远去。他目光严峻，额头上的"川"字纹似乎更深了。

王安石（内心独白）："民以食为天哪！"

朱雀门东边的街市上，身穿便服的王安石在一家布店的柜台前和店员亲切交谈……

东华门街的街市上，身穿便服的王安石在一家油料酱醋店和掌柜的亲切交谈……

4

福宁殿，王安石坐着，和宋神宗交谈。

李舜举和一位内侍在旁边伺候。

王安石："陛下，情况就是这样，现在大商人操纵了各种交易，低价收购，高价卖出，赚得盆满钵满，普通百姓的生活却越来越贫困，有的甚至揭不开锅，朝廷也因此加重了负担。"

宋神宗："想不到大商人垄断价格的情况这么严重！对此，卿有何良策？"

王安石："臣收到魏继宗的一个奏本，里面有很好的建议，请陛下垂阅。"说着双手将奏本呈递过去。

李舜举忙过来接过奏本，呈给宋神宗。

宋神宗阅读奏本。

魏继宗（画外音）："小民以为朝廷必须介入市场。物价低廉时，官府以适当价格买入，以免物贱伤农；物价上涨时，官府以适当价格卖出。这样，既可平抑物价，也可增加朝廷收入，可谓一箭双雕，利国利民。”

宋神宗连连点头：“好！好！”

王安石：“陛下曾经在条例司讲过，要效法齐威王，奖励向朝廷进言的人，尤其是能在变法上献计献策的人。臣以为魏继宗值得陛下褒奖。”

宋神宗：“该怎么褒奖？”

王安石：“陛下，调控市场的衙署成立后，就让他来当长官的助理，给他一个从七品的职位，如何？”

宋神宗点点头：“如此甚好，这对热心变法的官员和百姓是一个很大的鼓舞。”

5

蚌埠码头。

卢秉乘坐的船靠岸。卢秉和侍从都是布衣打扮。

只见码头上有一艘运粮食的船正在卸粮。三个搬运工各扛着一袋稻谷往岸上的仓库走。

卢秉：“老乡，你们把粮食搬到哪里去？”

搬运工甲：“厢军的粮库里。”

卢秉：“厢军可是保家卫国之士，个个身强力壮，怎么还要你们帮他们搬粮食？”

搬运工乙：“如今当兵的，简直做老爷了；个个月拿了军饷，吃饱喝醉，很少练骑射格斗，没什么力气。这不，他们丢几个铜钱，要我们给他们搬。”

卢秉：“岂有此理，当兵打仗的人，一袋谷子都扛不起，成何体统！”

侍从：“难怪我们宋军跟西夏、辽国打仗，总是吃败仗，害得朝廷要给他们那么多白银、丝绸和茶叶。”

卢秉：“兵是越来越多，朝廷的负担越来越重。现在我们每年要给辽国银子20万两，绢20万匹；给西夏银子7万两，绢15.5万匹，茶叶3万斤。”

侍从：“天啊，这么多！这些都是我国百姓的血汗钱啊！”

卢秉：“不改变这种状况不行！这样下去，百姓苦不堪言，大宋岌岌可危。”

他们的说话给一个走在后面的当兵模样的人听见了，他追上前，指着卢秉和侍从便骂：“你这刁民，居然敢污蔑我们军士！”

卢秉：“事实就是这样嘛。”

士兵挥手想打卢秉，被侍从用手拦住。士兵一脚踢过来，侍从一闪，士兵身体失去平衡，摔倒在地。侍从骑在他身上，噼啪噼啪猛扇他耳光。

士兵喊：“救命啊，救命啊，刁民要造反了！”

远处有几个当兵模样的人赶了过来，围殴侍从，被侍从一顿拳脚打倒在地。

侍从：“你们这些混账，有眼不识泰山，这是朝廷大员卢大人。卢大人微服私访，深入民间。你们以为他是普通百姓哪？你们就会欺压百姓，打起仗来个个贪生怕死！”

士兵们个个走到卢秉面前下跪：“卢大人恕罪，卢大人恕罪！”

卢秉：“告诉你们，皇上新登基，用王安石变法，再不能懒惰散漫了！有力不肯出、怕苦怕累的人，你就解甲归田吧，别想皇粮吃到老！”

士兵们个个捣蒜似的磕头："多谢卢大人教导，多谢卢大人教导！"

6

崇政殿前，泾原路经略蔡挺正与一名禁军教头表演五虎断门枪法。两人打了几十个回合，不分胜负。

宋神宗和王安石及其他官员在观看并拍掌喝彩。

宋神宗摆摆双手，示意停下："好了，好了，两位英雄，休息一下。"

两位停了下来。

王安石："请蔡将军介绍一下泾原路是如何练兵，提高部队战斗力的？"

蔡挺："下官奉命到泾原路任职后，为了打击西夏兵的袭扰，加强了军队的军事训练。我们的做法是：建立勤武堂，由固定的将官带兵训练枪法、箭法，每隔五天就检阅一次。"

宋神宗点头鼓掌："蔡将军的做法值得推广。我们要加强训练，练就过硬本领！"

王安石等官员也跟着鼓掌。

7

广南东路的一个村庄，属丘陵地带。田野上的稻田龟裂，禾苗枯黄。田野上有一条小河，但河床干涸，几个村民挑着木桶在河床里挖沙井取水。有几个上了年纪的农民，跪在田头，双掌并拢，向天祈雨。

平民打扮的刘彝和侍从走近他们，和他们聊天。

刘彝："老乡，这里多久没下雨了？"

村民甲："一个多月了。"

刘彝："春夏时节，这条河的水流大不大？"

村民乙："春夏的水好大，只可惜白白流掉了。我们这些耕田的，靠天吃饭，这下子就倒霉了，晚稻正在抽穗扬花，却没雨下。"

刘彝："如果农闲时，组织大家出钱出力，在上游修条拦水大坝，把雨水蓄起来，碰到干旱时，就有水灌溉庄稼，好不好哇？"

老农："当然好啊！"

8

深秋时节的赣北平原，晚稻在秋风的吹拂下，漾起金色的波浪。

农户们在忙着秋收。

刘彝和侍从来到一个村口的榕树下歇息。

只见一家人在忙着割晚稻，男人戴着草帽，举起一把把稻穗奋力往桶缸壁抽打，发出"嘭嘭"的响声。打脱的谷粒，有的直接落到桶缸里，有的飞射到桶缸周遭的竹帐上弹回来，再落到桶缸里。

女人弯着腰，挥着明晃晃的镰刀割稻子。两个十一二岁的小男孩抱着妈妈割下的一把把稻穗，迅速往爸爸手里递。

过了一会儿，只见田垄上走来两个男子，年长的是里正，年轻的是小吏。

里正直呼男人的名字："王白狗！"

北风呼呼，桶缸"嘭嘭"，男人没听见。

里正又喊:“王白狗！”王白狗还是没听见。

小吏下田去扯了一下他的围裙，王白狗才知道里正来找他。

他停下活，来到里正跟前。

里正：“你耳朵聋啦？叫了几声都听不见！”

王白狗：“不好意思，风大，打桶缸的声音又响。”

里正：“这样，县上交代差事了，要派人到江州去守仓库。这回轮到你了。”

王白狗：“里正，能不能换个人？你看这收庄稼的节骨眼儿上，我走不开呀。霜降不割禾，一夜脱一箩。”

里正：“少啰唆，别找借口。”

王白狗：“里正，我能不能出点钱，请个人顶替我？”

里正：“官府可没有这样的律令条文，出了事你担当不起！”

王白狗妻子：“里正，孩子他爹没练过武功，叫他去守仓库，我真的很不放心。”

里正:“县上派下的差事，大家轮着来做。别啰唆了，王白狗，快去签字画押，明天就要启程。”

王白狗只好低着头无可奈何地跟着他去。

两个儿子先是怔住了，后来不顾一切跑上来抱住爸爸的腿不让走。

他们哭喊着：“爸爸，你别走，我们怕……”

里正：“怕什么怕，官府的命令你们敢抗拒？”

王白狗：“孩子，爹也是没办法……”

小儿子：“我不管，我不要你走！”

里正：“好小子，你不让你爹走，那你就去蹲班房吧。看牢头不要了你的小命！”里正的话吓得两个小家伙不敢出声，抱着腿的手也松了些。

王白狗掰开儿子的手，好言劝慰："爹爹会回来的，你们跟着妈妈割禾，能割多少是多少。"

王白狗妻子含着眼泪说："孩子他爹，你要早点回来。"

刘彝看着这一家子，脸上充满了同情。

他目送王白狗的身影消失在村边的竹林里，对侍从说："你看，农民多辛苦，农忙季节还要拉去服役，这生产又得受影响。"

侍从："刘大人，我们家乡很多乡亲都苦于官府抓差，有什么好办法免去他们的差役，让他们能一心一意种庄稼呢？"

刘彝："这些情况我们得记下来，回去条例司向王大人汇报，力争制定出一部既能减轻农民的徭役负担，又不影响官府公务的律法来。"

侍从："如能制定出这样的律法来，庶民百姓会感恩戴德、山呼万岁。"

9

侯叔献和僚属站在河北的麦田里与农民交谈；

谢卿材和僚属在河南的棉田里与农民交谈；

王汝翼在寺庙与长老交谈；

曾伉在长江岸边与渔民交谈；

王广廉在打铁坊与铁匠边喝茶边交谈。

10

制置三司条例司衙门，群英荟萃，王安石、吕惠卿、曾布、章惇在听取八大员做全国各地民情的报告。

王安石：“刚才八位大人，汇报了他们跋山涉水、深入民间了解的实际情况，这些见闻、访谈为我们制定新法打下了坚实的基础，我代表制置三司条例司向你们表示衷心感谢！接下来，我就要陆续拟定一些新的律令法规，先广泛征求官民的意见，在小范围试行一段时间后，再在全国颁行。”

刘彝：“王相公英明。”

王安石：“由于政务繁忙，我们临时抽调的八位大人也要回到各自的衙署去办公，如果遇到什么问题，我们还会向各位大人咨询讨教，还望各位大人不吝赐教。让我代表制置三司条例司再次感谢你们，感谢你们辛勤的付出！”

众人鼓掌。

卢秉（庄重地）：“王大人，身为朝廷命官，协助三司条例司制定律法，是我们责无旁贷的义务。”

王安石笑着说：“如果朝廷命官个个有你们这样的境界就好啰。你们看，今天就有人缺席如此重要的会议。”

程颢：“是呀，陈相公怎么没来？”

王安石：“新法八字还没一撇，守旧的官员就对变法说三道四，一犬吠影，百犬吠声，有人拿不准，便打退堂鼓了。”

程颢：“原来如此。”

吕惠卿：“相公，你是不是先做一个分工，让大家分头去做？”

王安石：“是的，分工我都考虑好了。现在我宣布：吕惠卿——”

吕惠卿站起来：“下官在。”

王安石：“你负责起草青苗法。”

吕惠卿：“下官遵命！”

王安石："曾布——"

曾布站起来："下官在。"

王安石："你负责起草免役法。"

曾布："下官遵命！"

王安石："吕嘉问——"

吕嘉问站起来："下官在！"

王安石："你负责起草市易法。"

吕嘉问："下官遵命。"

王安石："本官负责同皇上沟通商榷以及律法的最后审订。其他僚属协助搜集资料，参与协商讨论。我们要尽最大的努力，制定出利国利民的好律法来。"

11

福宁殿议事堂，宋神宗坐在御案前阅读奏本，王安石坐在旁边的太师椅上，李舜举在旁边伺候着。

宋神宗放下奏本："卿认为，青苗法把官仓借粮给百姓的利率定为两成，依据是什么？"

王安石："陛下，这个利率只相当于大户人家借贷利率的五分一或十分一，大大减轻了借债人的负担；臣当年在鄞县做知县时，县衙借粮给百姓试行的就是这个利率，绝大多数人还是还得起的。由于大大减轻了农民负担，颇受乡亲们欢迎。"

宋神宗："如此一来，大户们的利率也要跟着降啰。李公公，你怎么看呢？"

李舜举笑着说："陛下，这就叫劫富济贫吧。"

王安石："也可以这么说吧。大户们囤积粮食，然后放高利贷，日进斗金，富得肚脐流油；而贫困农户由于还不起高利贷，只好把耕地卖掉还债，去逃荒要饭，或终身成为佃户。穷的越穷，富的越富。青苗法可以抑制大户对土地的兼并。”

宋神宗：“民为国之本，大多数百姓无地可耕，越过越穷，天下就会大乱。朕基本赞同青苗法草案，这样吧，我们先在京畿的几个县试行一年，然后在全国颁行。”

王安石：“陛下英明，臣遵旨！”

旁白：王安石和他一班志同道合的僚属，在调查研究的基础上，逐步推出了青苗法、市易法、免役法、将兵法、农田水利法、方田法、均输法、保甲法、保马法等一系列新法，朝着富国强兵的目标迈进。

汴京郊外，汴河边，农人们在挥舞锄头、铁锹开挖水渠，引流灌溉。

王安石、侯叔献骑着马带着林虎、钟信两个侍卫来到水利工地巡视。

民工正在加固和垒高河陂，有的从马车上卸下石条，把石条扛到坝上；有的在地上把石灰、沙、黄泥搅拌成稠稠的三合浆；有的提着木桶用泥刀把三合浆撩到被河水侵蚀的石罅里，把缝填满并抹平。

大家忙得不亦乐乎。

镜头拉远，大河两岸是辽阔的田野。

河陂下游两岸，农民们在疏浚灌渠，除杂草，清淤泥。

特写：王安石脸上露出欣慰的笑容，额头的“川”字纹也舒展开了。

王安石和侯叔献从马上一跃而下，跟旁边一个搅拌三合浆的民工打招呼：“老乡，辛苦了！”

这位民工叫刘志康。

刘志康：“官人，庄稼人没什么辛苦不辛苦的，只要有口饭吃，就有使不完的力气。”

王安石（关切地）：“也是的——工地的饭菜能吃饱吗？”

刘志康点点头。

王安石：“那就好——按照现在的进度，雨季到来之前，能把河陂修好吗？”

刘志康：“应该没问题。敢问官人尊姓大名？”

王安石：“在下姓王，名安石。”

刘志康：“王安石，好熟悉的名字，你怎么跟当朝宰相同名呢？”

侯叔献：“王大人正是当朝宰相。”

刘志康忙放下铁锹，下跪叩头：“哦，小人有眼不识泰山。王大人请受小民一拜。”

王安石连忙扶起他来：“乡亲，快快请起。”

旁边的几个民工听说是宰相来了，也带着几分好奇、几分敬意向王安石打躬作揖：“王相公安康吉祥！”

王安石作揖回礼道：“乡亲们辛苦了！今冬这里新开挖一条干渠，明年就有上万亩农田免遭旱灾。水利是农耕的命脉，水利修好了，我们就不用看老天爷的脸色吃饭了，大伙的温饱就有保障了。”

众人作揖：“承相公吉言！”

王安石对民工们说：“你们是哪个村的？”

众人：“我们是刘家村的。”

王安石："青苗法刚刚在你们东明县试行，大伙都知道这回事吗？"

众人："知道。"

王安石："个人向官府借粮只付两成的利息，你们可以接受吗？"

刘志康（诚恳地）："王大人，这比向私人借粮利息低多了，可以接受。不过，最好还是不举债。"

刘七笑笑："那还用说，不到万不得已时，谁愿意去伸手借粮。"

王安石对刘志康说："老乡，你们家的粮食够吃吗？"

刘志康："年成好时够吃，年成不好时不够吃。歉收的第二年，过了清明节，就得勒紧裤带过日子了，向大户人家借一两担玉米，掺和着野菜、野果充饥，挨到小麦收割。现在好了，打死我也不愿向财主借高利贷了。"

另一位农民刘七："王大人，要是官府借粮给咱穷人不收利息就好了。"

侯叔献笑笑："你想得美哩。"

王安石："乡亲，眼下国库也不盈实，所以国家也要收点利息。等到国库充盈了，国家强大了，或许皇上会开恩再降低利息。"

刘七："我们盼着这一天呢。"

侯叔献："乡亲们，大家也干了老半天了，累了就歇会儿喝口水吧。我跟王相公过那边看看。"

众人："好嘞！"

王安石微笑着跟大家作揖告别。

侍卫牵着马跟了过去。

民工们拿起装茶水的竹筒喝水，然后坐在石头上聊天。

刘志康："我就奇了怪了，堂堂一国宰相，出巡只骑匹马；朝廷大员，哪个出行不坐大轿不摆谱？"

刘七："听说王大人不喜欢坐轿，他说，把人当牲口使，他心里不舒服。"

刘志康："这王相公跟其他官员不一样，挺同情咱穷人的。"

王石头："说起王大人，掌故可多哩。听说他常常忘记洗澡，忘记吃饭。老婆为他买了个非常漂亮的妾，他还不要，原封不动地退回给人家。"

刘七："哈哈哈，原封不动地退回给人家……哈哈哈！要是你小子有个妾，还不知怎折腾呢，恐怕三天三夜都睡不着！"

众人也哈哈大笑。

王石头："我才不要哩，色字头上一把刀。"

刘七："你是买不起、吃不到的葡萄是酸的。哈哈哈……"

众人："哈哈哈……"

滁州，刘彝在水利工地巡视。

民工们用箕畚挑着黄土，络绎不绝地往两山狭窄处倒，筑坝蓄水。

庆州城外，蔡挺指挥士兵练习射箭。

榆林城外，种谔在指挥士兵使着环子枪和素木枪练习格斗。

12

滁州全椒县衙门口，张贴着一张安民告示。

一群乡民围了上去，有人念道："借贷告示：本县将试行青苗法，凡农户生计困窘者，可向县衙贷粮借钱，以禾苗做抵押，秋后还本付息。利息两成。全椒县衙示。"

余平和乡亲们看后大受鼓舞。

余平："好哇，今年再也不用出去逃荒要饭了。"

乡民甲："对，只要我们勤勤恳恳，到了秋天定会有好收成，这两分的利息还是还得起的。"

乡民乙："这样的利率比财主老爷家的低多了，财主家的利率是百分之百呀！"

13

滁州府库门口，一群农民正挑着箩筐排着队借粮食。

府吏吆喝："余平。"

余平："到。"

府吏："你在这借契上签名按手印。"

余平："好的。"

特写：兹借全椒县常平仓稻谷贰担，秋收后偿还，利息两成，借债人……（借契是统一印制的，借债数量和借债人姓名处各留了空白。）

余平用小楷毛笔在空白处签了名，又用右手食指蘸了印泥上的红油，在自己的名字上按下。

府吏给了余平两张盖有官府印章的小票，对他说："好了，你可以凭此票进仓库取粮了。"

余平："谢谢大人！"

府吏："下一位，李南石。"

李南石："到！"

14

上元县衙门议事堂，知县吴秉常和县丞、主簿、县尉等人在开会议事。

吴秉常："各位大人，青苗法在一些地区试行一年后，效果很好。朝廷收到了大量的利息钱，政绩好的州县在《邸报》上得到了表彰，其中有东明县、陈留县、全椒县，大家都看到了。从现在起，青苗法在全国颁行，我们上元县也不能落后。王安石是从我们江宁府高升到宰相府的，他的行事风格大家也清楚，就是要看官员的政绩，政绩好你就是个人才，就有希望。"

县丞和主簿世故地交换了一下目光，没有出声。

县尉："吴大人，问题是怎么做，才能取得好的政绩呢？"

吴秉常："我们分头下到乡里，要求里正督促每户都要来官府借粮，摊派到人头上，这样，借的数量自然多，收的利息钱也就多了。"

主簿："这借贷得看需要，如果农户不需要借贷，不愿意来借贷，咋办？"

县丞："是啊，我们总不能为了政绩强求百姓贷款吧？"

吴秉常："我们不用强求他，吓唬吓唬他就够了。"

县尉："怎么吓唬？"

吴秉常："就说今年不来借粮的人家，以后你需要借贷，官府也不借给你。"

县尉："也是个办法啊。"

吴秉常："我们还可以启发他来借贷。"

主簿："如何启发？"

吴秉常："告诉借贷的农户，他可以提高利息，将借到的粮食转借给别人，赚取利差。人都是想发财的，有利可图，他怎么会不干？"

县丞："佩服佩服，吴大人真是办法多多。"

吴秉常："你们的脑瓜子哪个不比我灵光，我只是敢想敢说而已。就这么办吧，出了政绩，大家都可步步高升。"

15

田野里，禾苗迎风掀起一波波绿浪，余平和乡亲们在稻田里拔草，泼粪水……

16

田野里，一串串金黄的稻穗坠弯了禾苗的腰，远看是一片金色的海洋。

17

田野里，余平夫妇和乡邻们在挥着镰刀割稻子。

18

滁州府仓库门口，余平和乡邻们挑着谷子来还债，他们排着队还粮，脸上露出欣慰的笑容。

李定一身文人打扮，戴着斗笠骑着马和一名随从来到队伍旁边，询问乡亲。

李定：“老乡，还了本息，还有谷子剩吗？”

一老乡：“有啊。”

李定：“所剩粮食够一家人吃吗？”

一老乡：“基本够。到了冬天，我们每天吃餐红薯、土豆，也就能填饱肚子了。”

李定：“哦。你们以后愿意到官府借粮吗？”

余平：“这还用问吗，官府的利息远低于大户的。”

李定微笑着点点头，对随从说：“有他这句话我就更放心了。”

随从问：“李大人，此话怎讲？”

李定：“因为青苗法是我恩师王安石主持制定的。在我们秀州，青苗法施行得很成功，今天路过这里，看到滁州的农民也拥护青苗法，咱打心里高兴。”

随从：“噢，原来如此。这也是人之常情，谁愿意去借高利贷呀？”

李定：“嗯——前面驿道旁有个亭子，我们到那里歇歇吧。”

随从：“李大人，我们还要几天能抵达汴京？”

李定：“还要七八天吧。”

19

清明时节，山西介休绵山，细雨迷蒙，远近响着人们祭祖的鞭炮声。

文彦博率一家老小十几人在祖坟前插上香，点燃蜡烛，焚烧纸钱及其他祭品，纸做的轿、丫环、银锭……文彦博带领大家跪在墓前，双掌并拢三叩头。

随员和轿夫为他们撑着青色的油纸伞。

礼毕，侍卫扶文彦博站起来，文彦博捋了捋胡须，环视群山，叹了口气，对站在旁边的小男孩说：“孙儿，爷爷老了，以后清明节登山祭祖得靠你们了。”

小男孩：“爷爷，你有大轿坐，登山怕什么。”众人笑。

一随员：“令孙挺会说话啊。”

文彦博夫人：“孙儿，你想不想坐大轿？”

小男孩：“想呀。”

文彦博夫人：“那你得好好念书，将来有出息才能坐大轿。”

小男孩歪着脑袋：“奶奶我懂，我也要修身、齐家、治国、平天下。”一句话逗得大家哈哈大笑。

文彦博家的田庄，四周的围墙全用青砖砌成，围墙上盖着琉璃瓦，院内有三排房子。南边飞檐斗拱罩着的是田庄的南大门，门楼的匾额上刻着四个楷书大字“文府田庄”。

田庄总管文仁领着仆役们排成两行在门口等候，当文彦博的大轿出现在他们眼前时，他们下跪磕头：“恭迎老爷回乡祭祖！”

文彦博下了轿，对他们说：“都起来吧。”

众仆役：“谢老爷！”

家眷一行也从马车上走了下来。

文彦博对总管说：“文仁，我一年没回来过，田庄的经营如何？”

文仁：“老爷，还好，去年租息的收入比前年略有增加。只是……”

文彦博：“只是什么？”

文仁："今年春上没几个人来借粮借钱，往年青黄不接的时候，借钱借粮的络绎不绝。"

文彦博夫人："文仁，这是何故？"

文仁："夫人，今年朝廷颁行了青苗法，官仓低息借粮给农户，抢了我们的生意。"

文彦博夫人："原来如此。"

文彦博："库房里还有多少粮食？"

文仁："回老爷，还有五百担玉米，八百担小麦。前年以前囤积的都发霉生蠹了。"

文彦博的大儿子文明："文仁哪文仁，你做事也灵活点，官仓降息了，你也跟着降嘛。"

文仁："大少爷，老爷没首肯小人不敢自作主张。"

文彦博对大少爷说："明儿，你跟文总管进去廒间看看。"

文明："好的。"

巨大的库房，三个廒间分别存放着新旧小麦。

镜头对准右边的廒间，文仁用耙子每翻动一下麦子，都能见到不少黑色的硬壳虫在爬动。

文大少爷捂着鼻子观察。

文明："坏了坏了，再不借出去，这个廒间的麦子就全报废了。"

文仁："要不是我们放了那么多花椒籽，又保持通风透气，情况会更糟糕。"

客堂，文彦博和随员、侍卫在喝茶。

文明走进来，对父亲说："爹爹，囤积的粮食的确生虫了，我们得降低利息借出去，就和官仓的利息一样吧。”

田庄总管：“少爷，如此一来，府上租息收入就要少八成。”

文明：“爹爹，这青苗法就是冲着咱大户人家来的。你身为枢密使，何不奏玥皇上，勿行此法。”

文彦博：“凡物之成毁，皆有时数。如今王安石时来运转，备受皇上重用，要否决新法有那么容易吗？”

20

汴京，文彦博府上，宽敞的客厅。

两边壁柜里有精美的洪山窑瓷器、铜器、奇石、古玩、根雕。

北边的横壁上，挂着一幅装裱精致的画——《虢国夫人游春图》，两边是文彦博书写的扇面书法作品，右边题的是李白的《清平调·其二》，左边题的是杜甫的《丽人行》前六句。

客厅里，文彦博与富弼、韩琦并排而坐。他们正欣赏八个艺伎的歌舞《霓裳羽衣曲》。

过了一会儿，有个家童过来报告：“老爷，司马大人到。”

文彦博：“快快请进。”然后示意艺伎们暂停退出。

家童把司马光延请到门口，只见文彦博、富弼、韩琦已起身，司马光打躬作揖：“各位前辈，久违了！看见你们贵体康泰、精神矍铄，晚生甚感欣慰。”

文彦博回礼道：“君实客气了，请进，这边坐。”

文彦博让司马光跟富弼挨在一起坐，自己坐边上。司马光不肯，两人推推搡搡。

文彦博说：“你是客，我是主，宾客为尊嘛。”

司马光这才坐了下来。

一位打扮精致的婢女上来斟茶。

司马光转头看看墙上的画和书法作品，说："文大人乃翰墨高手，信手拈来，即成精品，颇有闲情逸致呀！"

文彦博："人家看你不顺眼，撂你一边，不闲也得闲哪！"

司马光："说得也是。想不到文大人你这个枢密使也被冷落了。"

文彦博："你说这王安石变法，变来变去，变到咱官宦之家来了，我能附和他吗？道不同，不相为谋。"

司马光："富大人，王安石是副宰相，你是正宰相，变法的事，你不加劝阻反而请求外放，这是为何？"

富弼："皇上和王安石意气相投，老朽能阻止得了吗？"

韩琦："皇上好大喜功，王安石投其所好，走着瞧吧，行不远的。"

众人饮茶说话间，家中书童报告："老爷，老家有书信来。"

文彦博接过信封撕开，看了看信的内容，苦瓜脸上又平添了几道皱纹。

富弼："文大人，老家有什么事惹你不高兴吗？"

文彦博:"青苗法颁行后，田庄的麦子借不出去，发霉变质只好贱卖给人喂猪。"

韩琦："这不，我的管家也说现在没人来借粮借钱了。"

司马光："朝廷的职责本是牧养小民，教化百姓，现在也来做商贾的勾当了。放贷于民，收取利息，成何体统？王安石哗众取宠，新法其实没什么高明之处，只会搅乱天下。"

文彦博："皇上已被王安石的歪理邪说糊弄得走火入魔了，我们只能相机而动了。"

司马光："不可，新法不除，我们就要不停地进谏，直到皇上废除新法为止。”

文彦博：“皇上不纳谏，说了也是白说。”

韩琦：“白说也要说，不说白不说。”

文彦博（横眼瞅了一下两位）：“关键是要有驳倒王安石，说服圣上的理由。”

21

苏州衙门口，张贴着一张告示，一大群人围上去看。

有个书生模样的人念道：“朝廷颁行免役法，废差役法。原来要服差役的民户，可以交免役钱给官府，由官府雇人当差。城市六等户以下，农村四等户以下免交。另外官员、尼姑、和尚、道士、单丁户、未成年丁户、纯女户也要缴纳助役钱。”

陶花和几个乡邻也在围观者之列。有个年龄与之相仿的女子对她说：“陶花姐，这下可好了，你们家只要出点钱，你老公就可以安心在家种地了。”

陶花：“哦，那就好了，我就不用提心吊胆了。”

一妇女问：“是谁制定了这么好的律法？”

书生模样的人：“是王安石。”

陶花：“王相公是大圣人。”

书生模样的人：“你怎么知道？”

陶花欲言又止。

一男子：“这样就比较公平嘛，公家的事，大伙出钱来办。”

一尼姑：“变法变到寺庙里了，阿弥陀佛！”

一妇女：“你们庙里庵里收的善款和香火钱不少，应该出点。”

尼姑："阿弥陀佛！"

22

文彦博府内，司马光与韩琦、文彦博在交谈。

韩琦："王安石现在推出免役法，君实有何看法？"

司马光："真是大逆不道，自大宋立国以来，就没有官员承担差役的规矩。"

文彦博："是呀，现在连我们都要交助役钱了，女户、单丁户、未成年丁户、和尚、尼姑统统要交，真会搜刮民脂民膏。"

韩琦："变法，变法，都是冲着我们来的。"

司马光："冲着我们来是小事，动摇儒学道统才是大事。大宋的礼仪纪纲都是在儒学道统的基础上构建起来的，这礼仪纪纲一乱，天下人的思想就会乱，思想一乱，就免不了要犯上作乱！"

文彦博："君实贤侄的话深刻、犀利，入木三分。"

韩琦："君实，你要反复向皇上申明自己的见解。真搞不懂皇上，君实这样的大才不用，偏要用王安石这种标新立异、哗众取宠之人。"

23

紫宸殿早朝会。

宋神宗坐在御案前，旁边站着侍从。

大臣们罗列朝堂。王安石、司马光、范镇、欧阳修、韩琦、文彦博、邓绾、吕惠卿也在其中。

韩琦上前进言："皇上，青苗法颁布以来，怨声载道，地方官员搞摊派，需要贷款的贷，不需要贷款的也要人家贷，加重百姓负担，我看青苗法应该废止。”

王安石：“陛下，我们颁布青苗法时，曾强调不能搞强制贷款，不能搞一刀切，对那些违背朝廷禁令另搞一套的官员一定要严肃查处！现在，我们不能因为有官员歪曲了新法，就说新法不好。”

宋神宗：“卿家说得有道理。你立刻起草一道诏书，严禁天下诸路在贷款借粮上搞摊派，否则，严惩不贷！”

王安石：“臣遵旨！”

宋神宗：“韩琦，你说有些地方搞摊派，强制人贷款借粮，可有证据。”

韩琦：“有，江宁府上元县就是搞摊派，需要借的也得借，不需要借的也要借，导致百姓怨气冲天。”

宋神宗：“邓绾。”

邓绾：“臣在。”

宋神宗：“御史台立即派官员到上元县彻查此事，如果属实，知县吴秉常要革职为民，永不任用！”

邓绾：“臣领旨。”

司马光：“陛下，这下你看到了吧，青苗法的弊端多着呢。”

王安石：“陛下，官员执法失之偏颇，是官员的错，并非青苗法之过。”

司马光：“如果不实行青苗法，就不会有官吏强迫百姓借粮的乱象出现。”

王安石：“君实兄，喝水有时会呛到人，你不能说是水的错吧？如果因为个别官员行新法走了极端，就要废除新法，那不是很荒唐可笑吗？”

宋神宗：“青苗法的确是一部利国利民之法，我们不能因噎废食。”

这时，欧阳修也站出来进言：“陛下，既然朝廷把青苗法当作一项利民措施，那就不该收取利息。收取利息，就是盘剥百姓，和那些放高利贷的富户没什么差别，这有失朝廷体面嘛。”

吕惠卿：“欧阳大人，那朝廷组织贷款的人工成本总得计吧？”

王安石：“永叔公，青苗钱的利息比放高利贷者的利息低得多。”

范镇：“此不过以五十步笑百步而已。”

王安石：“范公，如此类比不妥吧？借一百还两百，跟借一百还一百二，对于挣扎在温饱线上的农民来说，有着天壤之别！”

宋神宗：“好了好了，不要争了，说到底就是青苗法动了大户的利益，我们的朝臣很多都有自己的田产，既领俸禄，又收租息。现在你就少收点租息，又会穷到哪里去？如今西夏和辽国对我虎视眈眈，如果民心不稳，国家不强，一朝社稷倾覆，你啥都没有！”

24

上元县衙署。

上元县知县吴秉常和县丞、主簿、县尉在议事堂开会。

主簿：“吴大人，今年初，我县颁行青苗法以来，府库的利息收入，已达九千贯钱，比起邻县要多很多。”

吴秉常（肥胖的脸上漾着得意的笑容）：“事在人为嘛，要不是我们叫各地的里正挨家挨户去游说，哪有这样的政绩。我们做的决定没错。”

恰巧此时，邓绾带着两个公人跨进议事堂：“吴知县，你的决定错了！你可知罪？”

吴秉常和同僚惊得目瞪口呆。

倏地，吴秉常缓过神来：“邓大人，什么风把你吹来了？”

邓绾（表情严肃地）：“是大内的风把我吹来了。吴秉常，圣旨到！”

吴秉常连忙下跪道：“下官接旨。”

邓绾：“敕：吴秉常身为上元父母官，不为民着想，反而打着行青苗法的幌子，歪曲新法，强迫农户借粮，致使民怨沸腾，现予以革职查办。钦此！”

吴秉常：“下官领旨。”

第六集　幕后阴招

1

两个公人用枷把吴秉常套住。

吴秉常："邓大人，我这么做，其实也是为了给朝廷多积累财富，早日实现富国强兵的梦想。拜托你替我向王相公求求情。"

邓绾："王相公最讨厌那些为了追求政绩而迫害百姓的人。临走时他叮嘱我说……"

吴秉常："他说什么来着？"

镜头摇出王安石在制置三司条例司衙署门口叮嘱邓绾的情景：

王安石："唉，吴秉常——烂泥扶不上墙！沽名钓誉的家伙。文约，你到了上元县后，要利用吴秉常这个反面教材，好好教育官吏，政绩不仅仅体现在数字上，更体现在民意上，体现在百姓的口碑上。一个朝廷命官，既不能慵懒不作为，也不能矫枉过正。上元县这个案例一定要登在《邸报》上。"

邓绾："卑职遵命。"

镜头回到现在。

吴秉常垂头丧气："完了，完了，我彻底完了！"

邓绾："你呀，弄巧成拙，聪明反被聪明误！"

2

开封府衙门，议事堂一角。墙上挂着苏轼的书法作品和文与可画的竹。

苏轼和几个僚属坐在雕花红木茶几旁。

苏轼从抽屉里拿出一个制作精美的竹筒摇了摇，对大家说：“各位，今天公务没那么忙，大家歇会儿品品茶吧。”

僚属甲：“要得要得。”

僚属乙：“苏大人这竹筒制作精良，是哪里进贡的好茶？”

苏轼把竹筒递给僚属乙：“不敢当，你看看吧。”

僚属乙接过竹筒：“嚯，杭州灵隐寺香林洞产的香林茶，苏大人的手真长。”

苏轼：“不是我苏某手长，而是灵隐寺辩才法师的手长，他在千里之外，托舍弟子由，向我索要字画。”

这时，侍从过来接过竹筒，沏起茶来。

僚属丙：“苏大人字画声名远播，可喜可贺！”

苏轼：“哪里哪里，在下是信笔涂鸦，却蒙辩才法师厚爱。这不，我的字还没交，他这礼品倒先送来了。”

众人：“哈哈，要得要得。”

侍从把茶水端到每个人的面前，大家端起杯子品了起来。

僚属甲：“苏大人，这茶真香！”

苏轼笑着说：“除了香，还有什么？”

僚属甲（咂了咂舌）：“还有一点甘和苦。”

苏轼点点头：“嗯，有甘有苦，甘苦交融，人生如品茶。”

僚属乙：“哦？苏大人品茶还品出了人生的道理来，愿闻其详。”

苏轼："我辈宦游之人，都是通过科举考试通籍的。金榜题名，身系家国，春风得意，犹如品茶之第一感觉；久居官场，人事消磨，祸福莫辨，犹如品茶之第二感觉。"

僚属乙："苏大人所言极是。"

僚属甲："苏大人，听说这两天朝廷里为变法的事，争论不休，王安石、吕惠卿和司马光、文彦博、韩琦等一班老臣唇枪舌剑、针锋相对。"

苏轼："我早就说过，官府放贷，与民争利，会失去人心。又成立什么制置三司条例司，使六七个年轻人日夜思谋如何敛财，实在是有违儒学宗旨，看来苏某不放一炮是不行了。"

僚属甲："苏大人德高才盛，早就该大声疾呼，匡世救俗。"

3

夜晚，苏轼在书房伏案疾书。

4

大内，福宁殿。

李舜举向坐在御案前的宋神宗递上奏疏。

李舜举："陛下，这是苏轼的奏章。"

宋神宗：念吧。

李舜举（拆开信封，开始念）："陛下，人主所依靠的，是人心。人心对于人主来说，如同树木的根，灯盏的油，人主失人心则亡。自古以来，莫不如此……"

宋神宗：不必念了，又是一个唱反调的。李公公，你去叫张若水、蓝元震过来。”

李舜举：“诺。”

片刻，内侍张若水、蓝元震进来叩头，异口同声地说：“奴才参见陛下！”

宋神宗：“起来吧。近日来，反对实施青苗法的声音甚嚣尘上，你们两个替我到民间去摸摸底，看看青苗法实施以来，老百姓的生存状况究竟如何。”

张若水、蓝元震：“奴才愿效犬马之劳。”

宋神宗：“不过，你们去走访的时候，要讲究方式方法，绝对不能让人知道你们的真实身份……”

张若水、蓝元震：“诺！”

5

夕阳西下，山野间暮霭迷离。

张若水、蓝元震各骑着一头毛驴，身穿文士服，在古道上行走。

鹅卵石路面直通一个村庄。

村庄耸立着两座青砖砌成的碉楼，其他是成排的低矮的青砖房或土坯房。

苍翠的古榕几乎把村口的池塘覆盖一半。

张若水：“蓝兄，今晚我们就在这村里借宿一晚吧。”

蓝元震：“好吧。”

他们来到一间土坯房前，轻轻地敲门。

木门咿呀一声打开了。一个头戴幞头、胡须花白的老汉探出头来。

老汉：“两位相公，你们是……”

张若水、蓝元震：“大伯，我们是进京赶考的，天色已晚，想在你们家借宿。”

老汉：“哦哦，没问题，只是我们贫寒人家，没什么好酒好菜招待。”

张若水、蓝元震：“大伯，我们也是寒门子弟，有碗饭吃就行了。”

老汉：“那就请进吧——你们的毛驴我把它拴在大榕树下，喂些稻草。”

张若水、蓝元震：“谢大伯。我们把盘缠一并算给你。”

张若水、蓝元震和老伯一家人围坐在一张圆桌上吃饭。

墙上插着点着火的篾筋，光线暗淡。

菜肴用泥钵和粗糙的碟子盛着，最好的菜是河鱼干，还有秋茄子、番薯叶、白菜。

老汉的妻子：“两位相公，家里没什么好菜，夹些鱼干送饭，将就着吃。”

张若水：“哪里哪里，平时能吃上这样的饭菜我就知足了。”

老汉：“相公，你们家是几等户？”

张若水一时反应不过来：“我们家是……”

蓝元震：“他们家是四等户。”

老汉：“哦，哦，我们家也是四等户。”

蓝元震：“你们家要不要交助役钱哪？”

老汉：“不用。四等户、五等户都不用交了。”

张若水：“你们家的口粮能吃到明年割稻的时候吗？”

老汉的儿子：“歉收的年头吃不到。”

蓝元震："那你们向官府借粮，还是向大户借粮？"

老汉："当然是官府啰。官府的利息低那么多，谁还会去向大户借粮。"

张若水："那你们觉得以前好还是现在好？"

老汉的妻子："当然是现在好。这不，我们村里出去逃荒要饭的人，都陆陆续续回来了。"

蓝元震和张若水点点头，异口同声："哦，哦。"

6

王安石府邸。

书房，王安石在批阅文书。

林虎进来报告："王大人，有位叫李定的官人求见。"

王安石："哦，叫他进来。"

高高瘦瘦的李定走进书房向王安石作揖道："久违了，恩师！"

王安石（喜出望外地）："资深，久不相见，今天什么风把你吹来了？"

李定："承蒙孙先生举荐，皇上召我进京。"

王安石："哦？可喜可贺！请坐请坐。"

李定："学生祝贺老师幸遇明主，能施展才华，匡扶社稷，名留青史。"

王安石："资深，你太天真了，没那么简单哪！这几天，朝廷上，司马光、文彦博、韩琦、苏轼等人，对新法全盘否定。我都被骂得狗血喷头了。你从南方来，百姓对新法的态度如何？"

李定："很好哇，百姓都觉得挺好的。"

王安石（喜出望外地）：“真的吗？”

李定：“当然是真的。刚才我在李尚书（李常）家时，他叫我在皇上面前不要说实话。不知为什么。”

王安石（气愤地）：“这不明摆着吗？他们要联合起来，反对变法！”

李定：“原来如此。”

7

福宁殿，宋神宗正在批阅奏疏。

李舜举走了进来，对宋神宗说：“陛下，张若水和蓝元震去乡间探察民情回来了。”

宋神宗：“哦，叫他们进来。”

李舜举：“张若水、蓝元震进殿。”

张若水、蓝元震走到宋神宗案前跪下叩头：“奴才张若水、蓝元震恭请万岁爷圣安！”

宋神宗：“平身！”

张若水、蓝元震：“谢万岁爷！”

宋神宗：“你们出去探察民情多久了？”

张若水、蓝元震：“回万岁爷，两个月了。”

宋神宗：“你们跑了哪些地方？”

张若水、蓝元震：“回万岁爷，我们去了密州、徐州、湖州等地。”

宋神宗：“还跑得挺远的。百姓对青苗法、免役法的看法怎样？”

张若水、蓝元震：“百姓觉得挺好的。”

宋神宗神色开朗："人同此心，心同此理，看来新法是经得起检验的。"

8

紫宸殿早朝会。

司马光、文彦博、富弼、韩琦、范镇、王安石、吕惠卿、章惇、陈升之、李常等列于朝堂。

李舜举对宋神宗说："皇上，李定已在殿外等候召见。"

宋神宗："宣李定进殿。"

李舜举："宣李定进殿！"

李定快步走进紫宸殿，来到神宗面前行跪拜礼："微臣李定参见陛下，恭祝吾皇万岁万万岁！"

这时，司马光、李常、文彦博等朝臣都感到诧异。

王安石、吕惠卿、章惇、曾布、吕嘉问则显得很平静。

宋神宗："平身！"

李定："谢陛下！"

宋神宗："你刚从南方过来，那边推行青苗法也有一年多了，民间反应如何？"

李定："启奏陛下，青苗法挺得民心的，官府的利息比私人的利息低多了，大大减轻了借贷农户的负担。他们手里有了钱粮，就安心在家种地，不出去逃荒要饭。"

宋神宗一脸欣喜："哦，我想也是。"

司马光目光盯了一下李定说："皇上，这只是李定的一面之词，你不妨多听听。兼听则明。"

宋神宗："前段时间，我派了几个内侍到南方去暗访，青苗法并没有像你们几个说得那么糟糕。”

王安石、吕惠卿、章惇、曾布、吕嘉问等脸上露出了欣慰的笑容。

司马光、文彦博、韩琦、李常等保守派官员垂头丧气。

宋神宗：“我们不要老用旧眼光去看新事物。不变法，就不能富国强兵，国不强，就要被人欺负。想当年，秦皇、汉武、唐太宗，金戈铁马，气吞万里，一统中华，那气势何等豪迈！看看如今，我们的国土面积小得可怜，西夏、辽国虎视眈眈，我们有理由反对变法，拒绝富强吗？”

9

枢密院官署，文彦博正在批阅文书。

进奏院官员司徒策拿着一个装着文件的牛皮纸袋，来到门口禀告：“文大人，本期《邸报》已编好，请你过目。”

文彦博：“进来吧。”

司徒策毕恭毕敬地把文件袋送与文彦博手上，文彦博从纸袋里抽出《邸报》校样看了看，对司徒策说：“你加上这一条，秀州判官李定乃不孝之子，母死竟不守孝。”

司徒策：“真有其事吗？”

文彦博：“当然有，难道本官会骗你吗？快去撰写，否则本期《邸报》不得出版。”

司徒策：“诺！”

10

夜晚，王安石府内。

王安石在灯下看着文书。

此时管鑫送来一份《邸报》，第一版上赫然印着一行标题——《李定者，不孝之徒也》。

王安石浏览了一下文章，拍了一下桌子：“着实可恶！”

吴琼：“夫君，谁又惹你生气了？”

王安石：“昨天李定在皇上面前讲了实话，说在南方的很多地方，青苗法很受欢迎，就有人造谣攻击他了。”

吴琼：“说什么来着？”

王安石：“说他不孝。李定我们是知根知底的，这样的事他们也敢凭空捏造。”

吴琼：“夫君，这可是件大事，你要帮他澄清。这些人哪，为了整垮对手，什么下三烂的手段都使得出。”

11

第二天一旦，王安石洗漱完毕，刚走出客厅。

侍卫钟信过来禀报：“相公，李大人求见。”

王安石：“哪个李大人？”

钟信：“就是你的门生李定。”

王安石：“哦？叫他进来。”

李定走了进来，脸色苍白，双眼布满血丝，作揖道：“学生李定恭请恩师早安！”

王安石作揖回礼：“早安！什么风把你一大早吹来的？”

李定满脸委屈：“恩师，昨天出版的《邸报》诬蔑我，他们说我对母亲不孝，是只白眼狼，我昨晚一宿没合眼……天朝以孝治天下，倘若皇上听信谣言，我的仕途就完了。”

王安石：“这些家伙，就因为你说了几句关于变法的实话，便不择手段地打压你。”

李定哭丧着脸：“万望恩师为学生澄清污名。”

王安石：“资深，你放心吧，我会把实情禀告皇上。”

李定：“谢恩师！”

这时，吴琼从房间里走了出来。

李定作揖：“师母，早安！”

吴琼回礼：“早安！昨晚你老师就为《邸报》诋毁你的事大发雷霆。”

李定：“哦。恩师制怒，别为我的事气坏了贵体。”

王安石：“资深哪，树欲静而风不止，反对变法的人失势后，不会善罢甘休，我们也不要太在乎那些流言蜚语，该怎么干就怎么干！”

李定：“学生铭记恩师教导。”

12

紫宸殿里，大臣们列队参加早朝会。

年轻英俊的宋神宗坐在御案前。

宋神宗：“宣李定上殿。”

内侍：“宣李定上殿——”

李定从外面走了进来磕头：“微臣叩见陛下，恭请陛下圣安！”

宋神宗："李定！"

李定："臣在！"

宋神宗："大宋以孝治天下，听说你母亲去世后，你没守孝，可有此事？"

李定："陛下，这是天大的冤枉。不信你可派员去我家乡调查，绝无此事。"

宋神宗："没有此事，为什么《邸报》上讲得有声有色？"

李定："微臣不明白。"

王安石："陛下，李定是我的入室弟子，他的经历我很清楚。他的生母在他很小时就被父亲休了，远嫁他乡，杳无音信，他对嫡母非常孝顺。怎么能说李定是不孝之徒呢！"

宋神宗："哦？莫非因为你讲了新法的好话？"

李定："卑职不明白。"

吕惠卿："陛下，李定在县邑为官多年，了解民生疾苦，积极推行新法，陛下宜重用他。"

宋神宗："准奏，擢李定为监察御史里行。"

李定："陛下，下官才疏学浅，却受如此栽培。李定当尽忠竭智，报效陛下，纵须赴汤蹈火，亦在所不辞。"

宋神宗："好，有此忠心就好！平身。"

李定站了起来："谢陛下！"

司马光："陛下，李定不孝之事在汴京城里传得沸沸扬扬，恐怕不完全是捕风捉影吧。李定对嫡母好，对生母是不是冷漠无情呢？调查清楚再任用也不迟。"

王安石（不耐烦）："刚才我不是讲了，李定生母改嫁后，杳无音信，生死不知，也没有母子的名分了，叫他怎么去尽孝？这不是强人所难吗？"

司马光盯了王安石一眼，不好说什么。

文彦博：“陛下，李定原为一县主簿，从八品，现在一跃为监察御史里行，从七品，连升两级，恐其才德难以匹配。”

宋神宗：“不就是个从七品吗？不要意气用事了。李定说了几句变法的真话，你们就千方百计阻挠他升迁。”说完，向李舜举摆手示意。

李舜举：“退朝——”

众臣作揖：“吾皇万岁万万岁！”

13

制置三司条例司衙内。

王安石和吕惠卿、曾布、章惇、吕嘉问、张璪在讨论修改法令条文。

吕惠卿：“王相公，皇上说提拔李定为监察御史里行也有些时日了，为什么还不下诏呢？你看，现在苏辙也站到他哥那边去了，反对变法。虽然我们有皇上支持，但毕竟我们人少，御史台也应有我们的人。”

王安石：“嗯，明天朝会上我要问问皇上。”

14

文德殿朝会，大臣们排成纵队站立着。

王安石、宋敏求、苏颂、李大临、王珪、司马光也在其中。

宋神宗：“各位，今天的朝会有何奏报？”

王安石（上前）：“陛下，你拟任命李定为监察御史里行的诏谕三次送往起居注，都被封返，不知何故？”

宋神宗：“宋敏求、苏颂、李大临——”

宋敏求、苏颂、李大临异口同声：“臣在！”

宋神宗：“为什么你们又把任命李定的诏谕封还？”

宋、苏、李：“回皇上，我们重申李定不孝，所以不起草诏书。”

宋神宗：“李定的事上次朝会已有定论，王安石言之凿凿，难道你们还不相信？”

宋、苏、李：“王安石的看法不能代表我们的看法。”

宋神宗（大为恼火）：“放肆！王安石的看法也就是我的看法。连朕的诏谕你们都三番五次抵制，还待在朝廷干吗？统统外放！王珪，你赶紧去拟旨。”

王珪（幸灾乐祸地）：“臣领旨！”

旁白：反对派人物宋敏求、苏颂、李大临因为违抗圣旨，公开打压变法派，被宋神宗贬到汝州、滁州。

15

汴京街道。

李定和同僚骑着马，路过文彦博宅邸门口。

文府对面的榆树下，三个顽童在戏喊：“白眼狼，白眼狼……”其中一个是文彦博孙子。

李定面有愠色，同僚好生奇怪。

顽童们见李定不睬他们，又喊：“李定——白眼狼！李定——白眼狼！”

李定怒火中烧，他腾地跳下马来，几个顽童倏地溜进文府，文府的大门嘭的一声关上了。

李定（愤怒地）：“兔崽子！”

同僚：“资深兄，别跟小孩计较。”

文府庭院内，文彦博透过围墙上端花瓶形的栏杆，看到李定生气的样子，诡谲地笑。

孙子飞快跑过来，抱着爷爷的大腿：“爷爷，李定想打我们。”

文彦博：“别慌，君子不怕小人！”

16

文彦博府邸，客厅。

司马光、范镇、文彦博在交谈。

范镇：“现在王安石得势了，圣上什么都听他的。不仅宋敏求、李大临、苏颂外放，韩琦也被贬了。”

司马光：“黄钟毁弃，瓦釜雷鸣。历史有许多惊人的相似之处。可是谁能笑到最后还不知道。”

文彦博：“对新法，我们不能等它自生自灭，得采取点行动。”

仆人：“文大人，门外有人求见。”

文彦博：“谁？”

仆人：“东明县令贾蕃。”

文彦博：“叫他进来。”

贾蕃（走了进来作揖）：“学生参见恩师！范大人、司马大人好！”他三十几岁，身材很高，但脑袋很小，长着一张娃娃脸。

文彦博（转向范镇、司马光）：“这是在下的门生贾蕃，现任东明县令。”

范镇：“哦，年轻有为呀！”

司马光：“后生可畏。”

贾蕃：“哪里，哪里。还望诸位大人栽培！”

司马光：“贵县试行青苗法的情况如何？”

贾蕃：“有人高兴有人愁。”

司马光：“哦？愿闻其详。”

贾蕃：“穷人们能借到利息低的钱粮，所以高兴；大户人家不能放高利贷了，所以……”

贾蕃见文彦博神情不悦，没有往下说。

范镇和司马光交换了一下眼色，起身告辞：“文大人，我们还有公务，就不多打扰了，你们慢慢聊。”

文彦博：“多坐会儿嘛。”起身相送。

范镇、司马光：“多谢，请留步。”

仆人送范镇、司马光出去，客厅里只剩下文彦博和贾蕃。

文彦博（向贾蕃摆手示意）：“请坐。”

贾蕃：“谢恩师！”

文彦博：“东明县那边现在怎么样？”

贾蕃：“听说免役法要扩大助役钱的收缴范围，好多人都有意见。”

文彦博：“我们就是要因势利导，扩大王安石的敌对范围。官宦之家、僧尼、纯女户从来就不用承担差役的，现在也要负担了，真是岂有此理！”

贾蕃：“是啊，变法变到我们头上了。”

文彦博（诡谲地附在贾蕃耳朵边）：“你回去这样……”

贾蕃阴险地点点头：“好。”

第七集　围攻宰相

1

大名府衙门口。

六十出头的韩琦拖家带口从马车上下来。

推官高峰奇和副官带着几个小吏走上前来迎接。

高峰奇作揖道：“恩师一路颠簸，辛苦了，学生有失远迎。”

韩琦回礼：“佩瑾，自家人，不必客气。”

几个小吏在帮手搬行李。

副官：“我们已备薄酌，为大人接风洗尘，请——”说着，做出延请的动作。

几位同僚已在宴客厅就座，见韩琦来到门口，个个站起身作揖道：“韩大人好！”

韩琦回礼道：“大家好，诸公别来无恙？”

一位僚属：“还好。看到韩大人玉体硬朗，精神矍铄，卑职倍感欣慰。”

韩琦：“岁月不饶人哪，看起来硬朗，实际上是王小二过年，一年不如一年。”

众人笑。

一僚属：“韩大人处变不惊，说话风趣，真有大家风范。来，我敬大人一杯！”

韩琦和他碰了一下酒杯说："谢谢！"然后站起来说，"来，大家一起来，干！"

众人站起来，一饮而尽。

另一位僚属："韩大人出将入相，辅助三朝君主，德高望重，如今却外放离敌国最近的州府，卑职感到很蹊跷。"

韩琦："有人好大喜功，哗众取宠，我看不惯嘛。我说这青苗法一颁布，就意味着朝廷与百姓争利，这成何体统。人家听不进去，所以……"

2

汴京郊区东明县衙门口，围着一群农民，他们正在看告示。

告示的特写镜头：

告　示

各位农户：

根据免役法的规定，我县部分农户的等级情况因其财产增加而有所变更。三等（含三等）以上的农户要交助役钱。四等、五等农户免交助役钱。现将农户等级变化的情况公布如下：

姓名	原等级	现等级
曹白狗	4	3
曹宇峰	4	3
曹全林	4	3
刘　七	4	3
刘志康	4	3
王石头	4	3

…………

东明县衙门口，来看告示的人越来越多。

不时有人骂骂咧咧。

王石头：“我做四等已经很勉强了，硬要把我改成三等，凭什么啊？这不是在逼上梁山吗？”

刘七：“姓贾的是在打着变法的旗号，搜刮民脂民膏。”

曹白狗：“叫贾县令出来回话，为什么要提高我们的等级？”

刘志康：“他要说不清楚，我们就把县衙砸个稀巴烂。”

东明县新县令这时走了出来，他说：“众位乡亲息怒，原县令贾大人已高升到枢密院。就算你们找到他也没用，新法是现在的王相公安石制定的，要改得找他去。”

人群中出现各种骂王安石的声音：“这个奸臣！”“这个小人！”“活阎王！”“吸血鬼！”

有个汉子举起拳头高呼：“打倒王安石！”

不少人附和：“打倒王安石！”

刘志康对刘七说：“我们上次在砌河陂时遇到的王相公为人挺宽厚的呀，怎么会做出这种事来？我们得去汴京城里问个清楚。”

刘七：“对，我们得去找王安石问个究竟。”

刘志康对大伙说：“乡亲们，我们明天一早去汴京找王安石好不好？”

众人异口同声：“好！”

3

东方露出鱼肚白。

京郊的田野上，东明县的一千多农民操起扁担或木棍踏着露珠，急匆匆地往京城里赶。

人群黑压压的，像一大片从天上掉下的乌云。

刘志康对大伙说："我们走快点，或许能赶在王安石上朝前到达。"

王安石府邸，王安石盥洗完毕，穿起官服，正准备上朝，只听到外面人声嘈杂。

相府门外，一千多个农民，摩拳擦掌，大声叫喊："门子，叫你们王相公出来论理，凭什么提高我们的户等！"

林虎："你们一大早就气势汹汹来挑衅，想造反吗？"

王石头："我们不想造反，是官逼民反！"

此时，文彦博骑着马路过这里。他看到王安石宅邸门口这群摩拳擦掌的农民，脸上露出幸灾乐祸的笑容。

侍从问："文大人，这不是王相公的府邸吗？怎么门口围了那么多百姓？"

文彦博："少管闲事，我们赶快上朝去。"

侍从："诺。"

林虎："好小子，我们王相公爱民如子，事事体恤百姓，你还带这么多人来要挟他，我决不轻饶你！"说着朝王石头一拳打了过去。

王石头也学过拳法，两人你来我往对打起来。

"打死他，打死他！"众人嚷嚷起来。

文德殿前，司马光正和等待上朝的大臣们在谈论着什么。

文彦博："刚才本人路过王安石宅邸前，只听有人直呼王安石的名字，破口大骂，说是免役法颁行以来，提高了他们的户等，加重了他们的负担。"

富弼："我早就劝过王安石，别去折腾了，他偏不听，这回引火烧身了吧？"

司马光："有多少人那里骂街？"

文彦博："我看黑压压的一片，起码一千多人。"

司马光（幸灾乐祸）："这么说来，此次闹腾够他王安石喝一壶的了。"

文彦博（暗自得意）："可不是嘛。"

4

客厅内，王安石听到外面的喧哗声感到吃惊。

管蠡前来禀报："相公，外面来了一千多个农民，气势汹汹冲你来的，好像要造反。林虎、钟信和他们打了起来，你看要不要枢密院调禁军过来？"

王安石："这些人是哪里来的？"

管蠡："听说是东明县来的。"

王安石："哦。百姓来找我，肯定有话要说，怎么能调禁军来压制他们呢？我要亲自去接见他们。"

吴琼："夫君，你千万不能出去，外面人杂，怕有不测。"

王安石："别怕，没事的。百姓进城来请愿，很可能是地方官吏在执行新法时，发生了偏差，待我询问清楚，再做决断。农民不会不讲道理的。"

吴琼："夫君真是太不顾个人安危了，你要是有个三长两短，我们这一大家子怎么办？"

王安石："没事的，你别怕。"于是换了一身便服就朝大门口走去。

5

王府的大门咿呀一声打开了，王安石走了出来，见两人打架，大喝一声："住手！"

两人不由自主地停了下来。

他对大家说："父老乡亲们，本人是王安石，大家有什么事，一早就来找我？"

王安石的突然出现，使场面安静下来。

王安石神色和蔼淡定，身穿一件黑色长袍，头上的冠带已经褪了色。

面对宰相，大家有些紧张，没人敢直接同王安石对话。

王安石："乡亲们，你们一大早来到这里，一定是有什么事要向本府反映。这样吧，你们推举一个代表来，把事情说清楚，本府一定会尽力为你们解决。"

刘志康："王大人，县衙说你把我们的户等提高了是吧？"

王石头："就由刘大哥代表我们讲好不好？"

刘七："好，我赞成！"

众乡民："赞成，赞成。"

刘志康："既然大家信任我，我就去跟王相公反映反映吧。"

刘志康从人群中走了出来，上前向王安石作了个揖，说："小民刘志康参见王大人！"

王安石作揖还了个礼："不必拘礼，有事尽管说。老乡，我们好像在哪里见过面。"

刘志康："是呀，在修河陂的工地上——王大人，今天来府上的原因是这样的，我们县有好多四等农户，收入并没有增加，却被改成了三等户，要交助役钱，请问这是你定的新规吗？"

王安石：“评定农户等级的标准没有变呀，如果财产没有发生明显变化，原来是几等的还是几等，谁说变了？”

刘志康：“我们东明县的县令。”

王安石：“岂有此理！乡亲们，你们放心，新法并没有降低三等户的标准，本府也从来没有让地方官把你们的户等抬高，原来是几等的现在还是几等。四等户、五等户是不用交助役钱的。”

王石头：“原来如此，我们给县衙骗了！王大人，对不起，我们打扰你了。”大家纷纷下跪谢罪。

王安石：“没什么，凡事都要弄个明白嘛，今天你们不来，我还不知道东明县在执行免役法过程中，有这么大的漏洞。我要谢谢你们！大家快快请起！”

刘志康跟众人齐声道：“王大人，那我们就告辞了！”

王安石：“好的。乡亲们，以后施行新法的过程中遇到什么问题，你们都可以来反映。本府欢迎你们！”

众人散去。

许多人走几步又回头来看看王安石。

王安石不停地挥手，直到最后一个请愿的农民消失在他的视野中。

6

王安石在梧桐树下踱步寻思，吕惠卿、曾布、章惇三人骑着马来到跟前。

三人从马上一跃而下，向王安石作揖：“王相公，早安！”

王安石向三人回礼：“早安！”

吕惠卿：“王相公，请愿的人走了？”

王安石："嗯。你们都知道了？"

章惇："我们还准备来帮忙呢。"

王安石（笑呵呵）："就你们三个书生能打赢一千多个农民？"

曾布："我们打不赢，可以叫朝廷发兵来打嘛。"

王安石："那问题就大了，老百姓就真的要造反了。"

吕惠卿："相公是怎么把他们打发走的？"

王安石："他们是受了县衙的蒙骗而来的。东明县擅改户等，使原来不用交助役钱的农户也要交，所以农民义愤填膺。我把免役法的精神跟他们说清楚了，他们的怨恨也就烟消云散了。"

吕惠卿："全国这么大范围，其他地方有没有类似的情况发生？"

章惇："难说。相公，卑职以为此事应马上向皇上禀报，迅速查办，杀一儆百！"

王安石："没错！不过，从中我们也看到，公开政务、同百姓保持密切沟通多么重要。百姓心气顺，天下才太平。梧桐树能长得那么高大，枝繁叶茂，是因为它的根须深入大地；我们的变法只有从百姓的利益出发，才有生命力，才能经得起历史的检验。"

曾布："王相公说得是。"

7

文德殿早朝会。

大臣们排成纵队站在朝堂上。宋神宗坐在御案前，两旁是侍从。

李舜举也在其中。

宋神宗："王安石。"

王安石："臣在！"

宋神宗："听说昨天早上，你宅邸门前围了一大群人，是来请愿的。可有其事？"

王安石："陛下，实有其事，臣正想禀报。东明县衙擅改农户等级，加重农民负担，百姓怨气冲天。"

宋神宗："哦，现在怎么样了？"

王安石："村民已被我劝回去了。此事非同小可，说明官府有人想破坏变法，为达到其不可告人的目的，什么下三烂手段都用得出。"

宋神宗："谁在东明做县令？"

吕惠卿："贾蕃。"

宋神宗："贾蕃不是在枢密院任职吗？"

王安石："他是刚被擢升到枢密院的。"

宋神宗："这么说跟贾蕃脱不了干系？"

王安石："臣还不敢下结论，但已派人去调查，很快会查个水落石出。"

站在一旁的文彦博叹了口气，心神不定。

宋神宗对李舜举说："宣贾蕃进殿。"

李舜举："诺。宣贾蕃进殿！"

不一会儿，贾蕃诚惶诚恐地走进殿来，他来到御案前已经两腿打战。

他下跪叩头："奴才贾蕃参见陛下，吾皇万岁万万岁！"

宋神宗："平身！"

贾蕃："谢陛下！"

宋神宗："昨天东明县一千多农民进城请愿，你可知晓？"

贾蕃：“奴才听说了。”

宋神宗：“据说是农户的户等被人擅自改动了，加重了下等户的负担，才引发此变的。”

贾蕃：“奴才不知道。”

宋神宗：“你不知道，那就是现任县令干的啰？”

贾蕃：“这，这……”

宋神宗：“你别吞吞吐吐，究竟是不是你干的？！”

贾蕃扑通一声瘫在地上：“陛下，奴才不敢，只是……请陛下饶我不死。”

文彦博面如土色。

宋神宗怒不可遏：“来人哪，押下去，审查清楚！”

门外两个禁军兵士进来押贾蕃出去。

大臣们面面相觑。

8

御史台大堂，邓绾审讯贾蕃。

邓绾：“贾蕃，你身为朝廷命官，为何要与朝廷作对，擅自更改百姓户等？”

贾蕃：“因为我对免役法有保留意见。”

邓绾：“新法在地方试行时，曾征求百官意见，你一声不吭。现在正式施行了，你却背后捅一刀，有什么企图？”

贾蕃：“我没什么企图。”

邓绾：“你没什么企图，那一定有人指使你干了？”

贾蕃：“没……”

邓绾：“都死到临头了，你还不招！你擅改户等，等于伪造圣旨，该当何罪？！”

贾蕃沉默不语。

邓绾：“如果你老实交代了，还可以从宽处理。”

贾蕃：“邓大人，是这样的……是……是文彦博叫我这么干的。”

邓绾：“哼，原来如此！”

9

福宁殿内，王安石正与宋神宗交谈着什么。

内侍上来禀报：“陛下，御史中丞邓绾求见。”

宋神宗：“宣他进来。”

内侍：“诺！”

邓绾（进来磕头）：“微臣参见皇上，吾皇万岁万万岁！”

宋神宗：“平身。”

邓绾站起来：“谢皇上！”

宋神宗：“有何情况禀报？”

邓绾：“贾蕃他招了，是文彦博授意他这么干的。”

宋神宗惊讶：“文彦博？”

邓绾：“是的。”

宋神宗：“想不到哇。”

王安石一脸愤怒：“卑鄙！”

宋神宗的脸色由惊讶到愤怒：“李舜举。”

李舜举：“奴才在。”

宋神宗：“召文彦博进宫问话。”

李舜举：“诺。”

10

翌日，紫宸殿。

宋神宗端坐于御案前，李舜举、李评侍立旁边。

满朝文武列于朝堂。王安石、司马光、富弼、吕惠卿、吕公著、王珪等在场。

李舜举：“宣文彦博进殿！”

文彦博惴惴不安地走进殿来。

他来到宋神宗面前跪下叩头：“微臣文彦博参见陛下。”

宋神宗：“文彦博，你可知罪？”

文彦博：“臣不知犯了什么天条。”

宋神宗：“你授意贾蕃，歪曲新法，擅改户等，煽起民怨，该当何罪？”

文彦博：“我没有授意贾蕃，我只是发发牢骚而已。”

宋神宗：“把贾蕃带上来。”

两个狱卒押着贾蕃进来。

贾蕃面对着文彦博，一脸的悔恨和怨怒。

贾蕃跪下：“陛下，刚才你的问话我都听见了，奴才敢对天发誓，就是文彦博指使我干的。”

宋神宗：“文彦博，你还有何话好说？”

文彦博狠狠瞪了贾蕃一眼，然后眼珠滴溜溜转了几下：“陛下，请息怒，我反对变法，也是为江山社稷着想。”

吕惠卿：“陛下，莫听文彦博花言巧语。阴主不除，后患无穷。”

宋神宗：“文彦博，你反对变法，口口声声为江山社稷。如果照老路走下去，我大宋能中兴吗？”

司马光：“陛下，文大人几十年来，出将入相，安邦定国，劳苦功高，如今对新法有异议，也属正常。”

宋神宗：“司马光，你总是护着反对新法的人，难怪人说你是旧党头领。好，现在朕如果不行新法，你们能拿出一套更好的中兴方案来吗？”

文彦博耷拉着脑袋，像一个泄了气的皮球。

司马光：“按照祖宗制定的规章律令，任人唯贤，赏罚分明，大宋何愁不能中兴！”

宋神宗不屑地笑了笑：“司马光，你说来说去，还是这几句话。”

司马光低下了高傲的头。

王安石：“陛下，对当事人一定要严惩不贷，唯其如此，新法才能顺利推行。”

宋神宗：“这是必须的。来人哪，把他们带下去，听候发落。”

两内侍：“诺！”

吕惠卿上前进言：“陛下，微臣斗胆进一言，贾蕃应处以极刑，文彦博应贬为庶民，以儆效尤！”

宋神宗：“好了，今天暂且议到这里，退朝。”

众朝臣退出紫宸殿。

紫宸殿里，只剩下李评和李舜举。

李评：“陛下，自从行新法以来，朝堂上每每剑拔弩张，新旧两党水火不相容。皇上怎么如此青睐王安石的新法？”

宋神宗：“此言差矣。新法不是王安石的新法，而是大宋的新法。新法不行，我大宋无法走出困境——李舜举，你过去福宁殿拿

《易经》过来。”

李舜举：“诺！”

李评：“陛下，新党的势力咄咄逼人，老成持重的大臣不可全部罢黜。全仗一派势力，会有被架空的风险哪。”

宋神宗点点头：“嗯，这我知道。”

11

汴京一条繁华的商业街，来来往往的人群。

王安石在章惇、吕嘉问的陪同下，步行到一家挂着“市易务粮店”匾额的店门口。

吕嘉问：“王大人，自从颁行市易法，整个开封城的粮油价格都趋于平稳。巨贾富商们不可能像以前那样操纵物价，牟取暴利了。”

王安石一行走进店里。

魏继宗和店员们鞠躬作揖：“王大人好！”

王安石也作揖回礼：“大家好！”

王安石察看着货架上的油、盐、酱、醋、酒、生粉等各种商品，并询问魏继宗：“继宗，店里的生意如何？”

魏继宗：“本店刚开张时，因为商品价格比私营店便宜，生意火爆，私营店粮油降价后，各种粮油的销量趋于平稳。”

王安石：“这就好，百姓就不会因为物价上涨而致贫。”

王安石又掀开陈粮的缸盖，从里面撮了一些玉米放在手掌上，闻闻它的味道，对吕嘉问说：“望之，市易务要加强巡查，保证收购谷物的质量，切不可因为物价降了，粮食的质量得不到保障。”

吕嘉问：“诺！”

就在这时，曾布骑着一匹马急速来到店门口，一下马便说：“王大人，文彦博只是在朝堂上被皇上训斥了一番，说他用人不慎，枢密使照做！”

王安石失望而愤懑：“什么？枢密使照做？！”

章惇：“如此姑息养奸，只怕日后还有更多人效尤。”

王安石：“子厚所言极是，躲在幕后干坏事的阴主不严惩，必定后患无穷。不行，我得面谏圣上！”

12

紫宸殿早朝会。

司马光、王安石、富弼、吕公著、韩绛、李常、范纯仁、范镇等在其中。

王安石：“陛下，免役法是征得你同意，又得到大多数官员肯定的一部律法，它利国便民。试行一年后，百姓无不叫好。而文彦博却唆使贾蕃，歪曲此法，制造民怨，从而达到其不可告人的目的。臣以为对文彦博的责罚太轻。”

宋神宗沉吟半晌，说：“卿家以为该怎么处置？”

王安石：“应该革去他的所有职务，将他遣送回乡！”

司马光：“陛下，不可！文大人当年平定刁民造反有功，是社稷之臣。”

宋神宗:“这样吧，念他年事已高，就地降三级！”

王安石：“皇上心太软。如此对待，以后还会有人背后煽风点火，破坏变法。”

宋神宗：“不会吧。”

王安石：“不会？陛下等着瞧吧——要是在当年的秦国，歪曲王命，破坏新法，早就人头落地了。”

宋神宗在犹豫。

镜头摇出回忆：

太皇太后：“人可用，但要懂得制衡。骏马再好，也得有马缰绳。记住，不要太倚重任何一个人，文臣也好，武将也罢，重用他们的时候，都得多长个心眼儿。”

宋神宗（心领神会地）：“孙儿明白。”

镜头回到现在。

宋神宗：“卿，我朝不是秦国，祖宗早有训诫，不杀文士。”

王安石（颇感失望）：“陛下，为了变法，臣等为千夫所指，都快被唾沫淹死了。如今臣心身俱疲，加上痼疾缠身，难以胜任宰相之职，陛下还是外放臣到地方去为官吧。”

宋神宗（有些不高兴）：“卿，累了你就歇息几天吧，到地方为官的事就别去想了。变法的事有我撑腰，你就放心去干吧。”

13

王安石府邸，王安石卧病在床。

吴琼：“夫君，哪儿不舒服？”

王安石：“头痛，难受。”

吴琼：“要不请太医来看看吧。”

王倩儿这时走了进来，她说：“不必了，爹爹的病是气出来的。”

吴琼：“你爹是太累了！”

王倩儿：“变法的成败关系到国家的存亡盛衰，文彦博背后捣鬼，破坏变法，其罪当诛。”

吴琼："倩儿，你是个女流，少管朝廷的大事。"

王倩儿噘起嘴巴："女流怎么了？我也要支持爹爹！"

这时，管蠡来到门口禀报："老爷，吕大人、曾大人、章大人到。"

王安石坐起来："好，叫他们先在客厅坐。"

14

客厅里，吕惠卿、曾布、章惇三人端坐在椅子上。

侍女在给他们沏茶。

当王安石来到客厅的后门时，三人一起站起来作揖："相公吉祥，愿相公早日康复！"

王安石作揖回礼："多谢大家牵挂。"然后对众人摆摆手，"坐。"

吕惠卿："相公，这几天你告假养病，皇上心里也很着急。现在贵恙好些了吗？"

王安石："其实，我也没什么大病，就是头痛，痛得睡不着。你们说说看，文彦博这件事会造成怎样的影响？如果我们的地方官还像他那样，故意歪曲新法，变法会是怎么一种结果！"

曾布："天下那么大，一旦失控，我们就会背上千古骂名。"

章惇："文彦博背后作祟，破坏变法，如果换了秦孝公跟商鞅，他早就被五马分尸了。"

吕惠卿："刚刚，皇上下了外贬文彦博知滁州的谕旨。"

王安石："外贬又怎么样？山高皇帝远……他有权，在地方上做手脚，你奈他何？"

吕惠卿："相公，如果我们不妥协一下，反而会被保守派抓住口实。现在，我们最紧要的是巩固变法的权力，权力在手，什么都好办。”

王安石：“谋事在人，成事在天。我们也只好走一步，看一步了。”

章惇、曾布点点头。

15

第二天，文德殿早朝会。

大臣们手持笏板，列队于殿中。

内侍：“皇上驾到。”

宋神宗走了进来，到御案前。

众大臣下跪：“吾皇万岁万万岁！”

宋神宗：“平身。各位今天有何禀报？”

吕惠卿：“陛下，东明县事件已处理完毕，贾蕃擅自提高的户等已改回原样，多收的助役钱已退回给乡亲，乡亲们感激涕零。”

宋神宗：“好！”

王安石：“从东明县试验的结果来看，百姓对免役法还是很拥护的。”

司马光：“百姓拥护的就是好的吗？请问皇上，治理天下靠百姓还是靠士大夫？”

宋神宗：“这……”

王安石：“治理天下既要靠士大夫也要靠百姓。”

宋神宗：“卿说得对，治理天下既要靠士大夫也要靠百姓，民若水也，既可载舟，也可覆舟。”

李常：“好！既然要靠士大夫，为啥还要向他们征收助役钱？

乐殊贵贱，礼别尊卑。这变法变来变去，变到自己头上了，把自己的身价也降低了，像话吗？”

王安石：“这助役钱收来是为国家办事的，交助役钱是大宋每一个臣民的义务，怎么能说降低了自己的身价呢？如果因为自己要出点小钱就反对变法的话，那大宋就没有强大的希望了。国家不强，就算你有万贯家财，能保得住吗？西夏人、辽国人一打过来，你啥都没了！”

李常：“介甫公，我辩不过你，总之，我觉得这祖宗定下的法度还是不要变为好，以免引起民怨。”

司马光：“介甫兄，李公说得有道理，这祖宗的法度不能随便改变，以免引起民怨。你想想，仕宦之家、女户、单丁户、寺庙，以前是不用承担差役的，现在也要交钱了，他们能不怨吗？”

吕惠卿：“司马大人，你以前说愿减半年薪水来支持朝廷赈济灾民，我想你也是希望士大夫效法吧？现在朝廷要士大夫交点助役钱，你又说三道四，真不知道你是真心还是假意。”

王安石和宋神宗对吕惠卿投去赞许的目光。

司马光：“捐薪水帮朝廷渡过难关，是本人自愿的行为；定法令交助役钱是强制性的，恒久的。官员与庶民同等对待，如此搞乱礼仪尊卑，让士大夫情何以堪？”

王安石：“官户、女户、单丁户、僧道交的助役钱是上等农户的一半，即半贯钱，对官员的生计没什么影响。以薪水最低的县令来说，他一年的俸禄是二百四十贯钱，拿出半贯来交助役钱，有影响吗？至于朝廷官员一千多贯年薪的，比比皆是，那半贯钱等于九牛之一毛，沧海之一粟。”

司马光：“钱虽不多，礼数不对。”

王安石：“君实兄，你也太迂了。”

司马光："为义而迂，有何不可！"

王安石摇摇头，淡淡一笑，露出不屑与之争辩的神情。

宋神宗："司马卿，我们不要把国家的礼仪纪纲看成铁板一块。我记得王安石在讲学时讲过，我们效法先王之法，当法其意，不必太在乎细节。先王之法说一千，道一万，它的精髓就这六个字'施仁政，王天下'。免役法让有钱的人出点钱，贫穷的人不出钱，缩小贫富差距，这就是'仁'的体现；免役法让懂行的人去服徭役，同时给他们适当的报酬，劳有所得，这也没什么不好嘛；免役法让百姓安心生产，专心经营，便民利民，这就是'仁政'呀。我看不出它对儒学道统有半点违逆。"

王安石、吕惠卿等人向神宗投去敬佩的眼光。

司马光耷拉着脑袋。

16

司马光官邸。

司马光坐在书房，回忆往事。

镜头摇出画面：

暮春三月，群牧司衙门的院子里拴着几匹骏马，花池里的牡丹开了，姹紫嫣红的。

包拯来到花池前，捋捋长须，哈哈大笑："这花真美啊！"

几位年轻的下属也凑过来："是啊，不愧为国色天香！"

包拯："今天上午没什么事，我们早点下班，摆几桌酒席，包拯请大家在这儿喝酒赏花，如何？"

几个人鼓掌叫好，引得王安石、司马光从里面走了出来。

庭院里，四围酒席坐满了群牧司的大小官吏。

大家边喝酒边赏花，谈笑风生。

司马光和王安石同坐一席。同桌的一位官员给大家斟酒，轮到王安石酒杯时，王安石以手推开；轮到司马光时，司马光也同样以手推开。

斟酒官员："你们两个都不喝酒，真是天生的一对好友！"

另一官员："你们两个酒又不喝，小妾也不纳，青楼也不进，只会读书，活着还有啥意思呢？"

同桌起哄："哈哈哈……"

镜头回到现在。

张氏见夫君还未就寝，就问他："夫君，夜深了，还不就寝？"

司马光："睡不着啊……"

张氏："莫非为了变法的事？"

司马光："嗯。"

张氏："当年在群牧司供职时，夫君和王安石是对好友，你们情趣相投，嗜书如命，但也常为一些学术问题争得面红耳赤。而今把变法当作一个治国的学问来探讨，其实你们有争论也很正常，你们都是学问家，都很自信，谁也说服不了谁。"

司马光："夫人说得对。可是，王安石如今进行的是实实在在的变法，争论不能阻止他的施政。这种变法与自古以来形成的礼仪纪纲相悖逆。这礼仪纪纲一乱，大宋的江山还能稳固吗？"

张氏："现在是王安石炙手可热的时候，夫君不要跟他来硬的。你在朝廷跟他争辩，皇上站在他一边，你没什么好果子吃的。"

司马光："嗯，夫人有什么好办法？"

张氏："夫君小的时候聪明过人，砸缸救人都有办法，今天劝阻好友走邪路倒没辙了？"

司马光："谢谢夫人提醒。"他用右手拍了拍自己的脑门自嘲起来，"老了，脑子不中用了。"

张氏笑着退出书房。

17

祈福酒楼上的一个单间里。

司马光和王安礼相对而坐。

桌上摆放着酒菜。

店小二进来斟酒。

司马光："和甫，我们都是大忙人，忙了公务回家还喜欢舞文弄墨，难得有时间聚聚。来，我先敬你一杯。"

王安礼："谢谢君实兄！"

王安礼一饮而尽，司马光轻轻地吮了一点，然后放下酒杯。

王安礼："君实兄，你怎么不把酒干了呢？"

司马光笑笑："在下跟令兄一样，也不会喝酒。"

王安礼："哦，君实兄的鸿篇巨制《资治通鉴》几时付梓？听说圣上对兄台的大作赞赏有加。"

司马光："皇上是很关心这部史书的编纂，以史为鉴，可以知兴替；以人为镜，可以知得失。皇上治国也有股子热情，可是皇上毕竟还年轻……"

王安礼："是啊，这就需要你们这些社稷之臣及时提醒，以裨补阙漏。"

司马光："在下的话皇上听不进去了，他对令兄佩服得五体投地，现在一切都言听计从了。”

王安礼故作惊讶：“不至于吧？”

司马光：“介甫兄是个有抱负的人，想富国强兵、匡世救俗。当年在群牧司为官时，我们常在一起切磋学问、探讨国是，我们可是一对推心置腹的好友！”

王安礼：“兄长很佩服君实兄的为人。”

司马光：“此一时彼一时也。”

王安礼：“此话怎讲？”

司马光：“令兄如今贵为相国，在下的话他听不进去啰。”

王安礼：“君实兄有什么需要在下转告的，尽管说。”

司马光：“和甫贤弟，一个国家，一个朝代，总有它的礼仪纪纲。这礼仪纪纲是不能随便更改的。礼仪纪纲一变，人心就会散，天下就会乱。譬如‘劳心者治人，劳力者治于人’，自古而然。可这免役法却叫官员也要交助役钱，等于说士大夫也要服差役，以前哪有这等事，你叫士大夫的脸面往哪里搁？叫他怎么去管小民百姓？其他我就不一一举例了。总之，介甫兄主持制定的新法，大臣们十有八九都是反对的，可他和吕惠卿等一帮年轻官员偏要坚持，我怕介甫兄走得太远太偏，到时不好收场。”

王安礼：“官员们的议论我也有所耳闻，我也委婉地劝过他，可他说这新法没错，正确的东西，就算是千夫所指，他也要坚持。”

司马光摇摇头笑着说：“令兄就这倔脾气，难怪人们称他‘拗相公’。不过，你们昆仲之间，还是容易沟通，容易达成共识的。”

王安礼：“未必，人各有志，不过我尽量劝劝他。”

司马光：“士大夫贵在有反省精神，你看程颢、苏辙、陈升之他们都迷途知返。谁不爱惜自己的名节？谁愿意在史书上留骂名？你不知道，人家背后怎么骂你兄长的。”

王安石：“他们怎么说？”

司马光：“他们说令兄是大奸似忠的小人。”

王安礼先是惊讶，转而痛心：“是啊，一失足成千古恨。”

司马光：“历史上搞变法的，没几个有好下场。你看商鞅、王莽，是什么结局？还不悬崖勒马，到时可没后悔药吃的。”

王安礼叹口气，摇摇头。

司马光接着说：“其实，吕惠卿等人怂恿令兄变法，是有其目的的，他们要名望没名望，要政绩没政绩，就像树旁的藤蔓，不攀住你哥这棵大树，他们如何往上爬？”

王安礼点点头：“君实兄分析有道理，我得好好劝劝他。”

第八集　水火不容

1

汴京，王安石府邸大门口，一辆普通马车停了下来。

年轻帅气的王雱和妻子庞氏从马车上下来，管蠡和门子见少爷回来了，赶忙来提行李。

走进庭院，王雱大声喊：“爹爹，娘亲，我回来了！”

王安石和夫人从客厅里走了出来。

王安石（喜出望外地）：“雱儿，儿媳，你们回来了！”

吴琼：“你们一路辛苦了。”

王雱夫妇下跪顿首：“孩儿向父母请安！”

王安石、吴琼急忙把儿子和儿媳扶起。

这时，王雱的大妹王倩新、小妹王倩儿和夫婿蔡卞、王雱的叔叔王安国也从里屋出来作揖行礼。

王倩新、王倩儿：“哥哥，嫂子，你们回来了！”

蔡卞：“哥哥，嫂嫂，妹夫有礼！”

王雱和庞氏也作揖回礼：“妹妹，妹夫，久违了。”

王雱：“大妹，妹夫怎么没来？”

王倩新（脸上突现阴云）：“公公不让他来……”

王倩儿：“她公公怕咱爹给他洗脑。”

王雱：“哦？！”

大家七手八脚地把王雱的木箱子搬进来，打开一看，都是书籍。

王倩儿笑着说："哥，你也带回这么多书！"

吴琼："这不，就像你爹一样，走到哪里，都嗜书如命。"

王安国笑呵呵地说："好事好事，侄儿年轻有为，写了《论语解》《孟子注》，皇上看了非常满意。这不，侄儿被皇上召进京都，要委以重任了。"

王雱环顾四周，不见弟弟，于是问道："娘，弟弟呢？"

王安国："你弟呀，特别好动，整天玩弹弓射鸟，被你爹罚抄《论语》。"

王雱："哦。"

王安石："打从这小子来到世间就没让我省心。"

吴琼："他呀，读书有你一半用功就好了。"

王雱对庞氏说："我们进去看看他。"两人走进客堂，只见王旁在角落的一张桌子上用小楷毛笔抄书。听到脚步声，他转头看是哥嫂，有些不好意思，用上齿咬咬下唇："哥哥，嫂子。"

王雱看看弟弟抄写的内容，鼓励说："弟弟，你的字大有长进，读书贵在自觉坚持。"

2

夜晚，王安石府邸。

客厅，一大家人围坐在圆桌旁用餐。灯笼和烛台上的蜡烛把客厅照得亮堂堂的。王安石三兄弟坐一边，吴琼和两个弟媳坐一边。王雱夫妻俩、王倩新、王倩儿、蔡卞、王旁和堂兄弟姐妹坐在他们的两头之间。桌子上摆了好多菜肴，香气四溢。

王安石："今天，我真高兴，我们一家人能聚得这么齐。以前因为房子不够住和公务的关系，我们兄弟三人不能住一块，少了好多乐子。"

王安礼妻子："如今好了，休假时，大家或对弈，或鼓琴，或挥毫泼墨……何等快乐！"

王安国："是啊，大家住在一起真开心。我们家人丁兴旺，倩儿嫁出去不久，元泽又娶回个漂亮媳妇。我们长辈什么时候抱孙子，就看你们的了。"

王安国的一番话，说得大家哈哈大笑，王雱夫妻俩脸红红的。王安礼却笑不起来，似有满腹心事。

吴琼："唉，自从你大哥做了宰执以后，就整天叨念朝廷的事，都没心机消遣了。"

王安石："今天不谈朝廷的事，彻底放松一下，好不好？"

众人："好！"

仆人给大家的酒樽添了酒。

王安石："来，举起酒樽，为雱儿两口子的归来，为我们全家老小的团聚，干！"

众人举起酒樽一饮而尽，然后举箸夹菜，各取所需。

王安石酒稍沾唇便放下酒樽。

王安国："哥，你当了这么久宰相喝酒还没长进？"

王安石笑笑："喝酒我真的学不会，看来我这方面确是先天不足。"

王安礼："我看，什么都吃点喝点好，养生之道就是中庸之道。"

王安石边吃边说："二弟这话有新意——我们祖先创造的文字，探究起来，真有意思。我以前在江宁时，利用闲暇写《字说》

一书，越写兴头越浓，但有个字我就不明白，古人为什么要那样写。”

众人：“什么字？”

王安石用筷子在空中划了几下说：“‘飛’字。”

众人皱眉思索。

庞氏：“公公，‘飛’这样写是因为鸟上升时，脚爪往后伸呀。”

王雱笑着说：“这也太容易了吧。”

庞氏：“太容易你不说？”

王安石想了想说：“妙哉妙哉，你的解释很到位，你称得上是我的一字之师。”

众人向庞氏投去钦佩的目光，庞氏害羞地说：“公公过奖了。”

王安国妻子：“元泽娶的媳妇，不仅人标致，脑子也活络。”

众人笑着点头称是。

王安国：“大哥，你那么喜欢琢磨汉字，我出个字谜你猜猜，如何？”

王安石：“出吧。”

王安国：“一对红，打一字。”

王安石：“赫字。”

众人鼓掌。

王安国：“心连心。”

王安石：“串字。”

众人鼓掌。

王安国：“松梅霜后半凋零。”

王安石略微思索了一下：“应该是‘甘霖’的霖吧。”

王安国："对，看来大哥写的《字说》有点看头！"

厅堂里响起更热烈的掌声。

王安国的儿子——一个十岁左右的小男孩问："大伯，为什么是'霖'字呢？"

王安石："侄儿，'松'字、'梅'字都去掉一半，就剩下两个木字，两个木字合起来是什么字了？"

王安国儿子："'林'字。"

王安石："对了。你再想想，'霜'字有雨字头，去掉'霜'字下面那一半，移进'林'字，不就是'霖'字了吗？"

小男孩恍然大悟："哦，是啊。"

王安国妻子："大伯教导小孩真有耐心。"

王安国："真笨！"

王安石："欸，你怎么能这样对待小孩呢？读书有问题是好事。侄儿，以后读书碰到问题你只管问我，孔夫子教导我们'敏而好学，不耻下问'，学问学问，不问怎能学到东西呢？"

小男孩点点头，努努嘴巴。

王安礼咳嗽了两声，然后说："三弟最后出的这个字谜有点意思。'松梅霜后半凋零'——今儿元泽回来朝廷任职了，大哥也官拜宰执，我们一大家子住在皇上所赐的官邸里，可谓苦尽甘来，荣华富贵了。但我要提醒大家，安不忘危，乐不忘忧，荣不忘辱。就像家门口那棵高大的梧桐树，欣欣向荣之时，要想到寒秋的光景。"

王安国："二哥，你这是怎么啦？说起这扫兴的话来。"

王安石："你二哥的话是对的，我们要时刻保持清醒的头脑，待人处事一定要谦逊谨慎，切不可趾高气扬，更不能拿我的名义去谋私利。"

众人："嗯。"

王安礼："哥，有句话我不知当讲不当讲。"

王安石："讲哪，自己家里还有什么好顾忌的？"

王安礼："如今朝廷大臣反对变法的十有八九，就连你的亲家吴充也反对，可你还是固执己见。这新法带来的究竟是治还是乱……我们的目光是不是该放长远些？"

王安石（气愤地）："那些顽固派的话你也听得？我们不能因为人多反对，就以为它不正确，关键是看对国家对百姓有没有利。新法颁行后，朝廷的收入增加了，百姓的债务负担减轻了，他们是拥护的。你看，这两年国家没有发生过一起庶民造反的事，这就说明变法有利于国家的长治久安嘛。谁说我们目光不长远？你听他们的，就是什么都不要变。而不变，大宋就等于慢性自杀！"

吴琼笑着说："好了好了，刚才你讲，不谈朝廷的事，不知不觉又扯上了。我们好好吃饭吧。"

3

王安石官邸，书房。

王安石静静地坐在窗前思索。

镜头摇出一系列王安石和吕惠卿在朝廷与司马光、文彦博、韩琦争辩的回忆。

王安石呷了一口清茗，然后在写字台上铺开宣纸，用毛笔蘸饱墨汁，写了起来：

飞来山上千寻塔，
闻说鸡鸣见日升。

不畏浮云遮望眼，
自缘身在最高层。

此时门吱呀一声开了。

王雱进来，见到父亲题的字，高兴地说：“爹爹，好诗！”

父子对视了一眼，看到儿子敬佩的眼神，王安石感到浑身温暖。

王安石：“雱儿，你把这幅字送到叔叔书房里去吧。”

王雱（心领神会地）：“好吧。”

紧连着客厅的是王安礼的书房，书桌上放着酒樽，酒樽里还有半樽酒。

王安礼脸上泛红。

门“笃笃”地响了起来。

王安礼：“进来。”

王雱：“叔叔，怎么一个人在房间喝闷酒？”

王安礼：“我苦口婆心劝你爹，他听不进去。不喝酒还能怎样？”

王雱：“我爹写了一幅字给你，你看看吧。”他展开宣纸。

王安礼瞅了一眼王安石题的四句诗，不冷不热地说：“‘不畏浮云’，‘身在高层’，侄儿呀，我只怕高处不胜寒，大家受牵连！”他把题字的宣纸扔到一边。

王雱：“叔叔，这个‘高层’的‘高’应该不是位高权重的‘高’，而是指觉悟之高，境界之高。叔叔仔细想想，我爹主持制定的新法，有哪一条对国家不利，对百姓不利？”

王安礼：“王婆卖瓜，自卖自夸。新法聚敛太急，还损了士大夫……”

王雱听了直摇头。

4

王安石书房，王安石在批阅文书。

有人敲门，王安石：“进来。”

管鑫进来：“相公，吕吉甫来了，在客厅等你。”

客厅，王雱跟吕惠卿站着交谈。

见王安石来了，吕惠卿忙作揖：“相公。”

王安石作揖回礼：“吉甫，请坐，请坐。”

宾主相对而坐，王雱坐在一旁。

女仆上来斟茶。

吕惠卿：“相公，如今司马光不断抨击新法，蛊惑人心，如果不把他扳倒，新法的实施定会受到严重阻挠，说不定哪天他们还会把我们踩在脚下。”

王雱：“吉甫叔说得有道理。”

王安石：“可是如何把他扳倒呢？虽然他反对新法，但他居心正大，光明磊落，不像文彦博那样阴险龌龊，也没什么把柄。”

吕惠卿：“相公，你为官多年，难道对官场上的潜规则一点也不懂吗？那御史台的官员是干什么的？你给他们一点好处，他们自然会去找司马光的瑕疵。欲加之罪，何患无辞？”

王安石（不屑地）：“不行，这是小人所为，我们不能干这样的勾当。”

吕惠卿：“对付小人就得用小人的办法！”

王安石：“不行！你我秉承圣意，堂堂正正搞变法。新法利国利民，有目共睹。顺之者昌，逆之者亡。用不着我们去构陷他，那样反而会坏了我们的名声。”

吕惠卿眼珠骨碌一转，立刻歉疚地笑笑：“相公，我也是一气之下出此下策的。你说得有道理。”

王雱：“爹，老实人往往吃亏。吉甫叔讲得有道理。官场里很多事是讲不清楚的，你不算计人家，人家会算计你。”

王安石盯了儿子一眼：“想做大事，就不能用小算计。只有以德服人，才能得人心、成大功。用阴招胜人，不会长久的。”

就在这时，王安礼书房里传来嘭嘭嘭的砸酒樽声音。

王雱：“爹，二叔近来的情绪很坏，你要不要去劝劝他？”

5

王安石过去推开王安礼的书房门，只见弟弟还在喝酒，地上是砸碎的瓷片，弟媳流着眼泪捡瓷片。

王安石（耐着性子）：“二弟，不要喝那么多好不好？”

王安礼（醉眼蒙眬，用食指指着外面）：“哥哥，远此小人好不好？”

王安石（厉声）：“你混账！休得无礼！”

吕惠卿听到王安石兄弟俩的对话，脸色尴尬，忙起身告辞：“相公，我还有事，先走了啊。”

王安石转过身：“雱儿，送送吕叔叔。”

王雱送吕惠卿出去。

王安礼一把眼泪一把鼻涕地说：“哥，你跟这样的小人搞在一起，迟早会铸成大错的！”

王安石：“谁说他是小人！你有何根据？”

王安礼：“哥哥，你看看，满朝大臣，有几个支持你？吕惠卿、章惇、曾布之流附和你，还不是为了往上爬？你已经成为千夫所指的人了，你以为你做得百分之百正确吗？你的新法根本行不通呀！你得罪了那么多人，人家会放过你吗？说不定哪天累及全家，株连九族，届时悔之晚矣！”

王安石：“一派胡言！你去民间走走，去了解一下百姓对变法的态度吧！青苗法、免役法、市易法，哪项不是从民情国情出发制定的？士大夫们或从自己的臆想出发，或从书本出发，或从自己的利益出发，诋毁新法。二弟，你不能人云亦云，随波逐流。如果像我这样做也会满门抄斩、祸及九族的话，我敢说这个朝代气数已尽，随波逐流、苟安现状的人照样逃脱不了灭亡的厄运！”

王安礼：“你想到了草民百姓的利益，为什么就不考虑官员和贵族的利益？”

王安石：“民为国之本，农民的贫穷有目共睹，不少家庭连温饱都没解决。官员贵族的待遇已经很不错了，有朝廷优厚的俸禄，不少人还置田产，收租息，搞到钱了就造园林，养歌姬，声色犬马，花天酒地。现在要他们出点助役钱，或者减少租息的收入，就天大的意见，他们的目光才短浅呢！”

王安礼：“哥，我辩不过你。总而言之，你不改弦更张，我就搬出去住！”

王安石大声说：“搬就搬，无所谓！”

王雱：“爹爹，叔叔，有话好好说嘛，何必生那么大气。”

王安石头也没回走出书房。

这时王安国来到王安礼书房，对王安礼说：“二哥，你怎么可以这样呢？你们搬进来住还不到一年，就在吵架声中搬出去，不让人笑话吗？”

王安礼：“三弟，你不懂，我无福消受这荣华富贵。”

王安国：“看你把话说到哪里去了！至于吗？”

王安礼：“权力斗争是你死我活的！”

王安国："如果受牵连的话，你搬出去就能幸免吗？你还是王安石的弟弟。"

王安礼："不管怎样，我眼不见，心不烦。"

吴琼（叹了口气）："叔叔想搬出去就搬出去吧，过日子最要紧的是舒心。"

6

富弼宅邸，宽敞的厅堂，北边挂着唐代阎立本画的《步辇图》，东西两面墙上，挂着蔡襄、黄庭坚、苏轼、米芾的书法作品。

司马光、欧阳修、富弼坐在做工精美的红木茶几旁，一边品茗，一边闲聊。

富弼的小妾不时上来斟茶。

欧阳修："昨天遇见安石二弟安礼，他说要去租房子住。我问他不是跟哥哥一起住吗，他说还是自己独处好，眼不见，心不烦。"

司马光："王安礼不同他兄长，他看问题更全面、更深远。我叫他劝劝介甫，要以史为鉴，看来他又吃了闭门羹了。"

富弼："王安石升官以来，一人之下，万人之上，他哪里听得进别人的意见，除非皇上下圣旨。"

7

王安石官邸，庭院。

王安礼夫妇和仆人提着行李往大门外的马车上走去。

王安国拦住他们："二哥，你别走，兄弟如手足。兄弟不和，受人欺讹。"

王安礼："三弟，话不投机半句多，我真不想在这待下去了。你爱住你住吧。"

吴琼："行了，三弟，别说那么多了。二弟、弟妹，你们有空可要回来聚聚，兄弟拌嘴，别往心里去。"

王安礼勉强地点点头。

王安礼妻子："嫂子，你和哥要多保重！"

王雱夫妇送堂弟堂妹："弟弟，妹妹，你们有空要回来玩呀！"

堂弟堂妹："哥哥、嫂嫂，我们会的。"

这时，王安国的儿子王鹏跑出来，箍着王安礼的儿子王宇杰的腿，不让他走："二哥，你别走！我要跟你下围棋，我要跟你放风筝，你走了，不好玩！"

王宇杰试图掰开王鹏的双手："弟弟，我会回来的。"

王鹏仍然紧紧抱住王宇杰的大腿不肯松手："谁知你几时回！你走了，不好玩，一点都不好玩！"

王安礼妻子说："鹏鹏，你也去二哥家住，怎么样？"

王鹏："可是我去别处睡不着觉。婶婶，为什么住得好好的你们要走？是不是因为大伯跟二伯吵了架？"

王安礼的妻子苦笑了一下，王安礼满脸尴尬。

王安国："鹏鹏，不得无礼，快放开二哥。"

王鹏："我不放，我要和哥哥在一起。"

王安国抄起一条竹鞭子，往儿子小腿上猛抽："我叫你不放，看看你厉害还是我的竹鞭子厉害。"

王鹏痛得哇哇哭起来。

王雱急忙揪住叔叔挥鞭的手。

吴琼抱起王鹏往客厅里走。

王鹏哭喊："我要二哥！我要二哥……"

王安石站在书房里，隔着窗棂，望着二弟一家匆匆离开，难过得流泪。

镜头摇出回忆：

少年的王安石和童年的王安礼、王安国在韶州府城外捉迷藏。三兄弟在父亲王益的书房里朗读古文。

王安礼问王安石《孟子·公孙丑》里的一个问题："哥，'自反而缩，虽千万人，吾往矣'啥意思？"

王安石回答："这句话就是说'反省自己，觉得理直，纵然面对千万人（反对），我也勇往直前。'"

王安礼："噢。"

镜头回到现在：

王安石用右手轻轻地拭泪，眉宇间的"川"字纹似乎显得更深了。王安礼一家乘坐的马车渐渐远去，王安石凝望着远方。

马车上，王宇杰和妹妹掉头回望伯父家，高大的梧桐枝劲叶肥，如一把撑开的巨伞。他们眼圈红红的。

画外传来弟弟的哭喊声："我要二哥！我要二哥！……"

梧桐树特写镜头。随着插曲《孤桐》（歌词：天质自森森，孤高几百寻。凌霄不屈己，得地本虚心。岁老根弥壮，阳骄叶更阴。）音乐响起，特写镜头叠化为一个个场景：江宁郊外王安石安抚逃荒丧子的余平；汴京郊外水利工地王安石和农民交谈；紫宸殿里王安石和神宗畅谈未来；紫宸殿里王安石和司马光辩论；三司条例司里，王安石和吕惠卿、曾布、吕嘉问、章惇等在讨论新法草案……

随着插曲结束，镜头回到现在：王安石的目光更坚定了，右手紧紧地攥着拳头。

8

司马光官邸。

书房，第二根蜡烛已燃去大半。

司马光坐在案前，握着小楷毛笔，在信笺上，一边书写，一边思考。

司马光书信的特写镜头：

光不才，不足以辱介甫为友，然自接侍[①]以来，十有余年，屡尝同僚，不可谓无一日之雅。向者与介甫议论朝廷事，数相违戾，未知介甫之察不察，然于光向慕之心，未始变移也……

门“笃笃”响了两下，司马光：“进来。”

张氏穿着捶衣服进来。

她扫了一眼信笺说：“夫君，这么晚了还不睡，给王安石写信？”司马光：“嗯。上次叫王安礼劝他改弦更张，结果兄弟俩吵得面红耳赤，不欢而散。我只好亲自出马，修书劝谏他。”

张氏：“天要下雨，娘要嫁人，由他去吧。”

司马光（严肃地）：“不可！你不懂。”

① 接侍：亲身奉侍。语出晋葛洪《神仙传·卷七》：“麻姑自说云：‘接侍以来，已见东海三为桑田……’”

9

王安石官邸客厅，王安石与吕惠卿、章惇、曾布在商议着什么。

管蠡走了进来："相公，你的信。"

王安石拆开信封看了看信："又是君实的信，接二连三，没完没了，总之一句话，不宜变法。管蠡，这是第几封了？"

管蠡笑着说："回老爷，第三封了。"

曾布："道不同，不相为谋。"

王安石："看来我不给他回封信，他还会絮絮叨叨地劝我墨守成规。他就这牛脾气。"

吕惠卿、章惇、曾布都笑了起来。

10

王安石书房，王安石提起毛笔书《答司马谏议书》。

《答司马谏议书》的特写镜头（王安石画外音）：

"人习于苟且非一日，士大夫多以不恤国事、同俗自媚于众为善……如君实责我以在位久，未能助上大有为，以膏泽斯民，则某知罪矣；如曰今日当一切不事事，守前所为而已，则非某之所敢知……"

11

司马光书斋，司马光读王安石的来信。

司马光拍了一下桌子："好个'士大夫多以不恤国事'，盛气凌人，傲慢之至。你想做商鞅？我看你就是当朝的桑弘羊、当朝的王莽！我要参你一本！”

这时，张氏走了进来：“夫君，什么事惹你生这么大的气？”

司马光（挥挥手）：“没什么，你出去。”

张氏退了出去，司马光一边在砚台上研墨，一边回忆往事。

镜头摇出回忆：

延和殿司马光与王安石争辩的场面；迩英殿经筵上吕惠卿嘲笑他，王安石幸灾乐祸的情景；朝堂上宋神宗对王安石敬佩、赞赏的表情……

司马光的冬瓜脸绷得紧紧的，他咬牙切齿，出了一鼻孔粗气，用毛笔蘸蘸墨汁，写起弹劾王安石的奏章来。

特写镜头：《奏弹王安石表》标题（司马光画外音）

……参知政事王安石不合妄生奸诈，荧惑[1]圣聪，及公亮等各务依违，未曾辨正，乞明其罪，不蒙施行……

12

福宁殿里。

宋神宗刚刚读了司马光的奏章，长叹了一口气：“看来司马光与王安石是水火不相容，与新法势不两立，留他在京师有何用！”

司马光官邸，李舜举到来：“司马光，接旨——”

司马光忙下跪：“吾皇万岁万万岁！”

李舜举念道：“敕：司马光博古通今，才学过人，今西北边陲屡受侵扰，民生困敝。今以翰林学士知永兴军。可。”

① 荧惑：使人迷惑。

司马光：“谢皇上！”

13

福宁殿里。

宋神宗正在批阅奏折，李舜举在旁边伺候着。

内侍进来报告：“司马光求见。”

宋神宗：“哦？叫他进来。”

司马光进来下跪叩头：“臣司马光恭请圣安，吾皇万岁万万岁！”

宋神宗：“卿家请起！此去路途遥远，还望多多保重。”

司马光平身，说：“谢陛下关心！臣接旨后，查阅了有关永兴军的文献资料，心里有了治理永兴军的初步规划，现想向陛下禀报。”

宋神宗（感动）：“哦？卿家说吧，但说无妨。”

司马光：“臣以为永兴军毗邻西夏，不宜施行青苗法。”

宋神宗：“为什么？”

司马光：“怕引起动乱，敌人乘虚而入。”

宋神宗（脸色立刻冷了下来）：“永兴军是大宋的永兴军，怎能不行青苗法！朕真不理解，你们为什么把新法视为洪水猛兽，把王安石视为奸佞？我朝积贫积弱你也看到了，辽国、西夏虎视眈眈你也看到了，再不变法图强，不但老祖宗的版图恢复不了，就连我们脚下的地盘人家都要端走！”

14

祥和繁荣的汴京街市。

旁白：王安石的新法有了宋神宗的鼎力支持，得以持续实施。原来入不敷出的朝廷不但消灭了赤字，每年还有盈余。

15

西夏王宫，梁太后和夏惠宗坐在御案前，文武大臣列队朝堂。

排在纵队前面的都罗马尾上前进言：“太后、皇上，如今宋国重用王安石变法，加强了官兵的军事训练。他们还设立了军器监，研制新式武器，淘汰落后的弓弩长枪。他们研制出一种床子弩，一次就可发几十枚箭，我们不得不防哪。”

梁太后：“嗯，听说了，诸位有何应对之策？”

梁乙埋上前进言：“太后、皇上，臣以为除了要抓紧制造新武器和军事训练外，我们还应加强外交活动。河湟地区的吐蕃诸部跟汉人的恩怨可深呢，我们要千方百计拉他们过来，跟我们结盟，共同对付宋国。”

夏惠宗:“好。”

梁太后：“乙埋，这事就由你去办吧，要挑选到合适的人来。”

梁乙埋：“臣遵旨！”

第九集　重振国威

1

福宁殿议事堂里，宋神宗正在聚精会神地察看挂在墙上的军用地图。

特写：军用地图由远及近，显示大西北的无定河、横山、灵州、兴州、兰州、熙州、河州、青唐（西宁）、祁连山等。

接着镜头移至天水、陇南、剑阁。

宋神宗凝视着地图，自言自语："西北边患不除，国危矣！"

内侍李宪进来禀报："陛下，王安石在殿外等候召见。"

宋神宗："宣王安石进殿。"

李宪："宣王安石进殿！"

王安石走进殿来，叩头道："臣参见陛下。"

宋神宗："卿请起！赐座。"

王安石："谢陛下！皇上今日单独召见臣，不知有何要事？"说着，在旁边的椅子上坐下。

宋神宗："昨天有探子从西夏传来情报，说西夏频频派使者到熙州、河州吐蕃的几个主要部落活动，不知他们有何阴谋？"

王安石："陛下，如果他们勾结起来向我发难，会对我大宋构成极大威胁。"

宋神宗："是啊，党项人这两三年来，接二连三地侵扰我西北地区，妄图蚕食我国土。我们要采取积极措施，挫败他们的阴谋。”

王安石：“陛下想必腹有良谋了吧？”

宋神宗：“近日王韶进了《平戎策》三篇，朕觉得他找到了解决西北边患问题的钥匙。”

王安石兴奋地说：“哦！”

宋神宗：“王韶这几年自筹盘缠去西北各地了解风土人情，察看山川地貌，绘制了详细的地图；他对吐蕃各部落之间的关系，吐蕃跟西夏、跟羌人的关系了如指掌，自认为对收复河湟地区很有把握。”

王安石（兴奋好奇地）：“哦？陛下可否给臣拜读拜读。”

宋神宗：“今天召卿进殿，就是想给你看看。”说着把奏本递给李宪，李宪把奏本传给王安石。

王安石起身双手接过奏本，坐下认真阅读起来。

镜头摇出王韶去西北采访的画面。

蓄着连鬓胡、浓眉大眼、头戴纶巾的王韶和侍从骑着马在日月山下边的草原上与吐蕃牧民交谈，身后是牧民的帐房。雄鹰在空中翱翔，民歌在耳边萦绕，雪山绵亘在远方。

王韶和侍从骑着马在浑黄的夏河边行走，两岸是奇形怪状的石山，山上寸草不长，覆盖着砂砾。

王韶手持弓箭和侍从站在狄道城[①]的城楼上观望远方的烽火亭，广袤的绵延起伏的黄土高原展现在他们眼前。

镜头回到紫宸殿。

王安石在看王韶的《平戎策》（王韶的画外音）：“朝廷想平服西夏，就要制服河湟；制服了河湟，我们就断了西夏的右臂。制

① 狄道城：在今甘肃省临洮县。

服河湟的上策是招抚西番各族……”

2

王安石拍了一下桌子，赞叹道：“说得好！圣上，王韶是个难得的人才！几年不见，文韬武略大有长进。”

宋神宗：“朕也认为就目前的情况来看，王韶是平服西北的不二人选。”

王安石：“皇上英明！”

宋神宗：“既然卿也看好王韶，那朕就召他进宫，我们一起来谋划收复河湟地区的事宜。”

王安石：“好的！”

3

文德殿里，宋神宗正和大臣们议事。

大臣们手持笏板，排成五个纵队。

王安石、王韶、吕惠卿、韩绛、王珪、章惇、邓绾、富弼、冯京等在其中，王安石站在第三纵队前头，王韶站在他后面。

宋神宗：“各位卿家，自我大宋立国以来，西北就边患不断。西夏对我虎视眈眈，多次发动战争，企图蚕食我国土。请问各位有何良策消除边患，永葆我大宋边民安居乐业。”

身着官服的王韶上前作揖:“启奏陛下：要抵御西夏的侵扰，先须招抚河湟一带的吐蕃诸部，使西夏背腹受敌。如今西夏对吐蕃是又打又拉，而吐蕃各部势单力薄，经不起西夏长期打压和诱惑，万一吐蕃跟西夏结盟，对我大宋就极为不利，所以我们要趁早动手。”

宋神宗：“嗯。各位卿家有何见地？”

富弼：“陛下，使不得。吐蕃与我朝离心离德，要它真正归顺我们，谈何容易！再说，这招抚也要耗费大量人力物力，这岂不又加重了朝廷的负担？”

宋神宗：“哦？”

冯京：“陛下，我朝既已跟西夏媾和，现在又去招抚吐蕃，这会引起他们猜忌，从而使边境更加不得安宁。”

王安石：“陛下，臣以为王韶所言极是。至于说招抚要耗费人力物力嘛，我们国库通过两年的变法，比以前殷实多了，富大人过虑了。”

宋神宗满意地点点头。

王安石：“我们招抚吐蕃，西夏不可能不知道。知道又怎样？我们不能因为敌人的猜忌就放弃争取吐蕃的计划。”

宋神宗：“王安石说得好，我们不能因为西夏人猜忌就放弃争取河湟吐蕃的计划。西夏人现在去拉拢吐蕃哪里会忌惮我们！”

富弼：“陛下，我有个问题想请教王韶，可以吗？”

宋神宗点点头。

富弼：“子纯，你口口声声说招抚吐蕃，可人家不吃你这一套，你怎么办？你打得过人家吗？”

宋神宗听了也有所顾虑。

王韶自信满满地回答：“我们有打赢的信心！”

王安石：“王韶这几年深入西北各地，对吐蕃各部落的军事实力了如指掌，再说我们的军队这两三年也根据将兵法，进行了整训，战斗力大大提升，我相信派王韶去担负这个使命，必能取胜！”

吕惠卿、章惇、曾布、李定、谢卿材等都表示赞同："陛下，王大人说得是。"

宋神宗一脸兴奋："好！王珪，给我拟旨：命王韶为秦风路提举。"

知制诰王珪："臣遵旨。"

王韶："谢皇上隆恩，吾皇万岁万万岁！"

4

紫宸殿外的甬道上，王安石和王韶肩并肩地走着。

王安石："子纯哪，你此次西进河湟，担子不轻。"

王韶："没什么，在下一定殚精竭虑，不辱使命，决不辜负兄长的保荐！"

王安石："要记住，对待吐蕃要恩威并重，能招抚的尽量招抚，不到万不得已的时候不要动武。对于顽固不化者，那就只好要用箭戟征服啰。"

王韶："是！"

王安石："自古以来，河湟地区就是我华夏之族的疆土。分久必合，现在到了统一的时候了！这是历史给予我们的机遇！"

王韶："兄长说得是。"

王安石："兄弟这一去，千里迢迢，戎马倥偬，我们不知几时能见面啰。今晚到寒舍品品茶，杀几盘棋如何？"

王韶："要得要得，我还想听你弹琴呢！"

5

渭源，禹河边，屹立着刚刚修建起来的渭源堡。它高8米，东西长100米，南北宽50米，北临禹河土崖，西扼上关坪古狄（今陇西）通道，南瞰渭源城，东阻下关坪高地。

城墙上插着牙旗，有的牙旗上绣着“宋”字，有的绣着“王”字。牙旗在风中猎猎飞舞。

渭源堡南面的大坪上，宋军正在大练兵。有的手持大刀长枪对打，有的手持弓箭往前方的稻草人目标猛射，杀声震天。

王韶一身戎装走出辕门外，李宪及两个随从跟在后面。

他来到练习射箭的部队跟前，指着一种弓对士兵说：“这就是三百步外贯铁甲的神臂弓，新研制的，你们试试看。”

他又指着另一种绞车弩说：“这就是人们说的三弓床子弩，射程可达三里以上。澶渊之战时，我军弓箭手就是用着这种武器把辽军的主将萧挞凛射杀的。你们要好好练！”

一个身体壮实的士兵拉起神臂弩，一放箭，“嗖”的一声把前面一棵杨树拦腰射断。

王韶及士兵鼓掌喝彩。

四个士兵分别在绞车弩两边扳动绞轴，张紧弓弦，拉到最大幅度，然后放箭。七箭齐发，把1500多米远的稻草人射倒。

又是一片喝彩声。

6

青唐，辽阔的草原。

远方是绵亘起伏的祁连山脉。

吐蕃俞龙珂部营帐内，俞龙珂正接见西夏的使者。

西夏使者：“大王，我夏国军队骁勇善战，铁蹄所向，攻无不克。若贵部能和我国结盟，挥戈东进，会猎秦川，定能消灭宋军，把关中土地收入囊中，到时我们两家平分，如何？”

俞龙珂：“容我考虑考虑。如今宋国用王安石为相，施行新法，国力大大增强，我们进攻秦川有多少胜算呢？”

西夏使者：“王安石的变法遭到很多大臣反对，他们内耗很厉害，不足为惧。”

俞龙珂：“此言差矣！现在宋国施行了将兵法，全国设置九十二将军，将军以下有副将、部将、队将、押队、使臣等军官，还专门设有教练官，负责军队的教练事务。这样一来，就出现了兵知其将、将练其兵的新局面。军队的战斗力比以前大大增强。今年王安石派章惇、熊本出征，一举平定了西南蛮夷的叛乱，你知道吧？”

西夏使者：“长敌人的志气，就是灭自己的威风。我夏国将士骁勇善战，宋军何曾占过我们便宜？”

俞龙珂：“今时不同往日，打仗要知己知彼。”

营帐外面，俞龙珂部下送走一位羌族使者。

7

渭源堡内，王韶正与李宪及诸将商讨招抚吐蕃俞龙珂部的策略。

景思立：“王大人，细作回来报告，俞龙珂首鼠两端，这几天既见渭源羌人，又见西夏人，未必肯臣服我大宋，不如打他个措手不及。”

王韶："不可。既然西夏和羌人能派说客去游说，为什么我们不能呢？何况王相公交代我，能招抚的尽量招抚。《孙子兵法》云：'不战而屈人之兵，善之善者也。'这样吧，明天我带几个人，亲自去一趟。"

王宁："王大人，单枪匹马去有点冒险。"

王韶："据说，俞龙珂很尊崇我们中原的文化声教、典章礼仪，我们之间应该有很多共同语言的，有什么好怕呢？根据枢密院的安排，我走后军中事务由李宪代为处置。"

李宪："诺！"

8

吐蕃俞龙珂部营帐外，两排士兵持戟站立。

王韶和五个侍从策马而来，在离站岗士兵几米远的地方一跃而下。

吐蕃士兵立刻交戟警卫。

吐蕃士卒："来者何人？"

王韶："我乃大宋秦凤路提举王韶，想见你们首领。"

吐蕃士卒："哦，容我禀报。"

营帐内，俞龙珂正和几个部落酋长一边喝酥油茶，一边欣赏藏族歌舞。

士兵进来禀报："大王，宋国秦凤路提举王韶求见。"

俞龙珂："哦？请他进来。"

士兵："是！"

俞龙珂向舞女们示意退下。

王韶在士卒的引领下，不卑不亢地走了进来，他身子略微向前倾，作揖道：“宋朝秦凤路提举王韶参见大王！”

俞龙珂起身：“欢迎，欢迎！王将军请坐。”

王韶在士卒的引领下，来到俞龙珂旁边坐下。

一个侍女给王韶奉上酥油茶：“王将军，请喝茶！”

王韶双手接过酥油茶，微笑着点点头：“谢谢！”

王韶：“听说大王近来很忙哪，羌人和西夏使者纷纷上门游说，想和你结盟，大王乃真英雄也！”

俞龙珂：“不敢不敢，愿听将军赐教。”

王韶：“我们中原有句古话‘识时务者为俊杰’，如今的宋朝不是当年的宋朝。我主年轻英武，重用王安石等贤才变法图强，国势日盛……”

俞龙珂：“这我知道。听说贵军施行了将兵法，加强了格斗演练，士兵个个身手不凡。今天能否让部下一展雄姿，让我这井底之蛙开开眼界。”

王韶：“大王过谦了！杨武、赵兵！”

杨武、赵兵：“小的在！”两人从帐外走了进来。

王韶：“今天我和大王在此对饮，帐中无以为乐，你们就舞枪助兴吧。”

杨武、赵兵：“遵命。”

两人手持棱枪对打起来。

双方都是禁军出身，近期又受过严格训练，舞枪的一招一式尽显咄咄逼人之势。有时杨主动，有时赵主动，攻防彼此转换，险象环生，令人心惊肉跳。

表演了一会儿，王韶怕他们有闪失，叫停了。

两位壮士大汗淋漓。

俞龙珂和属下一起鼓掌。

俞龙珂：“王将军治军有方，强将手下无弱兵哪！”

王韶：“哪里哪里，还望大王多多赐教。”

俞龙珂：“岂敢岂敢。”

王韶：“大王有空请屈驾到我们军营里走走。”

俞龙珂：“要得要得，我一定抽空到贵军大营去拜访求教。”

9

夏日，烈日当空，俞龙珂带了几个侍从来到渭源堡外。只见城墙上插着绣着腾龙的五色旌旗。其中有一面绣着“宋”，有一面绣着“王”字。

城堡南面的大坪上，士兵们正在练习射箭。

城堡内，王韶和几个部下正在察看地图，研究行动方案。

卫士：“报告王将军，吐蕃首领俞龙珂来访。”

王韶：“好！欢迎！走，我们迎接客人去！”

城堡南门，王韶带着几个部下迎了出来。

王韶作揖：“俞首领，一路辛苦了。有失远迎。”

俞龙珂作揖：“王将军，客气了。”他说着翻身下马，几个卫士忙迎上去牵住客人的马。

俞龙珂：“天气酷热，贵军也坚持训练，王将军治军有方哪！”

王韶：“哪里哪里！”

俞龙珂：“我可以看看贵军的床子弩吗？”

王韶：“可以，可以，但看无妨。”

王韶领着俞龙珂和侍从们走到床子弩旁边，指着床子弩说：“这就是床子弩。”

俞龙珂和侍从以好奇的目光打量着新式武器。

俞龙珂："可以发箭看看吗？"

王韶："可以。小李子，小顺子，演示一下给俞首领看看。"

小李子给床子弩装上一支粗大的箭，两个士兵分别在绞车两边扳动绞轴，张紧弓弦，把弓弦拉到最大幅度，然后小顺子用锤子敲动扳机放箭，"嗖"的一声，把三里多远的稻草人射倒。

军中响起一片喝彩声。

俞龙珂："射得好远哪！"

王韶："俞首领可知道那稻草人的距离？"

俞龙珂："是不是三里远？"

王韶："对！"

俞龙珂："澶渊之战时，贵军弓箭手就是用这种武器把辽军的主将萧挞凛射死的，使辽国不敢再贸然侵犯。"

王韶："想不到俞首领知道那么多。"

俞龙珂："贵邦的百工技艺和文化礼仪很值得我们学习。"

王韶："客套话就不用讲了。本来我们就是一家亲嘛，文成公主远嫁松赞干布，松赞干布十分倾慕中原文化，派贵族子弟到长安国子监游学，唐蕃交好二百多年。"

俞龙珂："是啊，本来我们就是一家人。王将军，请受我一拜！"说着，在王韶面前跪下，"如果将军不嫌弃的话，在下愿与将军结为兄弟！"

王韶："俞首领，王韶一百个愿意！愿我们永远都是好兄弟。"

王韶把俞龙珂扶起，两人紧紧地拥抱在一起。

10

紫宸殿里，宋神宗端坐在龙椅上。王安石、吕惠卿、章惇、冯京、王韶、曾布等诸位大臣列队两旁。

内侍："宣俞龙珂进殿！"

俞龙珂从殿外走了进来，表情严肃恭敬，他走到宋神宗的面前下跪："吐蕃青唐部落头领俞龙珂叩见皇上，祝吾皇万寿无疆！万寿无疆！"

宋神宗："平身！"

俞龙珂："谢陛下！"

宋神宗："今天是一个大喜的日子，朕非常高兴，俞龙珂率十二万之众归附我大宋。本来，吐蕃和我汉族就是一家亲，唐代文成公主嫁到吐蕃就是证明。后来由于历史风云之变幻，我们中原汉族和青唐地区的吐蕃渐行渐远。如今我们冰释前嫌，化干戈为玉帛，这是我们两族同胞的福祉。俞龙珂，为了表彰你弃暗投明，朕授你西头供奉官并知岷州，且赐你汉姓。"

俞龙珂再次下跪："谢陛下隆恩！臣听说包大人为官清廉，铁面无私，而且善断奇案，是朝廷的忠臣，陛下可否赐臣包姓，以表臣对包中丞的仰慕之意？"

宋神宗："准奏。愿你姓包后，一切顺利，你干脆就叫包顺吧！"

俞龙珂："承陛下吉言！"

众人兴高采烈，哈哈大笑："好！好！"

俞龙珂："陛下，臣还有一事相求，不知圣上能否应允？"

宋神宗："你尽管说。"

俞龙珂："微臣仰慕大宋的礼仪典章、文化声教、百工技艺，我们可否选派年轻才俊到汴京来游学？”

宋神宗：“准奏。”

俞龙珂：“谢陛下，吾皇万岁万万岁！”

11

汴京，店铺林立的街市，熙熙攘攘的人群。街市琳琅满目，应有尽有。有卖丝绸的，卖瓷器的，卖鱼盐豆豉的，卖珍珠的；茶庄、酒庄随处可见，还有加工金银首饰的；吆喝声、讨价还价声、谈笑声不绝于耳。

王安石、王韶、俞龙珂及几个随员骑着马在街市上行走。

俞龙珂：“王相公，汴京的繁华真是名不虚传哪。”

王安石（自豪地）：“俞首领，汴京城如今人口过百万，店铺万余家，各种作坊、工匠难以计数。”

王韶：“大宋的繁荣，离不开和平的维系。”

俞龙珂：“是呀，和平安定，民生才有保障，各行各业才能蒸蒸日上。”

王安石：“大宋的繁荣，也离不开与海外番邦的贸易往来。今后我们中原愿和贵地互通有无，互惠互利，如何？”

俞龙珂：“要得，要得。”

王韶：“我们中原有的是瓷器、茶叶、食盐、丝绸，贵地有的是牛羊骏马，互相交换，各取所需，使物尽其用，货当其值，何乐而不为？”

王安石：“只有放眼世界，才能拥有世界。”

俞龙珂：“听君一席话，胜读二十年书。”

王安石笑笑：“俞首领怎么又造出一个成语来了？”

俞龙珂（诙谐地）："王相公和王将军都堪称我师，学生听了两位大人的教诲，加起来不就胜读二十年书啦？"

王韶竖起食指朝俞龙珂晃了晃："有你的！"

众人哈哈大笑。

旁白：在吐蕃部落酋长俞龙珂的影响下，青唐地区一些较小的吐蕃部落近二十万人口，也相继归附宋朝。

12

河州，吐蕃部落首领木征的大营。

木征坐在主席位上，各小部落的头领盘腿坐在两旁。

木征："现在宋将王韶屯兵渭源，妄图夺我河州……"

话没说完，喽啰进来报告："禀报首领，青唐地区的俞龙珂部落和附近的小部落，总共32万人投靠了宋国。"

木征："知道了，败类，无耻的败类！汉人不费一枪一箭，他们就屈膝投降。这种令天下人耻笑的事情，决不能在其他部落发生了！"

各头领："是！"

13

吴荣王赵颢府里。

赵颢正和弟弟益端献王赵頵在下象棋。

他们边下棋，边品茗。

旁边有婢女伺候。

赵颢喝了一口茶："哎，这茶叶味淡了，倒掉！换新茶。"

这时赵颢夫人从里间走了出来说："夫君，这新茶也要出钱买了，还有金银玉器、绫罗绸缎这些都要出钱买了。"

赵颢："为什么？"

赵頵:"现在王安石颁布了个什么免行法，做生意的人只要向市易务交了免行钱，就不用向宫内进贡物品了。"

赵颢："那市易务收的免行钱给不给我们补贴？"

赵颢夫人："给是给了，但哪有以前那么好，以前我们想要什么就拿什么，要多少就拿多少。"

赵颢："皇兄真蠢，变法变到宗室头上了。"

赵頵："可不是嘛，新法不废，我们就别想过舒心日子。"

赵颢夫人："更有甚者，王安石把许多亲王的世袭待遇也取消了，说不定哪天，我们的下一代也是庶民了。"

赵颢："可是皇兄热衷新法，把王安石视为亚父，这一切你改变得了吗？"

赵頵："朝廷里大把老臣反对新法，司马光、韩琦、文彦博、范镇、苏轼等，还有我们母亲、老祖母，我们要联合他们一起来反对，我就不相信斗不过他王安石。"接着，他在哥哥耳边小声说了几句。

赵颢点点头，诡谲地笑了。

14

西夏王宫，梁太后和夏惠宗坐在御案前，文武大臣列队朝堂。

内侍对太后说："太后，从汴京回来的细作有军情禀报。"

梁太后："宣他进殿。"

内侍："宣罔萌鹿进殿。"

罔萌鹿快步从殿外进来叩头："奴才罔萌鹿参见太后，参见皇上。"

梁太后："平身！"

罔萌鹿："谢太后！谢陛下！"

梁太后："你从汴京回来，有何消息？"

罔萌鹿："回禀太后，宋国命王韶出征河湟，现不费一枪一箭，就使青唐俞龙珂部落十二万之众归附他们。"

夏惠宗（好奇）："宋国用何妙策招抚俞龙珂？"

罔萌鹿："具体我也不清楚。听说是王安石的计谋，先向吐蕃展示军事实力，然后跟他们签契约，做生意，以茶叶、食盐、瓷器、丝绸交换牛、羊、马匹。"

夏惠宗点点头。

梁太后："这个王安石，真厉害！等他们换多了骏马，骑兵的实力就会大大增强，于我不利呀！哀家也希望大夏国有这样杰出的大臣，能进奏高招，使吐蕃的其他部落和我夏国结盟。"

朝臣们面面相觑。

第十集　收复河湟

1

宰相梁乙埋上前进奏："太后、皇上，臣有一计可使吐蕃与我大夏国结盟？"

梁太后："相国，快快道来。"

大臣瞧瞧左右："这……"

梁太后（似有所悟）："退朝，相国留步。"

内侍："退朝！"

群臣退朝后梁太后问："相国有何妙计可使我大夏国与吐蕃联盟？"

梁乙埋："和亲。汉人曾经以和亲的手段维系汉匈、唐蕃友好关系，我们为什么不可以？"

梁太后："你是说把我大夏国的公主嫁到吐蕃去？"

梁乙埋点点头："是的。"

夏惠宗："不可！"

梁太后（侧目瞧了瞧儿子）："皇儿，你不懂。"

夏惠宗不服气地努努嘴巴。

梁乙埋："我们虽已多次派使者游说董毡及其侄子木征，但收效甚微，为什么呢？口惠而实不至嘛。如果太后能遣公主下嫁给董毡的儿子或木征，他们一定会铁了心跟我们结盟。他们可是势力最大的吐蕃部落。”

梁太后：“你说得有道理。”

2

青唐，辽阔的草原，远方是银光熠熠的雪山。

广场上彩旗飘飘，鼓乐喧喧，人山人海。

旁白：西夏梁太后为了笼络吐蕃，把女儿许配给吐蕃王董毡之子蔺逋比。

高台上，司仪正主持吐蕃王储蔺逋比（董毡之子）与西夏公主（梁太后之女）的婚礼。

司仪：“接下来由新郎、新娘互赠礼物。”

蔺逋比殷勤地给公主披上一条白色丝巾，公主恭敬地给蔺逋比披上一条浅黄色的绢。

台下一片欢呼声。

司仪：“接下来，请新郎新娘喝交杯酒。”

两个漂亮的侍女用托盘端着酒杯从两边上来，一个把酒奉给新郎，一个把酒奉给新娘。

蔺逋比和西夏公主用右手举起酒杯，交叉着右手将青稞酒一饮而尽。

台下又爆发出一片欢呼声。

司仪：“最后，请新郎新娘播撒吉祥的种子！”

侍女把青稞端上来，蔺逋比和公主撮起青稞，向众人挥洒。

子民们争着接飞来的青稞，高喊：“王储万福！公主吉祥！”

一群吐蕃青年男女兴高采烈地跑上高台，一边唱着《才仁措毛姑娘》，一边跳舞：

大村大庄中间，
遇见心上（啦）人儿，
姑娘才仁措毛（啦），
心儿多么（呀啦）欢畅……

3

董毡营帐内，董毡和木征盘腿坐在树头做的茶几旁，面对面交谈，茶几上放着酥油茶。

董毡：“此次贤侄能捐弃前嫌，参加你弟弟的婚礼，我非常高兴，非常感激！”

木征：“叔王客气了，这是应该的事。弟弟结婚，我怎能不来恭贺！”

这时，礼官引着穿着礼服的王储和公主携手走进营帐，向父王和兄长请安：“孩儿（儿媳）向父王请安，祝父王万寿无疆！弟弟（弟媳）向兄长请安，祝兄长福泽无边！”

董毡、木征作揖还礼。

木征：“弟弟、弟媳，坐吧。”

蔺逋比：“哥，我们还要去向其他长辈请安。”

木征：“请便。”礼官引着王储和公主走出帐篷。

董毡：“想不到哇，俞龙珂这个软骨头，这么快就投降了！”

木征：“是呀——如今西夏与我族联姻，是想和我们一起抗宋。”

董毡：“这是显而易见的。这对我们也有利。我们一定要固守好自己的领地，决不能让宋军得手。我们要加强侦察，共享情报。如遇危急，一定要互施援手。”

木征："有叔王这句话我就放心了。"

4

抹邦山下，宋军营帐。旁边插着军旗，有的上面绣着"王"字，有的绣着"宋"字。

宋军营帐内，王韶和副将及几位幕僚在商讨对策。

王韶："眼下，木征手下大将穆尔、结舒克巴死守抹邦山，不肯投降，请问各位有何良策？"

韩存宝说："我军把他团团围住，让他缺水断粮，不攻自乱，就像三国时司马懿围马谡一样。"

魏奇："你说得有道理。"

王韶："不可，此地离渭源城很远，久拖不决于我军不利。如果木征的援兵一到，我军就被动了。穆尔、结舒巴克虽然占据了有利地形，但我们人强马壮，弓弩先进，强攻料他们难抵挡。我们已休整两天了，明天就向山上强攻。"

景思立："我赞成王将军的看法，久围不打于我军不利。"

5

抹邦山上，吐蕃军营前面，大将穆尔、结舒克巴正在向士兵喊话："弟兄们，我们居高临下，易守难攻，而且四天之内木征首领派的援兵会到，我们只要能坚持四天，宋军必败，抹邦山下就是他们的葬身之地！"

士兵们喊："将军英明，我们一定要战斗到底！"

6

抹邦山半山腰，宋军士兵正在登山，有人被吐蕃军推下的滚木礌石砸中，滚下山去。

宋军兵士用神臂弓和床子弩射箭，不少吐蕃士兵被射倒。

王韶戴上头盔，披上铠甲，挥着长枪，和士兵一起战斗。

王韶：“大宋的勇士们，往上冲！”

山顶上，穆尔和结舒巴克见宋兵潮水般往上涌，急得像热锅上的蚂蚁，他高喊：“放箭！放箭！”

不时有宋军士兵倒下。

突然一支箭射中结舒巴克的左肩。

结舒巴克：“哎哟！”

穆尔：“我们还是撤吧！”于是率领十几个士兵骑马冲出了包围圈。

王韶带领宋军从四面围了上来，短兵相接，战马嘶鸣，杀声震天。

最终宋军把结舒巴克和已投降的士兵捆绑起来。

宋军挥舞着旌麾和长枪欢呼胜利。

“熙州大捷！”“大宋万岁！”的口号声响彻云霄。

一只雄鹰在高空展翅翱翔。

王韶骑在马背上，以自豪的目光向东眺望祖国的万水千山。

7

汴京，紫宸殿早朝会。

宋神宗端坐于御座上。

满朝文武列队于殿堂。

这时，内侍进来禀报："陛下，西北战场王韶信使到！"

宋神宗："叫他进来。"

信使小跑来到宋神宗面前叩头请安："奴才叩见陛下，吾皇万岁万万岁！"

宋神宗："西北战况如何？"

信使递上信件："皇上请看奏表。"

内侍接过信件转呈给皇上，宋神宗当即拆开。

王韶（画外音）："陛下：我军将士于六月初七取得了攻克抹邦山，全歼穆尔、结舒克巴部的胜利。"

镜头再现王韶和士兵们冲上抹邦山顶，欢呼胜利的场面。

镜头回到现在。

宋神宗（右手攥着拳头，激动地）："好，好，太好了！"

王安石、吕惠卿、章惇和其他大臣激动亢奋的脸。

王安石："皇上，咱大宋的军队好久没打过这样的漂亮仗了。王韶好样的！臣希望皇上下诏嘉奖王韶，嘉奖三军。"

宋神宗："准奏！"

8

福宁殿，宋神宗打开一本线装书，边踱步边吟诵："大漠风尘日色昏，红旗半卷出辕门。前军夜战洮河北，已报生擒吐谷浑！"

5岁左右的皇子跑过来抱住神宗的大腿："父皇，我也会背诗！"

宋神宗（俯下身，欣喜地）："哦，乖儿子，背一首给父皇听听。"

皇子："两个黄鹂鸣翠柳，一行白鹭上青天。窗含西岭千秋雪，门泊东吴万里船。"

宋神宗："宝贝，这是谁写的诗呀？"

皇子："杜甫。"

宋神宗："你还会背谁的诗呀？"

皇子："王昌龄的。"

宋神宗："背给父皇听听。"

皇子："秦时明月汉时关，万里长征人未还。但使龙城飞将在，不教胡马度阴山！"

宋神宗高兴地说："宝贝，真聪明，来，父皇驮驮你。"

他把儿子举起来，让他张开两腿，跨在自己脖子上，小步快走。

小皇子乐得哈哈笑。

向皇后："皇上，今天好开心啊！"

宋神宗："王韶攻克抹邦山，首战告捷，军威大振，朕能不开心吗？"

向皇后："皇上锐意变法，励精图治，方有今日之战果。"

宋神宗："这也离不开王安石的鼎力辅佐。"

向皇后："是啊，王安石慧眼识英才，任人唯贤。王韶、章惇都是文武兼备的人才，用他们带兵，故能所向披靡。"

宋神宗："嗯——来人哪！"

李舜举进来："陛下，奴才在。"

宋神宗："给我研墨，我想写几个字。"

李舜举高兴地说："好嘞。"

李舜举拿来笔砚，用墨条在砚台上研磨墨汁，另一内侍在御案上铺开宣纸。

宋神宗把儿子交给皇后，执起笔来，在端砚上蘸得笔饱，然后一气呵成王昌龄的《从军行·其五》：

大漠风尘日色昏，红旗半卷出辕门。前军夜战洮河北，已报生擒吐谷浑！

其字遒劲奔放，折射出年轻皇帝统一九州、复兴华夏的凌云之志。

李舜举："皇上的字，有张旭的遗风，又独辟蹊径。"

宋神宗（谦虚地）："哪里哪里，朕是随性而写，没讲什么章法。"

9

夜晚，王安石宅邸，书房，东面墙上挂着一幅地图。

王安石举着蜡烛仔细察看地图。

特写镜头展示地图内容：河州、渭源、抹邦山、洮河、竹牛岭……

王安石皱着眉头，表情沉毅、冷静。他放下蜡烛，取了一张信笺，坐在书案前飞快地书写起来。

王安石把牛皮纸信封封好，向门外叫了一声："林虎。"

林虎："小的在。"随即进来。

王安石："你把这封信交给铺兵，八百里加急，越快越好。"

林虎（双手接过信封）："诺！"

10

河州，木征大营。

木征时而看看案上的标着藏文的地图，时而捶胸叹气。旁边站着几位吐蕃将领。

木征：“想不到王韶下手这么快，这么狠。”

瞎药：“首领，胜败乃兵家常事，不必太难过。”

木征：“瞎药，我命你率武胜堡士兵三万，渡过洮河，直捣渭源王韶的老巢！”

瞎药：“遵命。”

木征：“另外，要挑选精干的士兵留守城内。”

瞎药：“是！”

11

王安石官邸，书房，王安石弹古琴曲《高山流水》。

吴琼和大女儿王倩新在门口驻足而听，不一会儿，曲终声歇。

吴琼和王倩新走进书房，王倩新问：“爹，好久没听你鼓琴了，今天何来雅兴？”

王安石：“王韶在熙州打了胜仗，爹心里高兴啊！可惜相隔万水千山，王韶听不到我的琴声。”

吴琼：“王韶是你爹的知音。”

王倩新：“我也是爹爹的知音。听爹爹弹琴，我好像看到了清幽的山谷，山岚氤氲，峰峦叠翠，啄木鸟叫了，它们在树上啄虫子，两山间有泉流汩汩涌出……”

吴琼：“泉流激石，如玉槌击磬。俄顷，水泻陡崖，飞花溅玉……”

王安石：“哈哈，听你们一吹，我真有点飘飘然了。”

王倩新：“《高山流水》的旋律妙在富于变化。”

王安石："世上万物的美妙也在此。凝滞古板何来美感？"

王倩新："爹爹所言极是。"

12

渭源堡大营内，王韶正在阅读王安石的信。

诸将领坐在一起议事。

王安石（画外音）："王韶将军阁下，闻前方大捷，甚慰。木征可能随时反扑，须做充分准备，适时扩大战果。王安石上。"

王韶："王相公思虑周全。"

细作进来报告："王将军，木征正令瞎药率兵渡过洮河，挥师南下。"

王韶：'哦？果然不出相公所料。"

几位将领神色略显紧张，王韶哈哈大笑："来得好快呀，机会来了！景思立，你带领一部分人马在竹牛岭，安营扎寨，狙击敌军，要多插战旗，大张声势。其余将领统统跟我进军武胜堡，我们乘虚而入，迅速把武胜堡拿下，敌人就无心恋战了。"

众将领："是！"

武胜堡城外，王韶率领的宋军与守城的吐蕃军展开厮杀。

宋军用床子弩、神臂弓发射箭矢，又用突火枪发射石块，吐蕃的骑兵大部中箭中石倒下。

13

吐蕃士兵退守城关。

王韶一边命士兵架云梯冲上城墙，与吐蕃兵厮杀，一边命士兵用巨木撞击城门。

几个在城墙上厮杀的士兵趁机跳下城墙，杀倒守门士兵，打开城门，宋军如潮水般涌入，武胜堡杀声震天。

面对宋军强大的攻势，吐蕃军只好投降。

14

渭源堡，守城的士兵用床子弩、神臂弓发射箭矢，把攻城的瞎药部打得尸横遍野。

吐蕃军营帐内，瞎药焦虑地走来走去，像热锅上的蚂蚁。

有个细作进来报告："将军，武胜堡被宋军攻陷了！"

瞎药（大惊）："啊？！是真的吗？"

细作："千真万确！"

瞎药："王韶真狡猾，我们在竹牛岭耽误的时间太多了。"

一部下："将军，渭源堡久攻不下，我们怎么办？"

瞎药："撤！再不走就可能被包围。"

15

紫宸殿里，宋神宗正与大臣们议事。

王安石、吕惠卿、章惇、王珪、蔡挺、富弼、冯京也在其中。

宋神宗："告诉大家一个好消息，王韶在西北攻克了武胜堡，并且采取南北夹击的办法，打败了吐蕃瞎药部，还招抚了其部落两万户。"

大家的脸上都露出了笑容，独富弼、冯京板着脸孔。

王安石："皇上慧眼识英才，王韶是难得的将才！"

宋神宗："这也有赖于大家特别是卿的支持。现在我们就把武胜军设为熙州。"

内侍："皇上，王韶已在殿外等候召见。"

宋神宗："宣他进殿吧。"

内侍："宣王韶进殿——"

王韶身着戎装气宇轩昂从殿外走了进来，下跪："末将王韶参见皇上！吾皇万岁万万岁！"

宋神宗："平身。"

王韶（站起来）："谢陛下！"

宋神宗："王将军两年多来，风尘仆仆，征战千里，文武并用，收复了渭源以西的大部土地，为了严明赏罚，今升你为龙图阁待制并知熙州。"

王韶："谢皇上隆恩！这次西征如果没有皇上和王相公的鼎力支持，我是打不出这样的战果来的。"

王安石："王将军过谦了。"

宋神宗："王将军，请问下一步如何经略？"

王韶："下一步我们继续扩大战果，收复河州，把河州和熙州连成一片。"

宋神宗："好！"

冯京："皇上，如此好战邀功，劳民伤财，臣恐怨声载道。万一进攻不利，西夏又来袭，我朝岂不是两面受敌？木征的兵力可比瞎药强大得多！"

宋神宗："这……"

王安石："孙子曰'知己知彼，百战不殆'，如今的禁军已非变法前的禁军，我们的兵器也比以前先进得多，子纯指挥有方，连连克敌。我相信，有王将军的指挥，有后方的大力支持，我军实现上述目标完全有把握！”

宋神宗：“王安石说得好，我们不要老是惧怕敌人如何如何强大，我们也要看到自己的优势，收复河州。熙州河州连成一片，就可威慑西夏。”

王韶：“陛下英明！”

宋神宗：“王将军，朕再给你禁军两万，你明日就起程，返回熙州，筹划下一步的军事行动。”

王韶：“诺！”

16

王韶刚走，内侍进来禀报：“陛下，拒马河巡检赵用想参见。”

宋神宗：“宣他进来。”

内侍：“宣赵用进殿！”

赵用（进殿，小步快走来到宋神宗面前叩头）：“末将赵用参见陛下，吾皇万岁万万岁！”

宋神宗：“平身。”

赵用：“谢陛下！”

宋神宗：“赵用，你有何奏报？”

赵用：“陛下，辽人越过界河捕鱼，还抢夺了我们巡逻用的船只……”

17

镜头摇出画面：

宽阔的拒马河，波光粼粼。岸边长着芦苇和杂草。

河上，宋辽两国的渔民在各自一边撒网捕鱼。

界河巡检赵用和几个士兵撑着船在河上宋方一侧巡逻。

船上插着绣着“宋”字的旗帜。

南岸的路上，有十几个头戴幞头，腰挂箭筒，手执弓弩的乡巡弓手走过。

他们排着整齐的队伍，迈着雄健的步伐。突然，几个身体粗壮的辽国渔民撑船越过中线撒网。

赵用大声喊话：“辽人！这是界河，你们怎么可以越过中线到我方水域捕鱼？”

他们根本不听，急速划船到南岸边，用刀砍断系船的缆绳。然后跳上船，划起就走。

赵用：“停下，停下！”

抢到船的几个汉子根本不听，划着船继续跑。

岸上的乡巡弓手驻足而望。

赵用：“停下停下！再走我们就放箭了。”

辽国渔民根本不听。

赵用一挥手，船上的士兵便“嗖嗖”放箭，但因距离太远，没射中。

赵用：“是可忍，孰不可忍！岸上的乡勇们，我们一起追过去！”

巡弓手们异口同声：“诺！”

他们跳上官船，迅速向北岸追去。

将到北岸时，他们追上了辽国的肇事者，双方在岸上、船上对打起来。

最后宋兵及乡巡弓手把肇事者反绑起来，押回南岸。

镜头拉回殿里。

18

宋神宗："又来滋事。现在怎么样？"

赵用："现在他们的兵，越过拒马河骚扰我边民，扬言要在两属地建哨所，要我方取缔乡巡弓手，否则不撤军。"

宋神宗："各位，大家说该怎么办？"

吕惠卿："陛下，辽国是在有意捣乱。它看到我大宋正在崛起，就想遏制我们。"

蔡挺："陛下，末将以为辽国胆敢在两属地设哨所，我们就毫不留情地拆掉它。"

宋神宗："一拆打起来怎么办？"

蔡挺："打就打，怕他个什么！"

王安石笑笑："蔡将军，先别激动。陛下，臣以为辽人很快就会派使者来谈判。估计他们不敢在两属地建哨所，如果他真要建，那就让他建吧！人家想出钱出力做点事，我们总不能拒绝人家嘛。"

宋神宗："此话怎讲？"

王安石："西北的局势平定后，辽国还敢跟我们叫板吗？我大宋的军队可不是吃素的。"

宋神宗赞赏地说："好，大气！"

19

河州城外，宋军用神臂弓、床子弩、突火枪等武器向守城的吐蕃士兵射击。把敌人的火力压下去后，宋军架起云梯强攻河州城。

城内，木征指挥吐蕃兵负隅顽抗。

城墙上宋军和吐蕃兵刀戟相向，互相厮杀，血肉横飞。

河州城门被攻破，宋军将士在王韶的带领下，冲进河州城。

木征带着小股人马，从北边逃走。

旁白：公元1073年2月，王韶一举攻克河州。后来跟木征又展开了几个回合的较量，木征被彻底打败，最后终于臣服于宋朝。

20

紫宸殿，宋神宗端坐在御案前，脸上露出胜利者的骄傲和自信。

满朝文武大臣手持笏板立于殿中。

内侍：“宣吐蕃首领木征进殿。”

木征身着吐蕃首领服装进来，行叩头礼：“罪臣木征叩见皇上！恭祝吾皇万寿无疆！万寿无疆！”

宋神宗：“平身。”

木征站起来：“谢皇上！此前本部落听信党项人挑唆，对大宋多有冒犯，还望皇上海涵。”

宋神宗：“木征，你真的愿意臣服我大宋？”

木征：“是。”

宋神宗：“如果以后再有反复呢？”

木征：“如果再有二心，就算把我千刀万剐，也毫无怨言。”

宋神宗："好，过而能改，善莫大焉。"

木征："谢陛下！"

宋神宗："本来嘛，我们蕃汉就是一家亲，和则两利，斗则两伤，让人渔利。我们要让这次惨痛的经历永远成为历史！为了纪念你归顺大宋，朕赐你姓赵，名思忠，并授你河州防御使官职。"

木征再次跪拜："谢陛下，吾皇万岁万万岁！"

宋神宗："李舜举。"

李舜举："奴才在。"

宋神宗："带河州防御使赵思忠下去歇息。"

李舜举："诺。"他引木征走出宫殿。

宋神宗："王韶。"

王韶站出来："末将在。"

宋神宗："为了表彰你收复熙河两千里江山，今拜你为枢密副使。"

王韶下跪叩头："谢皇上隆恩！吾皇万岁万万岁！"

宋神宗："王安石。"

王安石站出来："臣在。"

宋神宗："自卿创立新法以来，国家日益富强，为收复西北奠定了基础，在决策的关键时刻，你站出来力挺王韶，才有今日胜利之局面。为了纪念我们君臣相得，朕把佩戴腰间的玉带赐给你。"

王安石："陛下，臣不敢当。"

宋神宗："何故？"

王安石："发现王韶、提拔王韶、重用王韶都是陛下所为，我与几位朝臣只是奉命办事而已，我不能单独受此赏赐。"

宋神宗："在木征最后一次反扑时，许多大臣都有畏难情绪，想放弃河湟，是你坚决主张让王韶重返前线指挥战斗，从而彻底粉碎了吐蕃的叛乱，使河湟地区牢牢掌握在我大宋手里。没有你，这事绝对会功亏一篑，所以，卿一定要收下！”

王安石下跪：“谢皇上隆恩！吾皇万岁万万岁！”

冯京、吴充等满脸不高兴。

这时，李舜举进来禀报：“启奏陛下，章惇将军又有捷报传来。”

宋神宗：“念。”

李舜举：“臣蒙陛下信任，率师南征。淳厚父老，箪食壶浆以迎王师；南江田元猛负隅顽抗，被我军打得落荒而逃，懿州城已归我所有。”

镜头摇出章惇率兵攻克懿州城的情景。

宋神宗：“好，太好了！今天可以说是双喜临门哪！”

冯京：‘此乃皇上龙威震慑四海之体现也。”

宋神宗：“不，不！关键是用人，章惇、王韶都是出将入相之才，王安石发现了他们，举荐了他们，有了他们的正确指挥，才有今天的胜利！”

王安石：“陛下过奖了，审时度势，下最后决心的还是你呀！”

吴充：“对，对！皇上圣明。吾皇万岁万万岁！”

众朝臣：“吾皇万岁万万岁！”

宋神宗脸上露出了自豪的笑容。

21

辽国皇宫，辽道宗坐在御案前，一班文臣武将列坐两边。

辽道宗耶律洪基正与他们共商国是。

辽道宗的后上方是一幅狼的画像。

耶律洪基："宋国这几年来，重用王安石变法，国力日益强大，南平蛮夷之族，北收河湟之地，又在横山、榆林一带，构筑城堡，加强军力部署，大有吞并夏国之势。敌厚则我薄也，请问各位有何良策遏制宋国？"

一位大臣站起来说："可汗，微臣以为我国与夏国的边界纷争可暂时搁置一边，我们应赶紧签订友好盟约，团结起来共同对付宋国。夏国在宋国西北边境一骚扰，可牵制其很多兵力。"

耶律洪基："嗯，这个主意不错。"

另一名武将站起来说："可汗，宋国自从任用王安石当宰相以来，与高丽修好，又在边境线上广种柳树、榆树，设置哨所，这些对我大辽来说都是潜在的威胁。在下建议，加强我国在拒马河一带的军事部署，要和宋人再议国界。"

耶律洪基："好！我们要先发制人，决不能让他羽翼丰满了来向我发难。"

22

西夏皇宫，梁太后垂帘听政，夏惠宗坐在旁边。

内侍："太后，皇上，辽国使者到。"

梁太后："宣辽国使者进殿！"

内侍："请辽国使者进殿。"

辽国使者来到梁太后跟前，单腿下跪，作揖道："辽国使臣耶律洪平参见太后及皇帝陛下！"

梁太后："贵国今番有何见教？"

耶律洪平："岂敢岂敢。不过，如今天下形势非同昔日，宋国重用王安石变法，国力大增，南平荆蛮，北收熙河，咄咄逼人。我辽夏两家，宜捐弃前嫌，重归于好。这不，我们可汗叫我捎来了亲笔信。”说着，从袖口取出国书，递给内侍，内侍再呈给太后。

梁太后展开国书，扫了两眼，哈哈大笑。

耶律洪平：“太后笑什么？”

梁太后：“哀家笑的是历史如此惊人的相似！”

耶律洪平：“是啊，眼下辽、夏、宋又是三国鼎立，我们总不能重演三国归晋的悲剧吧。”

梁太后：“请坐请坐。”

内侍把椅子搬到耶律洪平跟前，请他坐下。

耶律洪平：“谢太后，谢皇上。”

23

熙宁八年（1075），元日早晨。

旭日东升，汴京城爆竹声此起彼伏，大街小巷人头攒动，鼓乐喧喧。

宽阔笔直的御街。

王安石和李定、侍从三人骑着马在御廊上往宣德门方向走。御廊上店铺林立，家家门口贴着春联，如“生意兴隆通四海，财源茂盛达三江”“四面贵人相照应，八方财宝进门庭”等；廊檐下挂着绣有“春”“福”“招财进宝”等字眼的红灯笼，拉着条条彩练；商铺门口是进进出出的人流，大人小孩穿着节日的盛装，说说笑笑，互相祝福。好一派新年气象！

此情此景，使王安石异常激动，他想着这么些年来，在自己的努力下，变法取得了初步成就，守旧派黯然退出了政治舞台，宋神宗对自己信任有加，大宋的光景越来越好。

他略微思索了一下，便口占一绝：“爆竹声中一岁除，春风送暖入屠苏。千门万户曈曈日，总把新桃换旧符。”

李定：“先生又作诗了！”

王安石：“新年新气象啊——来，我们下马看看。”侍从牵着马，王安石和李定走进一家茶叶铺。

茶叶铺老板连忙向他们作揖：“两位大人新年好！”

王安石和李定作揖还礼：“老板，新年好！”

王安石接着问：“你们生意人觉得无偿给王室供货好，还是交免行钱好？”

茶叶铺老板：“当然交免行钱好。以前太监动不动就来店上要这要那，我们又不敢拒绝，有时，赚来的利润全给他们还不够。”

李定：“看来，免行法还是受百姓拥护的。”

王安石欣慰地点点头：“嗯。”

24

熙宁八年正月十五，傍晚，汴京，宣德楼前的灯山金光灿烂。

御街，游人如织，热闹非凡。街两侧的走廊上，悬挂着闹元宵的红灯笼，灯笼上的流苏在春风中飘拂。走廊上有各种表演，歌舞、木偶戏、驯猴表演、杂耍等不一而足，乐声、歌声、喧闹声在十几里外也能听见。

宋神宗的车驾、侍从、卫队从御街缓缓经过，他们从上清宫回来。

御街两边走廊上的市民欢呼雀跃。

宋神宗在御驾上向大家招手示意。

王安石骑着马和几个侍从跟在后面。看到御街上皇上与民同乐的情景，王安石脸上露出欣慰的笑容。他在回忆着什么。

镜头摇出画面：

上清宫鼓乐喧喧，青烟缭绕。

玉皇殿，宋神宗宴请群臣。

他在御座上把盏敬酒："各位卿家，经过这几年的变法，我朝彻底扭转了财政入不敷出的局面，如今府库充盈，国富兵强。今天是元宵佳节，大家举起酒盏，为变法取得的辉煌业绩干杯！"

王安石、吕惠卿、韩绛、吕嘉问、曾布等朝臣举盏起身，异口同声："皇上英明，吾皇万岁万万岁！"

25

一阵锣鼓声打断了王安石的回忆，镜头回到现在：

一队小伙子舞着香火龙从灯山那边迎面走来，宋神宗极度兴奋，命御驾停了下来，王安石也驻马观看。

香火龙围着他们舞了九圈才向南离去。

王安石抚摸腰上的玉带，沉浸在遐想中，镜头摇出当年宋神宗赐玉带给王安石的画面：

宋神宗："自卿创立新法以来，国家日益富强，为收复西北奠定了基础。在决策的关键时刻，你站出来力挺王韶，才有今日胜利之局面，为了纪念我们君臣相得，朕把佩戴腰间的玉带赐给你。"

王安石："陛下，臣不敢当。"

宋神宗："何故？"

王安石："发现王韶、提拔王韶、重用王韶都是陛下所为，我与几位朝臣只是奉命办事而已，我不能单独受此重赏。"

宋神宗："在木征最后一次反扑时，许多大臣都有畏难情绪，想放弃河湟，是你坚决主张让王韶重返前线指挥战斗，从而彻底粉碎了吐蕃的叛乱，使河湟地区牢牢掌握在我大宋手里。没有你，这事绝对会功亏一篑，所以，你一定要收下。"

王安石下跪："谢皇上隆恩！吾皇万岁万万岁！"

26

镜头拉回现在。

不知不觉，驭手牵着王安石的马穿过灯山，跑进了宣德门。

就在这时，门边突然冲出两个太监，太监甲一把拉住了王安石的马缰绳，马儿一惊，跑得更快，差点把王安石颠下来，也把太监甲带了个趔趄。

太监甲狠狠踹了驭手一脚。

驭手显出疼痛难受的表情。

太监乙："王安石，快下马！"

王安石："怎么啦？"

第十一集　天灾人祸

1

太监乙："大臣不能骑着马走进宣德门，你不知道吗？"

王安石："今儿元宵节，本相陪皇上到处巡游，玩得高兴，忘记下马。马儿跑得又快……"

太监甲（凶巴巴地）："傲慢无礼！这么重要的礼节你都忘记？你是在找借口吧，退出去，退出去！重新再进宣德门！"

王安石（皱了皱眉头）："都已经进来了，有这必要吗？"

太监乙（昂起头）："当然有必要！"

王安石："本相不退出去，怎么着？"

太监甲："不退出去，你就是目无皇上、骄横跋扈的王莽！"

驭手："我看你才是骄横跋扈、盘踞宫门的大蟒！"

太监甲向驭手投去嘲弄的目光，太监乙大笑："哈哈，笑死人了，目不识丁的弼马温！"

王安石眼珠子在冒火，他跳下马来，劈手打了太监甲一记耳光："连你也强词夺理给我扣帽子！来呀，多扣几顶，反正我脖子粗，顶得住！"

太监甲顺势滚倒在地上，手划脚蹬，仿佛一只大螳螂。他大喊大叫："救命啊，救命啊，有人要造反了！"

2

紫宸殿门口，宋神宗刚从御驾上走下来，就听到外面的吵闹声。他对伺候在旁边的李舜举说：“李公公，你去看看，宣德门那边谁在嚷嚷。”

李舜举：“诺。”然后脚步匆匆往南边走去。

宣德门内的广场上，李舜举问王安石：“王相公，怎么了？”

王安石强忍怒气说：“刚才随圣上巡游，兴致一来，马又跑得快，忘了在宣德门下马。守门太监强词夺理，给本相扣帽子。我一时火起，扇了他一个耳光！”

李舜举：“哦，原来如此。”

王安石：“小事一桩，没必要烦扰陛下。”

两位太监上前来跪在李舜举前面：“李公公，你要为我们做主！”

李舜举：“放肆！小题大做，看我怎么收拾你们！”

两个太监见李舜举不护他们，只好灰溜溜地站起来，重新回到宣德门门岗的位置上去。

3

福宁殿，宋神宗坐在龙椅上一边喝茶，一边听李舜举汇报情况。

李舜举：“情况就是这样，守门的两位太监，目无尊长，气焰太嚣张，才逼得王安石打耳光的。”

宋神宗：“两位太监应该是受人怂恿的，否则，不敢如此跋扈！”

李舜举：“那会是谁呢？”

宋神宗：“谁知道。王安石为了变法大业，操碎了心，却遭人嫉妒、忌恨，受了不少委屈，真难为了他。”

4

吴荣王赵颢府邸，守门的两个太监正在这里向吴荣王赵颢汇报情况。

太监甲：“王爷，我看到王安石目中无人，就狠狠踹了他的驭手一脚，马一惊，差点把王安石颠下来。”

太监乙：“我截住王安石，责问他为什么不下马。”

赵颢：“他怎么说？”

太监乙：“他支支吾吾，找借口。”

太监甲：“我说‘你入大内不下马，莫非当今的王莽吗？’，气得他浑身发抖。”

赵颢和他的弟弟赵頵哈哈大笑。

赵颢：“好，好！干得好！”

赵頵：“我要叫内侍省给你们升级加薪。”

两个太监：“谢王爷！”

5

庆寿宫，早上。

太皇太后曹氏坐在太师椅上品茶。

赵頵进来给祖母叩头请安。

曹氏：“孙儿，听说昨天王安石在宣德门殴打看门的太监，可有此事？”

赵颢：“真有此事。”

曹氏：“他为什么要打人？”

赵颢：“看门的太监见他骑马入宣德门不下马，就说了他两句，他就劈手打人。”

曹氏：“说什么来着？”

赵颢：“说他入宣德门不下马，违背祖宗规矩，莫非当今的王莽。”

曹氏：“那也太过了！”

赵颢：“祖母，你是不知道，眼下王安石自以为变法有功，狂妄至极，皇兄的话他都不当回事，不杀杀他的傲气，这大宋说不定真成为他王安石的。”

曹氏（震惊）：“哦？功高盖主，以致篡权者有之。”

赵颢：“是呀，你不是教导过皇兄，不要太倚重任何一个人吗？这王安石把持朝政以来，德高望重的官员都反对他，新法遭人诟病久矣，还望太皇太后明察。”

曹氏：“嗯。在外面可不许乱放炮。”

赵颢：“孙儿明白。”

6

滁州府衙，文彦博官邸。

几个乐工在演奏《雨霖铃》曲，六个歌姬手执羽扇随曲子翩翩起舞。

文彦博和宋敏求、李大临及几个僚属在喝酒欣赏歌舞。

宋敏求：“这曲子听起来，太失落，太伤感，‘念去去千里烟波，暮霭沉沉楚天阔’叫人平添江湖之愁。哎，要不是王安石搞变法，我们也不用贬到这穷乡僻壤来。”

文彦博：“次道，你还年轻，十年河东十年河西，谁笑到最后还不知道。”

这时管家上前来请示：“文大人，有司来收助役钱了，要不要给？”

文彦博满脸不高兴：“给就给呗。”

宋敏求：“王安石变法，变到我们士大夫头上了，以前我们可以免差役，现在可好了，我们也跟庶民一样，要交助役钱了！”

文彦博：“这还不是最紧要的，最紧要的是，田庄的借贷收入缩水了。我们这些为官的，有几个没田产？”

李大临：“是啊，家里请的仆人多，开销又大。看来，新法不废，我们就没什么舒心日子过。”

文彦博：“不提这扫兴事儿，来，我们再干一杯！”

“谢文大人！”众人一饮而尽。

大家继续欣赏歌舞，有的僚属用酒杯敲着音乐的节拍。

文彦博：“你们看这小地方请的歌姬也没有汴京的来得风流，来得带劲！”

宋敏求（俏皮地）：“对，对，文大人见多识广，曾经沧海难为水。”

一个僚属举起酒樽劝酒：“来来来，各位大人，虽然我们不在同一州县为官，但可利用休假聚一聚，乐一乐。来，大家一起干！”

众人举杯，又一饮而尽。

文彦博：“诸位，如有相宜的歌姬，可带回客栈以续歌舞之欢，解孤枕之闷。”

众人笑："哈哈，要得要得！"

7

几个僚属携着三个歌姬退出去后，议事堂里只剩下文彦博和李大临、宋敏求，还有三个歌姬在一隅窃窃私语。

李大临："文大人，我们沦落天涯，形影相吊，总不能就这么坐以待毙吧。"

文彦博："除非孱头才会坐以待毙。"

宋敏求："我们要绝地反击！"

文彦博："反击肯定要，但要讲究方式方法。"

李大临："文大人，请指点。"

文彦博附在他们耳朵旁小声说着什么。

李大临、宋敏求："好好，就按文大人说的去做！"

文彦博："老夫已过花甲之年，维护朝纲还得靠你们哪！"

李大临："哪里哪里，姜是老的辣。"

文彦博："时辰不早了，你们带两个歌姬去客栈里乐一乐，我请客。"

宋敏求、李大临："怎好让文大人破费。"

文彦博笑笑："我是东道主，尽地主之谊嘛。"

宋敏求、李大临作揖："谢文大人！"

8

滁州全椒县衙门，门口放着一对威猛的石狮子。

衙门大堂，宋敏求正在召集各乡里正来训话。

宋敏求：“各位父老：本官刚到任，对县里的情况不太熟悉。青苗法施行一年多了，大家反应如何？”

一里正：“反应尚可，绝大多数借粮农户都能还本付息。”

宋敏求：“那就好。不过呢，全椒县上交给朝廷的利息钱是少了点。”

里正们：“那怎么办？”

宋敏求：“朝廷的意思是要大家回去想办法尽量叫农户多借粮。”

一里正：“那也要看人家愿意不愿意呀，借粮是要付利息的。”

宋敏求：“大家回去动动脑子，尽量多借，利息收得多，有奖赏的。”

里正们交头接耳议论着。

9

全椒某村，里正在巷里打铜锣：“哐哐哐，哐哐哐！”

里正：“县衙今天来放青苗钱啰，大家一定要积极借贷。”

余平家里。

里正敲开门说：“余平，去祠堂办贷款哪。”

余平：“里正，去年我们家收成好，今年不用贷青苗钱。”

里正：“不需要也得贷，知县亲自来到我们村里下达任务。”

余平：“为什么不需要也得贷？贷了款，借了粮，可要还利息的呀，这不加重我们的负担了吗？”

里正：“你今年不借，以后想借也不借给你！”

王媛春：“为什么？新法刚颁布时可不是这样的呀！”

余平：“天下哪有强迫人家借钱的。”

里正：“这是王安石的青苗法规定的。”

余平：“这不符合青苗法规定。”

里正：“你想造反？”

余平一副愤愤不平的样子。

王媛春上来说：“夫君，你就去画个押，领了再说吧。”

余平：“借了钱要还本付息的。万一年成不好，我们拿什么还官家的青苗钱！”

里正：“余平，你可以贷出来，再借给那些需要借钱的人，把利息提高一点，赚点利差，拿钱去赚钱，不用活得那么累，傻瓜。”

余平：“我就怕到时连本钱都收不回来，我下不了台。”

里正：“舍不得孩子套不住狼，哪个发家致富的人不冒点风险？”

10

祠堂里，余平极不情愿地上去画押，然后双手颤抖地从县尉手上接过五贯钱。

村里，一群村民在议论贷款的事。

一村民：“真是前无古人，后无来者的事。哪有逼人借钱借粮的！”

另一村民：“这分明是变着法子要我们交税嘛。”

11

汝州衙门大堂，知州李大临召集各县知县训话。

下属们目不转睛地注视着这位新来的知州。只见他脸略长，脑门较窄，颧骨较高，鼻孔右边有颗黑痣；他常横眼看人，目光中透露出很深的城府。

李大临："现在小麦收了，各县要赶紧把青苗钱的本息都收上来，本官也好上报朝廷。"

知县们："诺。"

梁县的一个村庄，里正在巷里敲锣催粮："还贷款了，还贷款了，以小麦抵钱，本息一起还。"

一个农夫问里正："里正，今年收成不好，这贷款能不能先还一部分？"

里正："不行不行，要一起还。"

农夫："当初我们不想借那么多小麦，只想借点做种子。粮食不够吃，我们就种些番薯，挖些野菜充饥。可你们硬逼我们借……"

里正："你好吃好喝了，还不起账就怨我，我去怨谁啊？这是朝廷下达的指标，你还得起得还，还不起也得还。"

农夫："还得起得还，还不起也得还。这该死的青苗法，不是逼人上绝路吗？"

里正："的确还不起，你就卖地呗。"

农夫："卖地？卖了地我吃啥？"

里正："这都是王安石制定的青苗法害的，你们不服，可以去京城击登闻鼓呀，让皇上知道你们对新法不满啊。"

农夫："王安石？王安石是什么人？"

里正：“王安石是当朝宰相。”

农夫：“他可是一人之下、万人之上的大官，我们平民百姓能奈他何？”

里正：“听说当今皇上很体恤百姓，只要你们上京城去要饭去诉苦，说不定这钱就不用还了。”

农夫：“那俺就试试吧。”

12

大名府街道，韩琦骑着马和两个侍从在巡视。

只见街头巷尾比平时多了好多衣衫褴褛的乞丐。

韩琦问侍从：“怎么这段时间城里多了好多乞丐？”

侍从一：“韩大人，今年河北大旱，又遭蝗灾，所以难民倍增。”

韩琦：“这难民多了，城里的治安就成问题了。”

侍从二：“是啊，有什么办法呢？”

韩琦凑近下属诡秘地说：“你们这样……”

13

翌日，陪韩琦巡视的两个侍从到流民较集中的地方，对流民说：“老乡们，你们也知道，大名府也不是富庶的城市，解决不了大家的生计问题。大家最好到国都汴京去，那里朝廷餐餐施粥，不用去讨。汴京还很多作坊，去那里学上一门手艺，这辈子吃饭就不用愁了。”

一乞丐：“可是俺们没有盘缠，总不能在去汴京的路上饿死吧。”

侍从：‘只要你们肯去汴京要饭，路费大名府会出。每人两贯钱。”

众流民：“俺愿意！”

大家纷纷举手。

侍从给每个举手的乞丐发了两贯钱。

14

大名府南门城楼，韩琦看着懒懒散散、迤逦南去的乞丐群，脸上露出阴险的笑。

韩琦（内心独白）：“王安石，这次你的‘川’字纹要变成三条沟了！”

15

汴京城北陈桥门外，一些贫苦农民带着孩子出来逃荒，他们坐在东边的城墙旁或梧桐树下。

司法参军郑侠正在这一带巡视，他上前去问一对夫妇。

郑侠：“老乡，你们从哪里来？”

余平:“滁州。”

郑侠：“为什么过来这边流浪？”

余平：‘家里遭旱灾了，水稻歉收，还不起青苗钱，只好出来混，看看能否揽点杂活干干。唉，本来今年我家都不用借青苗钱的，里正软磨硬缠，非要我借，我又把钱借给邻居，结果邻居也收成不好，连夜跑路了。”

郑侠："哦。"郑侠看看四周，零零散散地站着些流民。

走进陈桥门，街上也有乞讨的人。

韩琦骑着马在街上走。

他下马询问逃荒的灾民："老乡，你打哪里过来的？"

灾民："河北。"

这时，郑侠迎面走来，向韩琦作揖道："韩大人，好久不见了。"

韩琦故作不认识："你是……"

郑侠："在下乃司法参军郑侠。"

韩琦："哦。记起来了，你是有大官不做的年轻人，听说你画画很有一手。"

郑侠："哪里哪里。"

韩琦："你看，这城里城外好多逃荒要饭的人，他们都是被新法害的，你好好把他们的惨状画下来，好劝谏皇上废止新法。"

郑侠："是，韩大人。"

郑侠在各个城门转悠，时不时停下来画画。

16

紫宸殿里早朝会。

韩琦上奏（手捧一个卷宗袋）："陛下，如今新法扰民，尤其是青苗法。地方官为了迎合新政，大搞抑配，想贷的要贷，不想贷的也要贷。富盈人家，从来都是放贷的，如今却强迫其贷款，导致民众怨声载道。至于贫穷之家，温饱都没解决，现在又要他们还利息，哪有钱还？他们只好逃荒要饭。王安石标新立异，大逆不道，触怒了上天，以致十月不雨，庄稼颗粒无收，如今京城饿殍遍地，惨不忍睹，望陛下速罢新法。”

宋神宗：“我们制定的一个好好的法令，为什么执行起来会产生那么大的偏差？”

王安石：“陛下，这说明我们官宦队伍中还有很多人不按制度办事，我们强调借粮自愿，不能搞摊派，但偏偏有人违反。乱天下者，不在民而在官。我们要加强对官吏的监管。”

宋神宗点点头。

韩琦：“王安石，你休要推诿，如果你不行新法，官吏就没可能强迫贷款，就不会让百姓流离失所！皇上，你看司法参军郑侠画的流民图，就是百姓生活水深火热的写照。不知皇上愿不愿接受郑侠的画谏？”

宋神宗：“呈上来。”

韩琦递给内侍，内侍呈给神宗。

神宗从袋中抽出一张张画，凄苦悲悯的音乐响起。

画面特写：

一个衣衫褴褛、头发蓬乱的中年妇女，抱着四肢僵直的孩子号啕大哭；一个骨瘦如柴、胡子拉碴的老汉，有气无力地坐在街边，背靠廊柱，身边放着一个破碗，一根拐棍；人市里，瘦弱的儿童头上插着草标，有的目光痴呆，有的抱着大人的腿哭……

宋神宗脸上露出悲悯的表情。

吕惠卿：“皇上，休要听信谗言，难道变法前就没有穷人，就没有乞丐？不搞变法，又回到从前，请问出路何在？”

宋神宗：“这……”

王安石：“皇上，从变法的第一天起，反变法的人就视新法为眼中钉、肉中刺。有些人为了破坏变法，不择手段……”

韩琦：“陛下，老朽只想社稷长治久安。”

宋神宗："好啦，好啦，不要争辩了，该怎么干就怎么干！"

17

熙宁六年（1073）初秋，火热的太阳炙烤着大地。

京东路田野，大河小溪都干得见底，河床尽是白沙。

淮南东路田野，土地龟裂，禾苗枯黄。

淮南西路，蝗虫在田地里吃白菜，在山坡上吃苹果叶、番薯叶，在河边吃树叶。

一个村庄的龙王庙前，一群男女老少在拜神求雨。

福宁殿里，皇上的御案上，放着许多奏报。

宋神宗在一份一份地认真阅读。

旁边坐着王安石。

李舜举在一旁伺候着。

宋神宗："这次大旱，波及河北路、京西路、京东路、河东路、淮南东路、淮南西路，时间之长，范围之大，实属罕见啊。"

王安石："是。不过陛下不必过于担心，臣已吩咐官员开仓发粮赈济百姓。"

宋神宗："此次旱灾、蝗灾特别严重，是不是跟我们施政有关？唉，人们对新法议论纷纷。"

王安石淡淡应对："干旱、蝗灾，纯属自然现象，尧、舜、汤、武等明君在位时也在所难免。皇上登基以来，大都风调雨顺，今年偶遇旱灾，不必过于紧张。我们眼下要做的就是尽力救助，不必顾虑流俗之言。"

宋神宗："朕怕灾害如此严重，是上天有意惩罚我们。"

王安石："陛下，上天的变化是正常的，不需要畏惧。"

宋神宗："果真如此？那么，你怎么给我解释眼前所发生的一切？卿能言善辩，可你能化解这场旱灾吗？"

王安石："陛下，天不可能不下雨，稍待时日而已。"

宋神宗神情焦躁："稍待时日？煎熬了那么久，还要煎熬到何时？朕恐天下大乱，局势不可收拾！"

王安石轻轻地摇了摇头，叹了口气。就在这时，宣德门外传来了梁县农夫击登闻鼓的声音："咚咚咚！咚咚咚！……"

宋神宗："李公公，你出去看看，谁在击登闻鼓。"

李舜举："诺！"

18

宣德门外，梁县农夫在使劲地叩击登闻鼓。

李舜举和一个内侍走上前："停下！停下！老乡，你有何冤屈，非击登闻鼓不可？"

农夫转过头来下跪："大人，小民所在县邑强制我借粮，我还不起青苗钱，里正就逼我卖田卖地。小民实在受不了这煎熬，又不通文墨，所以在此击鼓。"

李舜举充满同情："原来如此。你是哪个县的？"

农夫："梁县的。"

李舜举对内侍说："李靖，你把这位老乡带到粥厂，先吃点东西。"

李靖："诺。"

李靖带着农夫离开。

19

洛阳，司马光府邸，司马光正在书房读《邸报》。

《邸报》上有“大旱半年，赤地千里”的标题。

镜头摇出大旱情景：

京东路田野，大河小溪都干得见底，河床尽是白沙；淮南东路田野，土地龟裂，禾苗枯黄；淮南西路，蝗虫在田地里吃白菜，在山坡上吃苹果叶，吃番薯叶，在河边吃树叶；一个村庄的龙王庙前，一群男女老少在拜神求雨。

司马光（露出幸灾乐祸的表情）：“看你王安石有多大的能耐！”

他思考了片刻，便提起毛笔，写起奏章来（司马光画外音）：“陛下登基以来，宵衣旰食，励精图治，但效果并不理想，其何故哉？乃因重用王安石，大行新法。新法弊端多多，青苗法加重百姓负担，免役法聚敛贫民，市易法与民争利，保甲法骚扰农民，农田水利法劳民伤财。王安石好大喜功，天下尚未大治就对外开战。如今天以旱示警，陛下不停新法，不罢免王安石，国无宁日，天下危矣！”

20

滁州府衙，文彦博正在看着同一期《邸报》。

标题特写：《青苗法害得百姓流离失所》《汴京街头乞丐成群》。文彦博（脸上露出阴险的笑容）：“好你个王安石，我要叫人参你一本！”

第十二集　天意难测

1

福宁殿，宋神宗皱着眉头阅读司马光的奏章，看完，他长叹一声，在殿里踱来踱去："新法难道真的是祸国殃民吗？上天真的发怒了吗？我是上天的儿子，不听天命行吗？"

坐在一旁的向皇后站起来（担忧地）："皇上，天命这东西，不可不信啊！"

这时，李舜举走进来叩头："奴才参见陛下和皇后。"

宋神宗："平身。"

李舜举："谢陛下，谢皇后！"

宋神宗："又有什么奏报吗？"

李舜举："有，是文彦博和宋敏求的奏疏。"

宋神宗："说什么来着？"

李舜举："他们两个都在奏章里说青苗法害得老百姓好苦，还不起青苗钱而坐牢或逃荒的农户比比皆是。"

向皇后脸露悯色："百姓真可怜！"

宋神宗跺了两下脚："这到底是怎么回事？这到底是怎么回事？朕真恨不得插翅飞到民间去看个究竟！"

李舜举："陛下，这段时间，城里是多了好多无业游民……"

宋神宗叹了口气，摇摇头。

2

庆寿宫，太皇太后曹氏端坐太师椅上，高太后、宋神宗、吴荣王赵颢依次给她请安。

曹氏：“太后近来睡眠可好？”

高太后：“谢太皇太后垂问，调理了一段时间，现在还好。”

曹氏：“皇孙日夜为国事操劳，也要注意歇息。”

宋神宗：“谢太皇太后关爱。”

曹氏：“皇孙，仁宗皇帝在世时，很注重体察民情，经常赈济灾民，以防别有用心的人趁机作乱。皇孙，现在百姓的生计如何，他们有无困苦？”

宋神宗：“回太皇太后，今年大旱，农民歉收，朝廷如今也在救济灾民。”

曹氏：“我听说百姓甚为青苗法、免役法所苦，还在宣德门外击登闻鼓，有无此事？”

宋神宗：“有。行青苗法、免役法是为利民，非为害民。新法的是非争议，没完没了。朕真想微服私访，到民间去看看。”

曹氏：“嗨——皇孙，你身居九五，当垂拱而治，哪能事事躬亲？关键是用人。王安石树敌太多，搞得天人共怒，半年都没下雨了。现在旱灾这么严重，灾民这么多，你总得给天下人一个说法。”

宋神宗：“太皇太后，旱灾难道真的是变法所致？”

曹氏：“或许是吧，宁可信其有，不可信其无。天子，天子，上天之子，皇孙得敬天畏人。”

高太后：“自从实行免行法后，后宫想要的金银玉器都受限了，以前想要什么都可叫太监去办。”

宋神宗：“母后，这是小事，行新法、富国强兵才是大事。”

曹氏：“皇孙，你若想保全王安石，不如暂且把他外放，过一年左右再把他召进京也可。”

宋神宗：“群臣中唯有王安石能为朕排忧解难。这些年，他辅佐朕富国强兵，北收河湟之地，南平荆湖之乱，太皇太后，你叫朕怎么开得了口！”

赵颢：“陛下，太皇太后轻易不言政，今天过问王安石新政，足见事态严重非同一般，还望陛下三思。”

宋神宗（气愤地）：“你这是什么意思？你去民间了解过情况吗？事态的严重究竟是什么原因造成的？我看这个皇帝让你来当好了！”

赵颢（诚惶诚恐地）：“陛下恕罪，弟绝没有这个意思。”

3

福宁殿里，宋神宗踱来踱去，不时用拳头敲打自己的脑袋。

宋神宗（内心独白）：“苍天，你为什么还不下雨？为什么还不下雨！难道变法真的触怒了你……天子，天子，朕是天的儿子，不听天命行吗？”

4

第二天，紫宸殿早朝会，满朝大臣列于朝堂，王安石、吕惠卿、章惇、王珪、吕嘉问、冯京、吴充、王珪、邓绾等在场。

宋神宗：“诸位，鉴于旱灾日久，流民增多，官民多怨，朕宣布：一、在东京城广设粥厂，赈济百姓；二、命各地官员迅速详细汇报灾情；三……”他停顿了一下，语速放慢，“暂停新法，下诏广求直言，欢迎臣民直言朕之阙失。”

众人：“皇上慈悲！”

冯京、吴充等反对派官员：“皇上英明！”

王安石、吕惠卿的神情先是诧异，后是沮丧。

内侍李舜举：“朝会结束，退朝。”

5

黄河岸边，王安石倚马而立。

天上堆着乌云，黑沉沉的，黄河翻滚着怒涛。突然一个霹雳从天而降，直插黄河，爆发出“轰隆轰隆！”的巨响。王安石眺望着黄河，眉头紧皱在思考着什么，“川”字纹似乎更深了。

镜头摇出回忆：

紫宸殿，王安石和宋神宗君臣相对。

宋神宗：“卿以为如何才能使我大宋国富兵强，百姓安居乐业？”

王安石（若有所思地）：“这个嘛……说来话长哪。”

宋神宗（急切地）：“卿只管说，知无不言，言无不尽。”

王安石（严肃认真地）：“陛下，微臣以为大宋时下的出路只有一条，这就是变法！改变不合时宜的律法。”

宋神宗：“哦，能不能说得具体点？”

王安石：“譬如，我们现在的冗官多，冗兵多，冗费多，朝廷可通过变法，精兵简政，提高官署的办事效率，提高军队的战斗力，减轻朝廷的财政负担。”

宋神宗：“卿所言极是。”

王安石：“朝廷也可设置机构理财，为国家积累财富。”

宋神宗（喜出望外地）：“是吗？”

王安石：“不过，这些举措的推出，或多或少会触及王公贵族和官员的利益。”

宋神宗：“这个不用担心。”

镜头回到现在。

王安石自言自语：“看来，我的担心不是多余的。”

镜头又摇出回忆：

中书省官署，王安石和富弼坐在太师椅上交谈。

王安石：“富大人不必过谦。仁宗皇帝在世时，你和范仲淹、韩琦、滕子京、欧阳修等前辈力主改革，实行庆历新政，其胆识和魄力令人钦佩。”

富弼：“唉，别提了。半途而废，不了了之。”

王安石：“失利了可以重来嘛。”

富弼：“重来？谈何容易。”

王安石：“如今皇上锐意变法，有他做后盾，变法应该有胜算吧。”

富弼：“介甫，你没经历过，不知道这宦海的旋涡有多凶险。你触犯了王公贵族的利益，他们能放过你吗？他们会用各种手段排挤打击你……”

王安石：“眼看大宋王朝这艘船漏洞越来越大了，不修补它，可要沉船的，我们不能置之不理呀。”

富弼："你补船，人家可以污蔑你想夺船，你有绝对的权力吗？你有多大权，才能干多大事。"

王安石："这我知道。可是，现在的皇上年轻，想有一番作为，跟庆历年间的形势不同。"

富弼："以前的皇上就不想有所作为吗？一个王朝自有它的定数，不是你我左右得了的……好好过几天清静日子吧。"

镜头回到现在。

王安石表情沉痛，自言自语："权贵们为了一己之私，不择手段抹黑良政，指鹿为马，迷惑皇上，这也许就是本朝的定数吧。"

这时，远处传来王雱的叫喊声："爹！爹——"王安石回头望，只见王雱和吕嘉问策马而来。

一场秋雨也噼里啪啦地下起来了。

吕嘉问撑开油纸伞，为王安石挡雨，他说："王大人，你怎么一个人跑来这里？"

王雱："爹，我们到处找你。"

王安石："没什么大不了的，我只是想一个人来这里平心静气地思考一些问题。"

6

郑侠在王安石官邸的不远处大喊："新法停，天降甘霖啰！新法停，天降甘霖啰！——"

王府客厅，章惇和吕惠卿并排坐着。

听到郑侠的叫声，章惇骂道："愚昧无知的小人！"

吕惠卿："他是被人利用了的。"

王安石："如今皇上深受天灾和流言的困扰，动摇了变法的信念，我留在汴京没什么意思了。"

章惇："相公，你不能走，我看皇上终究还是要行新法的，不行新法，怎么实现他富国强兵的梦想呢？"

吕嘉问："是啊，相公您不能走，您走了，我们变法派的力量就显得更单薄了。"

王安石："皇上已经下了罪己诏了，作为宰相，我不替他解围，谁能替他解围？我走了，你们还在朝廷，劝劝皇上，兴许新法还能继续施行。"

吕嘉问："相公，你不能走。你走了，顽固派很可能卷土重来。如果他们得势了，富国强兵就无望了，我们也将被打下十八层地狱。"他说着，情不自禁地掉下眼泪。

吕惠卿："唉，都怪我们太软弱，没有对顽固派的卑劣行径严厉惩处，事事受他们掣肘，落到如今这步田地。"

章惇："是啊，如果皇上能不信谗言，听得进我们的忠告，事情也不至于这么糟糕。"

王安石："好了，好了，不说这些了，辞职的札子我都写好了。你们都比我年轻，有你们在，变法的希望就在。如果我的外放能换来皇上的回心转意，那也值了！"

7

紫宸殿，宋神宗在读王安石的《乞解机务札子》。

王安石（画外音）："启奏陛下：微臣孤远贫贱，乃蒙栽培，位至宰执。受命以来，宵衣旰食，孜孜不倦，为的是振兴大宋以报答陛下知遇之恩。然而变法之路充满坎坷，抵触新政者有之，矫枉过正者有之，无事生非者有之，尽管如此，变法还是得大于失，利大于弊。而今有人借天灾诋毁新法，责骂微臣，议论汹汹，如大漠卷沙，江河决堤。微臣年近花甲，心力交瘁，加之疾病缠身，故而请求陛下放还山林，稍作喘息。微臣可以不当宰相，但新法不可不施行。老朽可以挨骂，但复兴社稷的伟业不可以休止。他日复降圣旨，微臣不敢推辞。”

宋神宗自言自语：“皇帝有皇帝的难哪……”

内侍：“陛下，王安石求见。”

宋神宗：“宣他进来吧。”

内侍：“宣王安石进殿。”

王安石进来磕头：“微臣王安石参见皇上。”

宋神宗（有些歉疚）：“卿叫人送来的几封札子我都看过了，这回看来留你不住了。”

王安石：“谢皇上体察。”

宋神宗：“卿辞职后，能否不离开汴京，继续在朝廷任论道官？”

王安石：“陛下，臣近来经常头晕目眩，汴京城车马喧嚷，不利调养，还请陛下恩准臣回江宁。”

宋神宗：“好吧，愿卿在知江宁府的同时，好好调养身体。日后还要重返朝堂，担当大任。李舜举——”

李舜举（端着托盘，托盘上摆放着金锭）：“奴才在。”说着他来到王安石身旁。

宋神宗：“卿向来两袖清风，家中用度并不宽裕。如今回江宁，一路上要不少开销，朕赐你黄金百两贴补家计，请收下。”

王安石（深深叩下头）：“谢皇上！还有句话臣不知道当讲不当讲。”

宋神宗："讲。"

王安石："变法的大业千万不能中道而废，倒退是没有出路的。变法中产生的偏差，望陛下明察，找出原因，及时予以匡正就是了。"

宋神宗："朕明白。"

8

洛阳，司马光的"独乐园"。

此园面积约二十亩。园中央是堂屋，题名"读书堂"。园中曲水回环，琴声铮铮；楼台、亭轩各得其宜，绿树、翠竹掩映其中；园东种着牡丹、紫薇、芍药以及许多不知名的花。

富弼和司马光正在园中散步，他们越过东区的小桥，侃侃而谈。

富弼："君实，你这园林设计得不错，树种多，花草繁，碧水环绕，既可赏花观蝶，也可垂钓碧溪，此乃大家手笔。"

司马光："不敢当，不敢当。在下只是为了自得其乐，颐养天年而已。"

富弼："哦，哦，为什么叫'独乐园'？"

司马光："子曰'达则兼济天下，穷则独善其身'，本人看不惯王安石的新法，不会取悦皇上，独自来到西京读书修史，并以此为乐，故称'独乐园'。"

富弼："有意思，有意思——哎，昨天的《邸报》登了王安石被罢官的消息，恐怕这'独乐园'你也待不久了。"

司马光："富公，这话从何说起？"

富弼："皇上罢了王安石的官，估计他也会废除新法。君实，你是极力反对王安石这一套的，是众士大夫的精神领袖，皇上不用你还能用谁？”

司马光：“不敢当，不敢当！”

富弼：“王安石标新立异，好大喜功，有今日之下场也是意料中的事。”

司马光：“他想名垂青史，我看他不背上千古骂名才怪哩！”

9

落日被西天的阴云吞了一半。

波光暗淡、蜿蜒南去的汴河。

汴河岸边高大的梧桐落叶纷纷，有的飘落在汴河的船上，有的飘落在街上。树上的寒蝉在“咿呀咿呀”地唱着，令人心烦意乱。

离码头不远的一家酒楼上，王韶、王安石，还有韩绛、吕嘉问、蔡挺、吕惠卿、李定、章惇、曾布等围坐在四方桌旁，桌上摆着菜肴，店小二为大家斟酒，大家神色黯然。

王韶对店小二说：“店小二，酒楼有歌姬吗？”

店小二：“有，大人要吗？”

王韶：“叫两个来，一弹一唱，助助兴，免得喝闷酒。”

店小二：“好嘞！”

不一会儿，两位十八九岁的女子走上酒楼来，一人操古筝，一人持象牙板。她们向客人鞠躬：“各位客官安好！请问要听什么曲子？”

王韶：“随你们便吧。”

两个歌姬：“好的，那奴家就献丑了。”

她们一坐一站，弹唱起《桂枝香》来。

那持象牙板的女子唱道：

登临送目。正故国晚秋，天气初肃。千里澄江似练，翠峰如簇。归帆去棹残阳里，背西风，酒旗斜矗。彩舟云淡，星河鹭起，画图难足。

念往昔，繁华竞逐。叹门外楼头，悲恨相续。千古凭高，对此谩嗟荣辱。六朝旧事随流水，但寒烟衰草凝绿。至今商女，时时犹唱，后庭遗曲。

曲调慷慨沉郁，众人沉浸在动人的旋律里。

李定：“恩师，这不是你在江宁时填的《桂枝香》吗？”

王安石点点头。

章惇：“好词！好词！警世之作。”

王安石：“治国远比填词难哪！”

王韶：“相公，我觉得你这次够冤的，一场天灾就把你的官给罢了！”

王安石：“不，本人也有疏漏的地方。”

吕嘉问：“是司马光、文彦博、韩琦、吴荣王（赵颢）他们串通后宫来整你的。变法剥夺了他们的一点特权，他们就大为光火。”

韩绛：“各怀心事，有的为名，有的为利。”

王韶：“我说呀，比起疆场上为国捐躯的将士来，我们官吏捐那么点助役钱算什么！甭管怎么讲，我觉得罢免介甫兄是个错误，皇上这是自废长城！”

王安石：“子纯，别这么说。皇上一时受流言的迷惑，以为旱灾是变法带来的，过段时间，他会明白的。”

吕惠卿："相公这么些年为变法的事操碎了心，回江宁好好休养，多多保重！留得青山在，不怕没柴烧。"

王韶："相公，今日一别，不知何日相逢，让我们各自珍重。来，大家一起敬相公一杯！"

大家站起来跟王安石碰了酒杯，一饮而尽。

王安石喝了一小口，放下酒杯。

管蠡进来禀报："老爷，时辰不早了，船家催我们出发。"

王安石："好，那我们就出发吧。"

大家走出酒楼，只见一辆马车飞奔而来。车上是王雱夫妇、蔡卞和王倩儿，他们一路叫唤着："爹爹！爹爹！"

驭手刹住了车，四人从车上跳下来，跪在王安石面前作揖："爹爹，路上多保重！"

王安石："起来吧，你们忙着公务，就不用来了。雱儿、贤婿，你们还年轻，要勤政好学，谨言慎行。儿媳、女儿，你们要料理好家里的事儿，做个贤内助。"

四人异口同声："孩儿谨记。"

王安石："好了，那我就告辞了，谢谢子纯，谢谢各位！"

众人送王安石至码头。

暮色苍茫，汴水浩渺，管蠡扶王安石上了船，这时吴琼和王旁从船舱里迎了出来。

王安石掉转身和夫人一起向众人挥手致意。

众人："王大人保重！夫人保重！"

王安石夫妇挥手:"大家保重！"

小船缓缓南行，消失在苍茫的暮色中。

王韶凝视着东南方，双目闪着泪光。

10

汴京，皇宫。

宋神宗在福宁殿踱来踱去。

王安石的声音又在耳边回响起来：“陛下，我可以不做宰相，但变法的大业决不能半途而废。变法的成败，关系到社稷的存亡，民族的盛衰。”

紫宸殿早朝会，文武百官列队肃立。韩绛、吕惠卿、章惇、王雱、王珪、吴充、冯京、曾公亮、陈升之也在其中。

宋神宗：“各位卿家，行新法给国家带来的好处大家也看得见，我们的国库充盈了，军队的战斗力增强了，西北的统一也取得了阶段性胜利。当然了，行新法总会牺牲一部分人的利益，譬如我们官宦之家，以前不用交助役钱，现在要交了。又譬如，以前可以放高利贷，现在有了青苗法，穷人也不用去借高利贷了。大家想想，你们交的那点助役钱，少收的那点借贷利息，比起你们为官终生的俸禄和荣耀来，算得了什么？自己的利益受到一点损害就怨声载道，心中完全没有江山社稷。就算置了很多田产，你们的租息收入超过你们的俸禄，如果江山社稷不保，一切都将化为泡影！”

吕惠卿上前作揖：“陛下所言极是，我们都是同一条船上的人，船有漏洞，我们要齐心协力来补，才能使船安稳航行。”

韩绛：“陛下，臣以为新法当立即恢复。”

吴充：“陛下，别忘了上天的惩戒，决不能再行新法！”

宋神宗（严肃地）：“别争来争去了，除方田法外，其余新法全部恢复！”

洛阳，独乐园读书堂。

司马光在案前阅读《邸报》，富弼坐在旁边，《邸报》首页上有条消息：

圣上下诏拜韩绛为宰相，吕惠卿为参知政事。

司马光：“富公，你看看，皇上是换汤不换药。吕惠卿跟王安石是一个鼻孔出气的。”

富弼：“吕惠卿虽与王安石政见相同，但其人品远不如王安石。”

11

吕惠卿府邸，喜气洋洋。

一进客厅门是一幅牡丹盛开图，上面题着“花开富贵”四个字。两侧墙上挂着黄庭坚、米芾等名流的书法作品。牡丹图下面的橱柜是用红木做的，古色古香，里面摆放着精美的瓷器、玉器、怪石、古玩。

吕惠卿和弟弟吕升卿、吕和卿及好友方希觉、徐禧等围坐在一起吃饭。两个侍女伺候其间。

方希觉示意侍女斟酒，两位侍女忙给吕惠卿和方希觉添酒。

方希觉（端起酒杯站起来）：“吉甫兄向来被皇上器重，今日官拜参知政事，来日将大展宏图，可喜可贺！来，我敬你一杯！”

吕惠卿忙站起来说：“哎，大家兄弟别客气，来来，一起干！”

吕升卿、吕和卿、徐禧端起酒杯站起来，四人碰了一下杯，一饮而尽。

吕惠卿：“变法的甜头皇上也尝到了，他不会答应走回头路的，走回头路确实是死路一条。所以，兄弟们好好干，什么都会有的。”

徐禧：“吉甫兄，以后有什么事尽管吩咐，愚弟当效犬马之劳！”

12

字幕：熙宁七年（1074）冬。

汴京，家家户户张灯结彩。好多馄饨店门口打着“冬至大过年”的广告。

吕惠卿和韩绛在紫宸殿和宋神宗商议国事。

宋神宗：“再过三天就是冬至了，俗话说，冬至大过年。你们两位斟酌一下，把可宽赦的官员名单报上来。冬至祭天后，发个诏书公布出去，让大家开开心心过个节。”

吕惠卿：“陛下，臣建议封王安石为节度使。”

宋神宗：“哦？”

韩绛：“陛下，臣以为不妥，现在封王安石为节度使，按大宋规矩，就等于说王安石是有罪在身。实际上，王安石是无罪外放的。”

宋神宗：“卿家说得有道理。”

吕惠卿（有些心虚）：“陛下，臣是想请陛下给王安石一个荣誉称号。”

宋神宗：“王安石出知江宁府，是权宜之计，并不是他有什么过错。至于要给他什么封号，以后再议吧。”

韩绛：“陛下英明。”

13

江宁，知府衙门。

忙完了公务的王安石回到自己的书房，夫人拿了《邸报》进来：“夫君，你看，皇上任命韩绛为宰相，吕惠卿为参知政事。”

王安石：“好！他们两个都是新法的守护神，看来，皇上的治国方略未变，大宋的中兴还是有希望的！”

江宁街市，王安石穿着便服和丁旭骑着毛驴在巡视，只见街市繁华，人来人往，熙熙攘攘。

在近河的一家米店门口，王安石停下来和米店掌柜交谈。

几个晒得黑黝黝的小伙子从码头上把一袋袋粮食扛进店里。

王安石：“店家，这米多少钱一斗？”

掌柜：“五文。”

王安石：“贵店的米多从哪里漕运过来？”

掌柜：“湖州等地。”

这时，搬运粮食的人中，一位16岁左右的少年朝王安石喊：“王大人！”

王安石转过头来，只见少年扑通一声下跪道：“王大人，请受小民余庚生一拜！”

王安石（诧异地）：“你是……”

余庚生：“我是七年前在一棵榕树下被你用酥饼救活的那个小男孩。”

王安石（想了想）：“哦，你的爹娘还好吗？”

余庚生：“他们去了汴京揽活干。”

王安石扶起他问：“为什么你们不在家种地？”

余庚生：“青苗法刚颁行那两年，我们家日子还过得去。后来换了个知县，就提高了借贷利率，还搞强制借贷。我爹为了减轻还息负担，只好把贷款转借给别人。谁知那家伙收成不好，连夜拖家带口逃走了。欠了官府的钱，我们只好逃出来打零工。”

王安石：“这些狗官，尽坑百姓！你们县的青苗钱利息收多少？”

余庚生：“收三成。”

王安石：“岂有此理！你家在滁州哪个县？”

余庚生：“全椒。”

王安石：“怪不得——我要上书朝廷，罢了他宋敏求的官，退回多收的利息！”

余庚生：“谢王大人！王大人仁慈、公道，爱民如子，有口皆碑。”

14

大内，紫宸殿。

宋神宗正在翻阅王雱所著《书义》《诗义》《老子训传》《佛书义解》。

宋神宗（满意地）：“写得不错，有其父必有其子。”

内侍：“陛下，王雱已到殿外等候召见。”

宋神宗：“宣他进殿。”

李舜举：“宣王雱进殿！”

王雱来到宋神宗面前叩拜：“微臣王雱恭请皇上圣安！吾皇万岁万万岁！”

宋神宗：“卿快请起！你年轻有为，著书立说，既丰富了我朝文库，也为变法强国鸣锣开道。朕授你太子中允、崇政殿说书。”

王雱：“谢皇上隆恩！”

宋神宗：“令尊离开朝廷有些时日了，他身体可好？”

王雱：“还好，家父经常利用假日骑着毛驴走访民间，了解世情。他看到变法大业在圣上的支持下继续推进，深感欣慰。”

宋神宗（高兴地）：“哦。”

15

严冬的夜晚，江南大地白雪皑皑。

江宁府，王安石在烛光下写奏章。

王安石（独白）：“陛下，臣回江宁几个月来，深入民间，乃知下层官吏在实施新法过程中，颇多偏差，造成民怨，望陛下派遣官吏，加强监管，发现不法行为，严惩不贷！”

他写完又检查了一遍，这时吴琼拿了一件长袍披到他身上，他感到无限温暖，转头对妻子说：“走，我们到外面去看看。”

他们来到院子里，只见远方的钟山银装素裹，天光与雪光互相辉映，大地如同白昼。

院子里的假山远看像一尊罗汉，墙角的梅树枝落满了白雪，哪是花瓣，哪是雪花都分不清了。

闻着梅花淡淡的清香，王安石诗兴又发，吟咏道：“墙角数枝梅，凌寒独自开。遥知不是雪，为有暗香来。”

吴琼：“好诗，好诗！夫君做官要是像写诗一样有天赋就好了。”

王安石：“我做官怎么没天赋？”

吴琼：“有，只是看不透人心，君子操守，被人算计。”

王安石：“人活世上，难免被人算计。难道被小人算计过，就不做君子啦？”

吴琼笑笑：“我不是这个意思。”

王安石：“我看你就是这个意思。你说君子和小人有何不同？”

吴琼：“以前看过欧阳文忠公写的《朋党论》，他说‘君子与君子以同道为朋，小人与小人以同利为朋’。”

王安石：“说得好。不过这只是从交友方面来说，要说君子与小人最大的区别在于：君子以江山社稷为重，以事业为重，心胸宽广，不计较个人恩怨；小人以一己之私利为重，不顾大局，心胸狭窄，睚眦必报。所以孔夫子说‘君子坦荡荡，小人长戚戚’。”

吴琼敬佩地看着自己的丈夫，然后笑笑：“你呀，一打开话匣子，就像个大圣人。”

16

紫宸殿，宋神宗坐在御案前，李舜举侍立旁边。

宋神宗：“宣韩绛、吕惠卿进殿。”

李舜举：“宣韩绛、吕惠卿进殿。”

韩绛、吕惠卿走进殿来，弯腰作揖道：“臣参见陛下，吾皇万岁万万岁！”

宋神宗：“赐座。”两内侍各搬出一张椅子给韩绛、吕惠卿坐。

韩绛、吕惠卿：“谢陛下！”

宋神宗：“前些日子王安石从江宁传来奏报，说青苗法在实施的过程中确实存在强制贷款、地方衙门擅自提高利率的问题，两位卿家看看怎么办？”

韩绛："臣建议陛下昭告天下，各级官吏如有强制百姓贷款、擅自提高利率的要严加惩处。"

宋神宗："好！问题是怎么个严法？"

吕惠卿："具体到某某官员如何处置，则靠陛下去拿捏了。譬如同是违反免役法，文彦博和贾蕃所受的处罚是不相同的。"

宋神宗："嗯。前些日子王安石反映全椒知县宋敏求搞强制贷款，擅自提高青苗钱的利率，我派人微服私访，情况属实。"

韩绛："陛下打算如何处置他？"

宋神宗："给朕拟旨，把他贬到睦州，官阶由从六品降到从八品！"

韩绛："臣领旨。"

吕惠卿："陛下，臣觉得贬他为庶民也不为过。"

宋神宗："再给他一次改过的机会吧。两位卿还有什么奏议吗？"

吕惠卿："陛下，臣还有一事奏报。"

宋神宗："说吧。"

吕惠卿向两旁看了看，故作迟疑。

宋神宗："韩绛，你可先退下。"

韩绛起身作揖："谢陛下！"于是退出。

吕惠卿："陛下，王韶最近到处发议论，妄议陛下。"

宋神宗："哦？他说什么来着？"

吕惠卿："他说，陛下罢免王安石就是自废长城。"

宋神宗："这个王韶，是他自己以长城自许吧！"

吕惠卿："是的，王韶居功自傲，常出言不逊，臣以为不如外放他一段时间，杀杀他的傲气。"

宋神宗沉思。

镜头摇出太皇太后在后花园叮嘱他的情景："孙儿，骏马再好，也得有马缰绳。记住：不要太倚重任何一个人。文臣也好，武将也罢，重用他们的时候，都得多长个心眼儿。"

镜头回到现在。

宋神宗："好吧，不过王韶外放，边关有患，谁能领兵拒之？"

第十三集　矫枉过正

1

吕惠卿：“徐禧久习兵法，其文韬武略不在王韶之下矣。”

宋神宗：“从他写的文章来看，是读了不少兵书。不过，他没带过兵，不知其运筹帷幄的能力如何。”

吕惠卿：“王韶当年献《平戎策》时，也没统过兵，指挥打仗的能力是靠实战锻炼出来的。”

宋神宗：“有道理。不过，我得找个机会考问考问他。”

吕惠卿：“陛下英明。”

2

吕惠卿府邸。

吕惠卿躺在床上久久不能入睡。镜头摇出下列情景：

情景一

王安石为群牧判官时的宅邸，三十多岁的王安石和二十多岁的吕惠卿在客厅交谈。

吕惠卿：“王大人，最近读了你写的《上仁宗皇帝言事书》，在下真是佩服之至，你抓住了天朝问题的根本。”

王安石：“大宋承平百年，如今看似风平浪静，实则危机四伏。作为士大夫，当以天下为己任，为国家的长治久安建言献策。”

情景二

王安石在延和殿与司马光争论目前紧要的问题。

情景三

王安石在制置三司条例司对官员讲派八大员到各地了解民情、调查研究的情景。

情景四

宋神宗把所佩玉带赐给王安石的情景……

镜头回到现在。

吕惠卿自言自语：“王安石呀王安石，你对朝政念念不忘，如果你东山再起，我还有当宰相的可能吗？”

3

汴京，王韶府上。

王韶正和曾布在客厅下象棋，王雱在一旁观战。

曾布：“将！”

王韶：“子宣真厉害，要吃我的‘炮’了！”

曾布：“你吃了我的‘马’，我吃你的‘炮’，也算是等价交换了吧，哈哈！”

王雱：“一步不慎，就要损兵折将呀！”

王韶：“可不是嘛，有时一着走错，满盘皆输啊。”

突然，庭院中一声吆喝：“圣旨到！”

王韶忙站起来，这时李舜举已走进客厅：“王韶，接圣旨！”

王韶下跪：“臣在！”

李舜举宣读圣旨："敕：枢密副使王韶，文武兼备。久居京都，有屈保边安民之才，今拜观文殿学士并知洪州。可！"

王韶叩头："谢皇上隆恩，吾皇万岁万万岁！"

李舜举瞅了瞅曾布和王雱。

王雱："李公公请坐。"

李舜举："不坐了，卑职皇命在身，还得到别处去。"

王韶作揖："李公公走好。"

李舜举点头作揖出去。

王雱："子纯叔，洪州并非与辽国、西夏对峙之地，外放岂不屈才？观文殿学士只是个尊号而已。"

曾布："这绝对是着臭棋！"

王韶："该来的总要来。"

王雱："以后边陲有事谁来统兵？"

王韶："江山代有人才出，除了我王韶，黄河照样向东流嘛。"

王雱："黄河是向东流，问题是怎么个流法——黄河改道，黄流乱注，那可是个灾难！"

4

西夏王宫，梁太后、夏惠宗坐在御案前，旁边站着内侍和女官。

梁太后："宣罔萌讹进殿！"

内侍："宣罔萌讹进殿！"

罔萌讹在太监的引领下，走进殿来，叩头："奴才参见太后！参见皇上！"

梁太后：“平身！”

罔萌讹：“谢太后！谢皇上！”

梁太后：“罔萌讹，宋国方面有何动静？”

罔萌讹：“回太后，宋国方面罢免了王安石的宰相职务，接着王安石的同党王韶也由枢密副使贬为洪州知州。”

梁太后：“现在谁来接替他的职务？”

罔萌讹：“现由冯京做枢密副使。”

梁太后：“冯京纯粹是一介书生。太好了，看来宋国的中兴也不过是泡影。哈哈哈……我们要厉兵秣马，来年挺进关中！”

夏惠宗：“母后不可轻敌。听说宋国皇帝还准备重用一个叫徐禧的人，此人游历甚广，博览兵书。”

梁太后满脸不悦的表情：“皇儿，你不要长他人志气，灭自己威风。徐禧乳臭未干，还嫩得很。帅才有那么容易培养？”

夏惠宗鼓着眼睛，涨红了脸。

5

江宁，王安石官邸。

王安石正在阅读《邸报》，当他看到“枢密副使王韶左迁知洪州”的消息时，感到非常震惊。

他自言自语：“王韶，人才难得，贬到洪州做知州，英雄无用武之地啊！”

他背着手来到花园漫步，这时儿子王雱休假回来，一个仆人提着行李跟在王雱夫妻俩后边。

王雱打开大门，叫了声：“爹！”

王安石转过身，喜出望外：“雱儿，儿媳，你们回来了！”

王雱夫妇忙向父亲行跪拜礼："孩儿向爹爹请安！"

王安石俯下身扶起他们。

王安石："雱儿，汴京离家这么远，你回来不影响公务吗？"

王雱："我把休假时间都攒起来一起休。"

王安石："哦，这还差不多。"

这时，管蠡赶忙过来搬行李。

吴琼听到王雱、庞氏的说话声也赶快出来打招呼："雱儿，儿媳，你们回来了！"

王雱夫妇又行跪拜礼向母亲请安。

吴琼俯下身牵着儿子儿媳的手："孩儿，你们起来吧。"

王雱夫妇："谢母亲！"

王雱看见父亲一脸憔悴，胡子拉碴的，就说："爹，你瘦了，胡子这么长也不修剪修剪。"

吴琼："你还不了解你爹吗？一忙起来，衣服都忘记换了，哪还有心思修胡子。"

王安石笑着说："你们又来调侃我了。"

管蠡："公子，你和媳妇要回家，怎不先捎个信？"

王雱："我们要给你们一个惊喜。"

管蠡："公子做事总有惊人之举。"

王雱："爹，弟弟呢？"

王安石："承蒙皇上眷顾，他在江宁粮料院里谋得一职，也可自食其力了！"

王雱："那就好。其实弟弟挺聪明的，他就是不愿读书。"

吴琼："各有各的命，各有各的福，不可强求一律。"

大家走进客厅，管蠡沏茶。

王安石和儿子在雕花红木椅子上坐下，吴琼叫仆人把王雱的行李放进里屋，庞氏跟进去整理行李。

管蠡给王安石父子斟茶：“这是今年新出的雨花茶，你们品一品，味道如何？”

王雱呷了一口：“好香！”

王安石：“不错，口感不错。”

王雱：“爹，你走了这半年，朝廷的人事已发生很大变化。曾布、吕嘉问、章惇、王韶、沈括等都被贬官外放，吕惠卿的弟弟吕升卿、吕和卿，好友方希觉、徐禧等人都得到了升迁。”

王安石：“哦。”

王雱：“像吕升卿，有多大学问你也知道，竟被引为崇政殿侍讲。”

王安石：“雱儿，人无完人，包容些吧。只要吕惠卿能辅助皇上推行新法，大宋继续朝富国强兵的方向走，我就宽心啰。”

6

辽国皇宫，辽道宗耶律洪基在御案前，一班文臣武将站列朝堂。

辽道宗正与他们共商国是。

辽道宗的后上方是一幅狼的画像。

耶律玦：“可汗，宋国自王安石变法以来，国力大增，他们在熙河开边、西南平蛮都大有斩获。现在他们与高丽修好，在东北边境上广种柳树、榆树，修筑堡垒，我们不能掉以轻心啊！”

刘六符：“可汗，窃以为现在是向宋国提出领土要求的最佳时机。宋国重兵在西北，必然怕我犯边，加上王安石、王韶被贬，朝廷上贪生怕死的文官多，我们一恐吓，他们就会答应的。”

辽道宗："是时候了，如果一味让他们发展下去，我国就岌岌可危了。耶律奇，明天领骑兵八千，越过拒马河，给他们点颜色看看！"

耶律奇："末将遵旨！"

7

宋辽边境，耶律奇率领辽国骑兵浩浩荡荡越过拒马河，沿途麦苗被践踏，尘土飞扬。

几个农夫在远处骂："豺狼！强盗！"

旁边有两个农妇在垂泪。

8

紫宸殿，宋神宗坐在御案前，旁边站着李舜举和余安，富弼、韩琦、冯京、蔡挺、吕惠卿、徐禧、沈括等站列朝堂。

宋神宗："宣辽国使者进殿。"

李宪："宣辽国使者进殿。"

辽国使者萧禧和副使被内侍延请至宋神宗面前。

萧禧头戴一顶金色的冠，冠的后檐又尖又长，看起来像一片莲叶。他穿一件窄身的紫袍，腰间系一条金色的腰带，腰带上别着珠子之类的玩意儿。

副使穿一身辽国官服，款式像汉人的服饰，只是腰间多了一条金色的腰带。

他们俩面对宋神宗行跪拜礼。

萧禧："辽国使者萧禧参见陛下！恭请陛下圣安！"

宋神宗："平身。"

萧禧及副使："谢陛下！"

宋神宗："近日闻贵国骑兵越界践踏我农田，道宗可知？"

萧禧："道宗派我出使贵国正为此事来。他还写了一封亲笔信。"

宋神宗："拿来。"

内侍忙到萧禧面前接过信递给神宗。

宋神宗浏览了一下说："又是为了边界的事，32年前，我方大臣富弼出使贵国谈判，不是划好了疆界吗？"

富弼："是啊，当时我方还答应每年多纳白银十万两、绢十万匹给你们。你们也该知足了吧。"

萧禧："这次我来不是谈钱的事。贵国在边界禁地旁广种柳树榆树，又修哨所，河北一带广训民兵弓弩手，莫非贵国要报太宗的一箭之仇？"

宋神宗："这是哪里话！我方在自己领土上种树，修哨所，是我方的自由。至于说训练民兵、弓弩手，是实行保甲法以来全国性的行为，非独河北地区，也不是针对贵国，你们也太敏感了吧。"

萧禧："我不管那么多，我大辽可汗说你们不答应重划疆界，就叫我不要回去，我们的八千铁骑将会经常巡逻拒马河以南。"

蔡挺："子有矛，我有盾，我大宋不是三十年前的宋国了，怕他个什么！"

宋神宗："好了，今天我们就暂且谈到这里。明天我们安排官员和你坐下来慢慢谈，请向你们可汗转达朕的意思，和则两利，战则俱伤。"

萧禧弯腰作揖："谢陛下！"

萧禧和副使在内侍的引领下，退出朝堂。

宋神宗："诸位看到了吧，我们变法，富国强兵，引起了敌国的妒忌。他们千方百计遏制我们，而我们还没有强大到敌人不敢骚扰我们的地步，所以，变法的路，还得坚定不移地走下去！"

徐禧："陛下，微臣自幼熟读兵书，亦曾游走名山大川，戈壁草原，略知韬略。陛下哪天用得上微臣，微臣将不惜肝脑涂地，以报陛下。"

宋神宗打量着他，只见徐禧头颅蛮大的，身材肥硕，眼泡有点肿，一脸自信。

吕惠卿："德占兄志向远大，周游世界，博览群书，知天地，通古今，定能肩负重任！"

沈括、韩琦、蔡挺互相交换眼色，将信将疑。

宋神宗："徐禧，依你看，时下我大宋对辽国，应采取什么策略？"

徐禧："陛下，眼下我大宋重兵屯守西北，应先图西，后谋东。不要因为辽国的小股兵力挑衅而改变战略部署。我们派精兵良将把守好山川关隘，谅他辽兵不敢深入河北腹地。"

宋神宗点点头："嗯，有道理。"

9

紫宸殿早朝会，宋神宗坐在御案前，李舜举及两位侍从站在旁边。

韩绛、吕惠卿、冯京、吕升卿、吕和卿、王珪、方希觉、吴充、李定等官员列队于朝堂。

吕惠卿："陛下，为了把变法引向深入，制置三司条例条例司拟订了手实法草案，请陛下过目。"

宋神宗："你把手实法的主要精神跟大伙说说。"

吕惠卿："手实法其实就是免役法的配套法律。免役法规定按户等来出助役钱，而户等的高低是由财产来决定的。我们先让户主自报家业，官府根据他家产的多少，来确定他户等的高低，然后把情况公布于众，两个月内没有异议就确定下来。各户在自报家业时，如有隐瞒谎报，一旦被知情者告发，其所隐瞒的财产将被官府没收。官府拿没收的三分之一来奖励告发者。这就是手实法的主要内容。"

冯京："陛下，如此一来，会不会弄得人心惶惶？"

宋神宗："大家畅所欲言吧。"

吕和卿："在下觉得挺好的，这样可以杜绝刁民谎报家产。"

其他人的发言大都护着吕惠卿，只有韩绛说："陛下，臣以为手实法对百姓过于严苛。一年内，百姓的财产因为丰收或歉收，或其他原因发生变化，是很正常的事情，如果增收了被人告发没收，谁还愿意去增产增收？这不利于我大宋的发展啊！"

吕惠卿的鹰隼眼狠狠盯了他一下。

其他人都噤若寒蝉。

宋神宗："既然手实法的颁行有争议，那就先试行一段时间，看看反应如何再说吧。三司条例司还要派员到各地巡访，及时反馈百姓对手实法的意见。"

众人："陛下英明！"

10

吕惠卿官邸，客厅里，吕惠卿和弟弟吕升卿、吕和卿及好友方希觉、徐禧、李定、邓绾等在一起品茶。

一位侍女给大家斟茶，客厅里飘着茶的清香。

方希觉："好茶，好茶！"

吕和卿："这是我们家乡晋江专门进贡给宫廷的绿茶。"

邓绾："喝了真是余香满口！"

徐禧："吕大人在王安石免役法的基础上，再行手实法，把刁民瞒骗官府的路堵住了，真是一个创新哪！韩绛、冯京他们是食古不化的。"

吕惠卿："冯京本来就反对变法的，不必说了；韩绛也站出来反对，这就令人不解了。好在有各位的支持。"

吕升卿："他是怕在皇上面前失宠吧，我看他好孤单啊！哈哈哈……"

大家也都跟着哈哈大笑。

徐禧："吕大人时来运到，日后取韩绛而代之，不要忘记我们这些难兄难弟啊。"

吕惠卿："放心吧，好好干！下一步，我们还要推出给田募役法。"

11

江宁府郊外的一个农贸集市。

路两边摆满了各种农产品，如生姜、蒜子、番薯、芋头、白菜等。熙熙攘攘的人群。专卖家畜的地方却显得较为冷清。

王安石穿着便装，骑着毛驴，和丁旭来到这里。只见卖的都是些怀孕的母牛、母猪、母羊，它们都挺着硕大的肚子，有的站着，有的卧着。

王安石问坐在母猪旁边的一个老者："大叔，为什么要卖母猪，产下猪崽卖猪苗不是更好吗？”

老者摇摇头，摆摆手，不愿回答王安石提出的问题。

王安石又问一位卖牛的老妇：“大婶，这母牛肚子好大呀，快产崽了。”

老妇：“是啊，客官你要买吗？”

王安石：“大婶，产下小牛犊，养段时间卖，不是更赚钱吗？”

老妇：“官人，你有所不知，那样很容易被没收的。”

王安石：“此话怎讲？”

老妇：“朝廷现在行手实法，各家各户要如实向官府报告财产，还奖励告发谎报家产的人。我家现在两头牛，一母一公，你说我报多少头？”

王安石：“两头呗。”

老妇：“如果日后母牛产下两头小牛犊，就变成四头了。如果有想领奖的人去告发，说我家有四头牛，我不是白养了吗？”

王安石：“老人家，如果卖不掉的话咋办？”

老妇：“如果卖不掉，我们家只好把母牛宰了。”

王安石：“这样做太残忍了，岂不让牛绝种了？”

老妇：“没办法。我儿子说，总比让邻居告发而被重罚好。”

王安石：“太苛刻了。手实法不利于人心向善，会使世风日下。不到集市来走走，还真看不出手实法的弊端。”

丁旭：“王大人明察。”

王安石自言自语：“我要写封信给吕惠卿，叫他勿行手实法。”

12

吕惠卿府邸。

吕惠卿和弟弟吕升卿在品茶、交谈。

男仆拿着一封书信进来报告："吕大人，江宁来的书信。"

吕惠卿："哦？递过来。"

男仆走进来，双手把信件递给吕惠卿。

吕惠卿一只手接过信封，见是王安石的笔迹，急忙撕开阅读。

王安石（画外音）："吉甫，手实法试行以来，民心不安，常恐生财不及禀报官府而被罚；刁钻之人，则以盯梢告发领奖为能事。本人以为此法责民太苛，望能取消。王安石上。"

吕升卿："是不是王安石的信？"

吕惠卿点点头。

吕升卿："说什么来着？"

吕惠卿："他是处江湖之远，而不忘庙堂之高。"

吕升卿："啥意思？"

吕惠卿："他说手实法责民太苛，矫枉过正，要我取消。"

吕升卿："那怎么办？取消吗？"

吕惠卿："开玩笑！他能颁行新法，我不能颁行新法？取消了新法皇上会怎么看我，同僚们会怎么看我，我还像主持变法的副宰相吗？"

吕升卿："对，不能取消，取消了给人感觉是王安石行，而你不行。为兄升迁宰相的路就给王安石堵住了。"

13

紫宸殿，宋神宗对站在旁边的李舜举说：“宣王汝翼进殿。”

李舜举：“宣王汝翼进殿！”

王汝翼走进来叩头：“微臣王汝翼参见陛下，吾皇万岁万万岁！”

宋神宗：“平身！”

王汝翼：“谢陛下！”

宋神宗：“前些日子，你到各地巡视，有没有听到百姓对手实法的意见？”

王汝翼：“启禀皇上，手实法实施后，平添了许多互相告发的官司。官吏为了核实财产，平息纠纷，疲于奔命。人与人之间互相提防，互相猜忌，内心不得安宁。”

宋神宗：“你看到的跟王安石反映的情况基本相同，看来，这手实法引起的怨气还是蛮大的。”

王汝翼：“是的。”

宋神宗：“好了，你可以回去了。”

王汝翼：“谢陛下。”

宋神宗：“宣韩绛进殿。”

李舜举：“宣韩绛进殿！”

韩绛进来叩头：“臣韩绛参见皇上，吾皇万岁万万岁！”

宋神宗：“平身。”

韩绛：“谢陛下！”

宋神宗：“从各方反映的情况来看，手实法确实不可行。”

韩绛：“吕惠卿的出发点是想确立他在朝廷中的权威，至于百姓的怨言他可听不进去了。王安石走了以后，他结党营私，排斥异己，目中无人，说不定哪一天连你的话他都当耳边风。”

宋神宗：“这些朕也时有所闻。下一步我们该怎么办？”

韩绛：“陛下，我建议还是把王安石再召回来，变法大业，需要公正无私的人来主持。”

宋神宗：“容我想想——王安石因一场旱灾就被罢了官，太委屈他了。”

韩绛：“那就下诏让他官复原职吧。”

宋神宗：“准奏。”

14

吕惠卿府邸，吕惠卿正和御史中丞邓绾在客厅交谈。

吕惠卿：“文约兄，现在手实法刚试行，就遭来一些非议，你御史台那边的人一定要多讲它的好处，尤其是在皇上面前。”

邓绾：“吉甫兄，你放心，御史台一班僚属的心都向着你呢，就像葵花向着太阳。”

这时，门子进来禀报：“吕大人，令弟和一位官人在外求见。”

吕惠卿：“让他们进来。”

这时，吕和卿和华亭县知县张若济一齐来到客厅门口作揖。

吕和卿：“哥哥！”

张若济：“吕大人！”

吕惠卿：“两位请进。”

吕和卿给他们互作介绍：“这位是家兄吉甫，这位是御史中丞邓大人，这位是华亭县知县张大人，是我的好兄弟。”

众人互相作揖。

张若济："久仰久仰！"

吕惠卿和邓绾："幸会幸会！"

张若济："天下士子盛赞吕大人是'护法善神'，都想一睹吕大人风采，聆听吕大人教诲，今日卑职有幸参见吕大人，还望吕大人多多指教。"

吕惠卿："不敢不敢。近段时间民间对朝政有何议论呢？"

张若济："吕大人接替王安石主持变法以来，罢了妨碍市易法施行的曾布的官，也处分了施政中矫枉过正的吕嘉问，不偏不倚，公正无私，大家交口称赞。"

吕惠卿："过奖了，请坐！"

张若济在吕惠卿旁边坐下，吕和卿在邓绾旁边坐下。

张若济："谢吕大人。吕大人官居参知政事，担的却是宰相职责，可见皇上对大人何等倚重。下官祝吕大人步步高升，早日执掌相府！"说着他又站起来作揖。

吕惠卿（非常开心）："谢张大人吉言！坐，坐！"

张若济坐下。

邓绾："吉甫兄韬略过人，政绩斐然，拜相是早晚的事。"

吕惠卿："过誉了，不敢当——和卿，述职的事完了吗？"

吕和卿："完了。"

吕惠卿："吏部对你的评价如何？"

吕和卿："还不错。"

吕惠卿对张若济说："张大人是和卿的兄弟，也就是我的兄弟，以后多来寒舍叙叙。"

张若济："谢吕大人抬举！"

邓绾："吉甫兄，你们几位慢慢聊，我还有事，先告辞了。"他起身往门外走。

吕惠卿（站起来）：“好吧。”他把邓绾送到门口，然后回到客厅。

吕和卿：“哥哥，你想不想置买田产？”

吕惠卿：“去哪里置买？”

吕和卿：“华亭县。”

吕惠卿：“使不得，使不得。那里是鱼米之乡，田地一定很贵。”

吕和卿：“地价是可以商议的嘛。不瞒你说，舅舅打着你的旗号，在华亭买了很多廉价的田地。”

吕惠卿：“哦？”

张若济：“吕大人，这地价问题呢，你就不用担心了，我一定会让你买到最便宜的。”

吕惠卿：“可是我没有多少积蓄呀。”

张若济：“这个吕大人也不用担心，我会帮你借，到时候你来收地收租就是了。”

吕惠卿：“你可真有办法！”

张若济：“哪里哪里，下官不敏，以后还盼吕大人多多关照。”

15

熙宁八年（1075）二月的一天，江宁府衙。

王安石正坐在案前批阅公文。

一个衙吏进来禀报：“王大人，钦差大人到。”

王安石：“哦，快快请进！”说着从座位上站了起来。

钦差大人刘有方和随从以及延请的衙吏走了进来，站在大堂中间。

刘有方："王安石，请接旨。"

王安石忙上前叩头："臣在！"

刘有方："敕：观文殿大学士、吏部尚书、江宁府知府王安石，重返朝堂，官复宰相，可！"

王安石："谢陛下！吾皇万岁万万岁！"

刘有方："王大人，去年你离任回江宁后，陛下甚是挂念。时下内政外交头绪纷纭，望大人早日赴任。"

王安石（若有所悟，表情严肃）："哦，请叫陛下放心，我立马启程！"

16

吕惠卿府邸，客厅。

吕惠卿和弟弟吕升卿在饮茶。

吕升卿："哥，陛下已下旨叫王安石回朝了。"

吕惠卿（失落地）："知道了。"

吕升卿："王安石被贬不到一年，就东山再起，做回他的宰相，足见他在陛下心中的地位。"

吕惠卿："以后在皇上面前侍讲要多留点神，别出什么差错。"

吕升卿："愚弟明白。"

17

深夜，吕府。

吕惠卿躺在床上辗转难眠。

镜头摇出回忆：

吕惠卿府邸，李宪宣读圣旨："敕：吕惠卿才器卓异，热心变法，为新法的订立和实施立下了汗马功劳，今提拔为参知政事。可！"

吕惠卿叩头："谢皇上隆恩，吾皇万岁万万岁！"

吕惠卿在神宗面前滔滔不绝地讲着什么，宋神宗连连点头称是。

紫宸殿朝会，宋神宗端坐于御案前，百官手持笏板肃立朝堂。

吕惠卿："陛下，曾布身为三司使，虚报府库资金存量，给人以入不敷出的假象，着实可恶，不宜身居朝廷要职，望陛下明察。"

宋神宗："章惇。"

章惇："臣在。"

宋神宗："曾布的情况属实吗？"

章惇："属实。"

宋神宗："王珪。"

王珪："臣在。"

宋神宗："给朕拟旨，罢曾布三司使之职，贬知饶州。"

王珪："臣领旨。"

百官对吕惠卿投去敬畏的目光……

镜头回到现在。

吕惠卿自言自语："王安石呀王安石，你就好好颐养天年嘛，何苦要重返朝堂呢？你回来了，我算什么，我总不能一辈子当你的垫脚石吧！人过留名，鸟过留音，我也想名垂青史。"

18

紫宸殿，宋神宗正在批阅奏章。

内侍进来禀报：“陛下，吕惠卿求见。”

宋神宗:“宣他进来吧。”

李舜举：“宣吕惠卿进殿！”

吕惠卿走进殿来，行跪拜礼：“臣吕惠卿参见皇上，恭请皇上圣安！”

宋神宗：“平身！”

吕惠卿：“谢陛下！”

宋神宗：“卿家有何奏议？”

吕惠卿：“臣在三司条例司整理文案时，发现几年来奏报的处理有许多失误，为了减少或杜绝失误，我们要完善政务程序。”

宋神宗：“你说得对，奏议上交、批阅、交何部门处置、处置的结果怎样，这些应该一清二楚。”

吕惠卿：“可是……”

宋神宗：“可是什么？”

吕惠卿：“前几年戎州关于五百刁民聚啸山林的奏报被束之高阁，清河县吏勾结朋党暗通辽国的奏报，没有上呈给陛下，均州雨涝伤农的奏报也没陛下的批示……凡此种种，达数十件，这是不是王相公贪权渎职呢？”说着，从宽大的袖中取出奏表上呈给宋神宗。

宋神宗十分惊诧，从吕惠卿手中接过奏表仔细阅览。他的脸色变得阴沉起来。

吕惠卿凝眸注视着宋神宗。

宋神宗抬头看时，只见吕惠卿脸上难掩幸灾乐祸的表情。

第十四集　东山再起

1

宋神宗好像明白了什么，他说：“朕知道了，这些事情不要对外讲，我以后会注意的。王安石很快就会返回朝廷，我们还是尽量为他创造一个宽松一点的环境。”

吕惠卿：“臣明白。”

2

紫宸殿，宋神宗坐在龙椅上，李舜举站在旁边。

李舜举：“宣王安石进殿！”

王安石在内侍引领下走进殿来，在宋神宗面前叩头请安：“微臣王安石参见陛下，吾皇万岁万万岁！”

宋神宗：“平身！”

王安石：“谢陛下！”

宋神宗打量了一下王安石，发现他两鬓的白发增添了不少，额头的“川”字纹似乎更深了，但目光还是那样深邃有神。

宋神宗：“卿别来无恙？”

王安石：“谢皇上垂问，身体还好。”

宋神宗：“赐座！”

内侍搬出一张椅子放在王安石旁边。

王安石："谢陛下！"坐下。

宋神宗："卿所著《三经新义》书稿，朕已阅览，见解新颖，可统一天下学子思想，对变法大有裨益，朕已诏令麟台从速印刷，颁于学官，迎接相公重返京都！"

王安石再次跪拜："微臣才疏学浅，承蒙陛下如此厚爱，实在惶恐。为了实现陛下振兴大宋的宏愿，臣愿鞠躬尽瘁，死而后已。"

宋神宗："朕知道卿的一片忠心。自卿走后，支持变法的官员，互相攻击，内耗严重，还希望你回来凝聚人心，把变法的大业进行到底。"

王安石："是啊，赞成变法的人越多越好，我们要把他们团结起来。"

宋神宗："卿回到地方任职将近一年，最大的感触是什么？"

王安石："臣最大的感触是，我们制定的绝大多数律法都是好的，如青苗法、免役法，绝对有利于百姓，但地方官执行起来走了样，导致人们怨声载道。今后我们要加强监督，要加强对官员的教育，使他们认识到变法的重要性，让支持变法的队伍不断扩大。"

宋神宗："卿的意思是有些律法也应该调整？"

王安石："是的。"

宋神宗："卿能否说具体点？"

王安石："臣以为手实法太苛刻，望能取消。"

宋神宗："嗯。手实法是吕惠卿一手起草的，从各方面反映的情况来看，是责民太苛。"

王安石："前些日子，我给吕惠卿去过信，谈了自己的看法，明天我再找他谈谈。"

宋神宗：“好吧，不过，今日的吕惠卿，已不是昨日的吕惠卿了。”

王安石（惊诧地）：“哦？”

3

制置三司条例司，王安石、韩绛、吕惠卿、章惇、李定、邓绾、方希觉、沈括、徐禧等围坐在一起开会。

王安石坐主席，韩绛在他右边，吕惠卿在他左边。

王安石：“各位同僚，经过一番折腾，我们能再坐在这里共商变法大计，委实不易。通过近一年的民间走访，我越发感觉到变法的重要，我们改革的决心决不能动摇！我们要把江山社稷的利益放在第一位，精诚团结，同舟共济。对变法中出现的问题有争论，这很正常，我们的争论，只对事不对人，避免产生偏见，产生嫌隙。”

邓绾（满脸谄媚）：“王相公，你离开朝廷后，吕大人做了大量工作，坚定了皇上变法的决心，使新法得以继续施行。他不愧是护法善神哪！”

吕惠卿：“在下不敢当，没有弟兄们的鼎力相助，不才也是孤掌难鸣。”

王安石：“这我知道，熙宁变法，吉甫功不可没。不过，手实法的颁行，招来很多怨气，恐怕要暂停施行。”

吕惠卿：“下官才疏学浅，虑事不周，难负重托。皇上叨叨念念的是介甫公，现在你回来了，我可以息影山林，采菊东篱了。”

众人愕然。

王安石：“吉甫，看你说哪里去了。我们干的是前无古人的事情，难免失误。亡羊补牢，未为晚矣。记得我们刚成立条例司的时候，就派了八大员深入各州县了解民情，目的就是为了减少立法的失误。现在我们既然发现了手实法的阙漏，就暂时把它搁置起来，待修订好后再颁行就是了，千万别往心里去。”

4

紫宸殿，宋神宗和王安石、富弼、韩琦、曾公亮、蔡挺、吕惠卿在商量如何应对辽国提出的重新划界的要求。

宋神宗：“辽国使者萧禧至今不肯归国，非要我重新划界不可。请问各位，有何良策应对？

曾公亮：“重划国界是不是意味着我们又要割让一些土地？”

宋神宗：“是的。”

富弼：“三十二年前，辽国人答应我们增加赏赐可换取疆界的约定，今日他们又来提重划疆界，实乃得寸进尺，欺人太甚！”

王安石：“陛下，这事不能让步。这是辽国的政治讹诈。你越怕他，他就越欺负你。古人早已有云，‘以地事秦，犹抱薪救火’。”

韩琦：“变法以来，我们在边界广种树木，垒筑哨所，训练弓弩手，积聚粮草，引起辽国的猜忌，所以才有今日之纠纷。”

宋神宗正色道：“休提变法的事！这都是借口。我们不变法，不做打仗的准备，人家更会欺负我们！”

蔡挺：“皇上说得对！只有准备打仗，才能熄灭敌人的妄想之火。”

宋神宗：“可是，话又说回来，如果辽国真的打过来，我们怎么办？”

王安石："他打过来，就叫他有来无回！其实辽国现在内斗得也很厉害，他们这是虚张声势。"

蔡挺："陛下，我们不但有训练有素的禁军，还有保甲兵，军民同仇敌忾，没有打不赢的道理。"

宋神宗："我是怕宋辽交战时，西夏趁火打劫，使我背腹受敌。这样吧，辽国这边，我们暂时做些让步，等我们把西北统一了，辽国的事自然就好办了。"

王安石："西夏如果出兵攻打我们，我们就叫吐蕃出兵袭击他的老巢！"

宋神宗："那太冒险了。"

王安石："如果我们迁就辽人，割让土地，这有损国威！"

宋神宗（自信地）："朕是想以退为进，等西北的事办好了，辽国也不在话下了。"

王安石皱着眉头，轻轻地摇了摇头。

旁白（遗憾地）："宋神宗惧怕两面受敌，祖宗社稷不保，就答应了重划宋辽国界。王安石、蔡挺等人百般谏阻也无效。就这样，宋朝又失去了东北边境的七百余里地。"

5

延和殿，宋神宗坐在御案前，侍读官余安站在旁边，吕升卿站在侍讲席上。

宋神宗："卿家，我从小爱读韩非子的著作，今天你就给我讲讲韩非子的书吧。"

吕升卿："好的。韩非子曾说：'爱臣太亲，必危其身；人臣太贵，必易主位；主妾无等，必危嫡子；兄弟不服，必危社稷……’”

宋神宗：“卿能否举例子解释解释？”

吕升卿：“可以。‘爱臣太亲，必危其身’，就是说宠臣过于亲近，必然会危及君主。陛下也经常读史，知道唐代的安禄山，唐玄宗对他宠爱有加，一路封官晋爵，后来让安禄山进京做了御史中丞，杨贵妃还收他做义子，结果怎样？他起兵范阳，血洗天下，唐玄宗只好驾临西蜀，路上连杨贵妃的命也都保不住，以致遗恨千古。”

宋神宗点点头：“有道理。”

吕升卿：“‘人臣太贵，必易主位’，就是说，大臣地位太尊贵，一定会改变君主的权位……”

就在这时，李舜举从外面进来：“启奏陛下，有紧急奏报！”

宋神宗示意吕升卿停下：“今天就暂时讲到这里吧，你可以回去了。”

吕升卿退出。

宋神宗打开奏报，脸色大变，对李舜举说：“速叫吕惠卿来见我。”

李舜举：“遵旨！”

6

吕惠卿上前，行跪拜礼：“微臣参见陛下！”

宋神宗：“平身！”

吕惠卿：“谢陛下！”

宋神宗：“刚才收到一份奏报，说余姚县主簿李逢，借宗教活动进行谋反。涉案的官员有河中府推官徐革、医官刘育、进士郝士宣、右羽林大将军赵世居、道士李士宁等，你立马给我查个水落石出！”

吕惠卿眼珠子骨碌一转：“臣遵旨！”

7

御史台大牢中，关押着六名嫌犯：李逢、徐革、刘育、郝士宣、赵世居、李士宁。其中一位须眉俱白、道士打扮的是李士宁，他看起来50多岁。

字幕：道士李士宁。

六名嫌犯身穿囚服，头戴枷锁，蓬头垢脸，分别关在六个单间里。

他们面向走廊边的栅栏门，双目充满了忧惧。

吕惠卿板着脸孔和一个狱吏在牢房里走了一圈，走到关押李士宁的牢房门口时，他大叫一声：“李士宁！”

李士宁诚惶诚恐地站起来应道：“贫道在！”

吕惠卿：“你身为道士，本应潜心修道，清静无为，为何要同叛臣沆瀣一气，图谋不轨？”

李士宁：“吕大人，贫道敢对天发誓，本人绝无谋逆行为！”

吕惠卿：“哼哼，你说没有就没有吗？你巧舌如簧，故弄玄虚，交结不少达官贵人，王相公家也奉你为座上宾，记得那年……”

镜头摇出吕惠卿的回忆：

王安石官邸，客厅，王安石挥毫写诗赠李士宁，李士宁、王雱、王安国、吕惠卿在一旁观赏。

诗的内容是这样的：

楼台高耸间晴霞，
松桧阴森夹柳斜。
渴愁如箭去年华，
陶情满满倾榴花。
自嗟不及门前水，
流到先生云外家。

赠李士宁先生　王安石

写完，大家鼓掌。

镜头回到现在。

吕惠卿露出阴险的笑容。

李士宁："那次是王相公请贫道去为他母亲治病，病治好了，他作诗一首赠给我。他是诗人，才情横溢，出口成章。"

吕惠卿："大家看到的是你治病，他写诗，可是谁知道你们私下有什么勾当！"

李士宁："吕大人是王相公一手栽培起来的，怎么说出这样的话来！我同王相公是君子之交，王相公对皇上忠心耿耿，天地可鉴！"

吕惠卿："好了好了，我今天不是来审你的，是跟你打个招呼，到时候有专案组的官员审讯你，你要老实交代，要知趣。"

李士宁掉转头不理他，等他走开了便啐一口："呸！小人。"

8

制置三司条例司，吕惠卿正召集邓绾、范百禄、徐禧、王古等开会。

吕惠卿：“昨天皇上紧急召见本官，命我挑选精明能干的官员，成立专案组，审讯李逢、刘育谋反案。我首先想到了在座的各位。”他敏锐扫视了一下僚属的表情，继续说，“勘审好这个案子，对于江山社稷的长治久安具有重要意义，皇上自然要给我们记头功。各位要同心同德，通力合作，把这件事办妥！这个案子涉及的人有来头，譬如道士李士宁，他到处招摇撞骗，结交朝廷重臣，他和他们之间究竟有何瓜葛，我们一定要查个水落石出！”

邓绾：“李士宁在汴京生活的时间很长，确实跟很多达官贵人有交往……”

吕惠卿：“不管他涉及的圈子有多大，涉及的人物级别有多高，都要查清楚，决不能让心怀不轨的人漏网！”

众人：“是！”

9

两名狱吏将李士宁带到审讯大堂跪下。

邓绾坐在案前，右手拿起惊堂木一拍，说：“李士宁，你竟敢参与谋反！大家都知道，你跟王安石过从甚密，快快招来，王安石在谋反案中扮演什么角色？”

李士宁：“回大人，我没有谋反，王安石也没有谋反。赵世居赠那把剑给我，也是朋友之间互赠礼物而已。”

邓绾：“听说，你在王安石家住过半年，关系可不一般哪。”

李士宁：“那是王安石居江宁时，他母亲病了，王大人叫我给他母亲看病。”

邓绾：“你来到汴京后，还去找过王安石，你们都干了些什么？”

李士宁：“也就是朋友之间的正常往来而已，王大人写过一首诗赠我。”

邓绾：“还有呢？”

李士宁：“没别的了。”

镜头摇出邓绾回忆：

吕惠卿府上，吕惠卿叮嘱邓绾：“文约兄，李士宁跟王安石往来频繁，肯定有鬼，要审出点名堂来。”

镜头回到现在。

邓绾对两个狱吏说：“押下去，修理修理他，看他招不招。”

李士宁：“邓大人，贫道和王安石真的没什么，贫道敢对天发誓！我发誓……”

邓绾摆摆手，两狱吏押着五花大绑的李士宁下刑房。

10

御史台刑房，两狱吏挥起毒蛇般的皮鞭，轮流抽打悬在梁上的李士宁。

李士宁大喊：“长官，冤枉！长官，冤枉！”

11

王安石府邸，王安石正在案上写什么。

王雱走了进来：“爹！”

王安石抬起头来回应：“哎，雱儿，有什么事吗？”

王雱："现在皇上叫吕惠卿主管谋反案，他们现在在审问李士宁，父亲得当心哪。"

王安石："儿啊，放心吧，身正不怕影子斜。"

王雱："听说李逢、刘育、赵世居他们都招供了。"

王安石平静地说："他们有谋反的证据，不承认也得承认哪。"

12

吕惠卿府上，吕惠卿和邓绾坐在一起喝茶。

吕惠卿："文约兄，李士宁招供的情况怎么样？"

邓绾："我和范百禄、徐禧、王古几个轮番审问，严刑拷打，李士宁都没有招出王安石谋反的事。"

吕惠卿："这个……就看你们怎么写啰，难道皇上会亲自去审犯人？"

邓绾（心领神会地）："知道了。"

13

御史台衙门，邓绾坐在案前写着什么，案上放着卷宗袋。

特写镜头：

问及王安石是否参与谋反，李士宁不置可否，似有不可告人之隐情，圣上明鉴。

邓绾　熙宁八年六月七日

他检查了一遍，又思索了一会儿，然后把文书放进卷宗袋，用线系好。

邓绾："来人哪。"

门外狱吏走了进来："邓大人，卑职在。"

邓绾："把这个档案袋亲自交给三司条例司吕惠卿大人。"

狱吏："遵命！"

14

制置三司条例司，吕惠卿正在阅读文书。

狱吏在外面喊："报告！"

吕惠卿："进来！"

狱吏："吕大人，邓大人送给你的材料。"

吕惠卿接过卷宗，只见上面写着"李逢、刘育、李士宁等谋反案审讯结果"。

吕惠卿抽出邓绾写的关于李士宁的审讯记录来看。

特写镜头：

问及王安石是否参与谋反，李士宁不置可否，似有不可告人之隐情，圣上明鉴。

邓绾　熙宁八年六月七日

吕惠卿脸上露出狰狞的笑容。

镜头摇出回忆：

相府里，韩绛和王安石在激烈地争论着用人问题，有时两人还拍桌子……

镜头回到现在。

吕惠卿把卷宗袋封好，想了想，起身向相府走去。

15

宰相府，韩绛在阅读文书。

吕惠卿拎着一个卷宗袋走了进来，他环视了一下周遭，对韩绛说："韩大人，忙啊。"

韩绛："吉甫，彼此彼此。"

吕惠卿："韩大人，李逢、刘育、李士宁等人的谋反案已经审理清楚了，材料都在这个卷宗里，请你审阅一下，然后呈给皇上吧。"

韩绛："吉甫，我正忙呢，你先给王相公看看吧。"

吕惠卿（故作神秘地）："使不得，使不得。"

韩绛："为什么？"

吕惠卿："王相公也有嫌疑啊，他得回避。"

韩绛："不会吧？"

吕惠卿（表情诡异）："这几天你没听邓绾、徐禧、王古他们说吗？朝廷里好多人都知道了。"

韩绛皱了皱眉头："吉甫，卷宗还是你亲自送给皇上为妥。"

吕惠卿："韩大人的辈分、职务都比我高，还是你送呈好。"

韩绛（若有所悟）："好吧，我送就我送。"

吕惠卿："谢谢！那就有劳了。"

韩绛："不客气。"

16

福宁殿，宋神宗正在阅读奏报。

内侍进来禀报："陛下，韩相公求见。"

宋神宗："让他进来吧。"

韩绛进来作揖道："臣韩绛参见陛下，恭请皇上圣安！"

宋神宗："赐座！"

内侍拿出一张椅子给韩绛坐。

韩绛："谢陛下！"

宋神宗："卿有何进奏？"

韩绛："吕惠卿把李逢、刘育谋反案的审讯材料整理好了，他托臣把它送呈给陛下。"说着从衣袖里拿出卷宗双手呈给内侍，内侍双手接过，转呈给宋神宗。

宋神宗："哦。"

韩绛："陛下，臣感到有些蹊跷，为什么吕惠卿要把他自己主持勘审的案卷，交给我来呈送？"

宋神宗皱了皱眉头，然后笑笑说："他这个人啊，有时不按常理出牌。"

韩绛："哦。"

宋神宗抽出案卷看了看，大吃一惊："什么？王安石要谋反？！"

第十五集　同室操戈

1

宋神宗抽出案卷看了看，大吃一惊："王安石要谋反？"转而又笑了笑，"王安石要谋反，谁信啊，胡说八道！其他几个有真凭实据的，按律处死！李士宁除了多年前接受赵世居赠送的宝剑，没其他证据，打五十大板，流放湖南。卿跟王安石共同审阅卷宗后，就送刑部去办——此案就到此了结吧。"

韩绛："臣遵旨！"

2

韩绛府邸，客厅，韩绛正阅览《邸报》。

男仆进来禀报："韩大人，王公子求见。"

韩绛:"叫他进来吧。"

王雱走进来作揖道："晚辈王雱拜见韩伯伯。"

韩绛站起来作揖回礼："贤侄请坐。"

王雱在茶几边的椅子坐下，侍女上来斟茶。

宾主互相寒暄了几句后，王雱问韩绛："韩伯伯找我有事吗？"

韩绛："有，有大事哪。"

王雱：“什么事？”

韩绛：“吕惠卿叫邓绾、王古他们轮番拷打李士宁，严刑逼供，又唆使邓绾在供词记录上用曲笔，想把你父亲牵扯进谋反案。”

王雱（瞠目）：“啊？！现在怎么样？”

韩绛：“好在皇上不相信。”

王雱：“这个吕惠卿，他口口声声称家父为老师，经常来我家一坐就是半天，怎么会干出这种勾当！”

韩绛：“因为你爹回来，他就上不了相位，他把你爹视为眼中钉了，今天的吕惠卿不是当年的吕吉甫了！”

王雱：“知人知面不知心哪！”

韩绛：“叫令尊当心点。”

王雱点点头：“嗯，谢谢伯伯！”

3

王安石府邸，书房，王安石坐在书桌前，王雱站在旁边。

王雱：“爹，情况就是这样。好在皇上不相信。”

王安石：“雱儿，这事不要到外面去讲，睁只眼闭只眼过去就算了。吕惠卿这个人，有才干，对变法的态度始终坚定不移，就是私心重了点。现在最紧要的是我们内部的团结，只有同心协力才能把变法的事情做好，这关系到大宋的盛衰、民族的存亡哪！”

王雱：“爹这么君子，儿就怕你斗不过小人。”

王安石：“雱儿，别这么说，爹不屑用阴招去整人。居心正大的人，可能会吃小亏，但不会亏大节。几十年来，爹经过的风风雨雨还少吗？只要我们全心全意经世济民，严于律己，廉洁奉公，皇上看得到，百姓也看得到。”

4

吕惠卿府上，吕惠卿正和邓绾交谈。

吕惠卿：“文约兄，这回看你的了，除了李士宁的口供，我给你的那些材料也要好好利用，叫徐禧、周常、王古、蹇周辅分头写，到时候，一齐发力。”

邓绾：“好。”

吕惠卿：“文约兄，搭倒了王安石，参知政事这把交椅就是你的了！”

邓绾：“不敢不敢，卑职只求吉甫兄能在皇上面前美言几句，我能在朝廷混碗饭吃就心满意足了！”

吕惠卿笑着说：“有你的。”

5

韩绛府上，王雱和韩绛在交谈。

王雱：“韩伯伯，你也知道，我爹待吕惠卿不薄啊，他多次向皇上推荐吕惠卿，这才使他登上了副宰相的权位。现在他却以怨报德，要陷害我爹，请你帮帮我们。”

韩绛：“权力使人疯狂。吕惠卿野心太大了，任人唯亲，结党营私，他的亲戚也狐假虎威，干了很多不得人心的事。你这样……”韩绛附在王雱耳边说，越说越小声。

王雱点点头。

王雱在御史蔡承禧家游说，蔡承禧连连点头。

王雱在吕府同吕嘉问侃侃而谈，吕嘉问连连点头。

王雱在蔡府和蔡确亲切交谈，蔡确连连点头。

旁白：王雱瞒着父亲，串联了一班看不惯吕惠卿所作所为的官员，准备对吕惠卿发起反击。

6

邓绾家中，客厅，邓绾正踱来踱去，自言自语："做人难啊！我现在该站在哪一边呢？一山不能容二虎。"

镜头摇出回忆：

邓绾在三司条例司和王安石交谈，邓绾一脸谄笑，连连点头。

吕惠卿府上，吕惠卿对邓绾说："供词是你写出来的，你说王安石有问题，王安石就有问题。只要你扳倒了王安石，参知政事这把交椅就是你的！"

镜头回到现在。

邓绾来到供奉着太上老君的神龛前敬了一炷香，然后三鞠躬，自言自语："太上老君保佑我仕途畅达，官运亨通——我还是做好两手准备吧！"

7

延和殿，午朝会。

宋神宗端坐于御案前。

群臣列队站在朝堂，韩绛、王安石、吕惠卿、邓绾、吕升卿、蔡承禧、吕嘉问、陈升之、王雱、徐禧、沈括、吴充等在其中。

宋神宗："今天的午朝会，诸位有何奏报？"

吕升卿："陛下，李逢、刘育谋反案查到李士宁这里就停止了。据说李士宁同我们朝廷的某些大员还有千丝万缕的联系，陛下可不能掉以轻心啊。"

王安石听到此言后非常愤怒，但强忍住了。

王雱咬咬牙关，攥紧拳头。

宋神宗："你说的某些大员能说得具体些吗？"

吕升卿："就是王安石，王安石跟李士宁关系密切。"

宋神宗："关系密切就一定参与了谋反吗？你能拿出王安石谋反的证据来吗？"

吕升卿："这……"

邓绾密切留意着宋神宗的表情。

蔡承禧："陛下圣明。请容微臣说几句。"

宋神宗："有话尽管讲。"

蔡承禧："自从王相公前年罢相以来，吕惠卿以'护法善神'自居，排斥异己，结党营私，任人唯亲。譬如他弟弟吕升卿，学识浅陋，居然被任命为崇政殿说书，经常被陛下问得瞠目结舌，请问我大宋有史以来，有哪位侍讲好像他吕升卿那样授人笑柄。如今王大人回到朝廷，辅佐陛下，他嫉贤妒能，挑拨离间，千方百计陷害王大人，如此奸佞不除，变法大业危矣，大宋朝廷危矣！"

吕惠卿："陛下，莫听蔡承禧的胡言乱语。"

韩绛："陛下，吕惠卿奸巧，路人皆知。执政两年，党羽已成，现于朝政中作梗，使言路不畅，臣深恐陛下有被蒙蔽、被架空的危险。"

宋神宗："吕惠卿，你得反省反省自己，他们说的，不是空穴来风吧。”

邓绾听到神宗说这句话，看到王安石蔑视吕惠卿的眼神，内心独白：“我看吕惠卿是斗不过王安石的。我还是掉转枪口吧。”于是，邓绾大声说：“陛下，微臣有话要说！”

吕惠卿、吕升卿见邓绾大声说话，以为他是站在自己这边的，心里暗自得意。谁知邓绾竟然这样说：“陛下，我今天在这里要揭发一起官商勾结、以权谋私案。去年，吕惠卿与其弟吕和卿趁手实法推行之机，与华亭知县张若济狼狈为奸，强借华亭县富商朱华的钱五百万，贱买破产农户田地五百顷；朱华从此得以瞒报田产，偷税漏税；他还指使僧人文达强夺王竺僧舍；他的舅父郑膺狐假虎威强夺民田，他视若无睹。种种卑劣行径，影响极坏！”

刹那间，朝堂鸦雀无声。

群臣愕然，宋神宗愕然。

吕惠卿的脸一会儿红，一会儿白。

宋神宗：“这是真的吗？”

吕惠卿耷拉着脑袋：“都是他们去办的。”

宋神宗：“你不点头，他们会为你办吗？他们敢为你办吗？”

王安石（痛心地）：“吉甫，这等事你都做得出？我们不能打着变法的旗号来为自己谋私利，那样会使我们失去感召力，使变法大业失去百姓的支持，最终葬送改革。”

宋神宗：“吕惠卿，你堂堂参知政事、副宰相，为何要去干这种勾当？贪腐是最不得人心的，你还有脸面对百官？你还配做参知政事吗？”

吕惠卿、吕升卿满脸惭愧。

吕惠卿下跪求饶：“陛下，臣一时糊涂，请陛下恕罪！”

旁白：几天之内，御史台的官员纷纷上书揭发吕惠卿以权谋私，拉山头搞宗派，罔世欺君，神宗皇帝下诏贬吕惠卿知陈州，贬吕升卿为江南西路转运副使，并继续彻查华亭县贪腐案。

特写：宋神宗用毛笔在邓绾的检举材料上批示“立案审查”。

8

汴京南郊，一望无际的青绿色的麦海。

在通往陈州的大路上，一辆马车缓缓南行，一颠一颠地。

坐在马车上的吕惠卿，眺望着渐渐远去的南薰门，脸上露出不服输的表情。

吕惠卿（内心独白）：“王安石，你别高兴得太早，咱们骑驴看唱本，走着瞧吧！”

9

王安石府邸，王雱和吕嘉问、蔡承禧在交谈。

吕嘉问：“吕惠卿不得人心，罪有应得。”

王雱：“想不到邓绾掌握了他那么多材料。”

蔡承禧：“邓绾是个骑墙派，看风使舵。”

王安石心灰意冷地走进客厅。

三人连忙起身，分别叫道：“王大人！”“爹！”

王雱：“爹，今天吕惠卿恶有恶报，终于被逐出朝廷，你为什么不开心呢？”

吕嘉问：“王大人，吕惠卿处心积虑排挤你，在皇上面前挑拨离间，现在看来，皇上还是信任你、器重你的，你应该高兴才对。”

王安石摇摇头："可悲呀可悲，吕惠卿走了，曾布走了，王韶走了，我的心空落落的，变法任重道远，但变法派却搞起内斗来了！守旧派又要大做文章了，如何把改革大业进行到底？如何把振兴大宋的蓝图变成现实？这是我最忧心的地方。"

王雱："爹，皇上是支持你变法的，怕什么呢？江山代有人才出，走了吕惠卿，可以有王惠卿、张惠卿，何愁没有人协助你变法呢？"

王安石（眼圈红红的）："人才难得呀！权力是魔鬼吗？为什么有人为了得到权力，会变得毫无良知，会变得丧心病狂！吕惠卿，我视其为同道，一手提拔他，他却背地里干了那么些勾当，叫我怎么不心痛、不心寒啊！"

10

紫宸殿，宋神宗坐在御案前，李舜举伺候在旁边。

宋神宗对李舜举说："宣徐禧、蹇周辅、王古进殿。"

李舜举："宣徐禧、蹇周辅、王古进殿。"

徐禧、蹇周辅、王古鱼贯而入。

他们同时下跪叩头："臣等参见陛下，吾皇万岁万万岁！"

宋神宗："平身！"

徐禧、蹇周辅、王古："谢陛下！"

宋神宗："今天召集你们三个来，就是为了彻查吕惠卿'华亭弄权贪利案'，你们要秉公办事，把案子的确切数字调查清楚，然后交刑部定夺。"

徐禧、蹇周辅、王古异口同声："臣等遵旨！"

11

祈福酒楼的一个单间里，徐禧、蹇周辅、王古围坐在一张圆餐桌旁吃饭，桌子上摆着很多菜。

王古呷了一口酒说："想不到，邓绾这小子临阵反水。"

徐禧："这就叫作'兵不厌诈'，可能王安石与他已暗通款曲。"

蹇周辅："我看不像，邓绾这人是棵墙头草，哪边强他就往哪边靠。"

王古："可他也不看看吕大人年富力强，比王安石年轻一旬有多，深受皇上信任。"

徐禧："世事如棋，他可不管那么多。唉，测海水易，测人心难哪！"

王古："现在我们该怎么办？真的要去摧毁自己的靠山吗？"

徐禧："现在我们就奉行一个字。"

王古："什么字？"

徐禧："拖——时间会冲淡一切。"

蹇周辅："好，来，为了吕大人的平安，干！"

三人举起酒杯碰了一下，一饮而尽。

12

汴京，新门里会仙酒楼。

楼上的一个单间里，王雱和吕嘉问、练亨甫正在喝酒，餐桌上摆着几碟下酒的小菜。

王雱："时间过得好快，都半年了，吕惠卿'华亭弄权贪利案'还没有一个确定的说法。"

吕嘉问："我看，这里面有蹊跷。徐禧、蹇周辅、王古原来都跟吕惠卿一个鼻孔出气，我看他们是故意拖延时间，好让吕惠卿销毁证据。"

练亨甫："如果这个案子不快点办，吕惠卿有可能使出各种伎俩，卷土重来。"

王雱："我也担心这点，吕惠卿诡计多端，为人又心狠手辣。"

吕嘉问："君子往往斗不过小人。你老爹为人做事都是君子风度，我真替他捏把汗。"

王雱（小声地）："哎，我们这样……"

吕嘉问、练亨甫点头称是。

13

中书省刑房衙署，靠墙的一边放满了档案柜。

练亨甫和蹇周辅等几个同僚在办公。

其中一个官员从抽屉里拿出铁皮锁钥匙，打开一个档案柜，拿出几个卷宗递给一个上了年纪的侍从，对他说："梁公，这几个案子的材料都已落实，皇上也做了批示，你送到王相公那里再审核一下就可以送刑部了。"

侍从梁公："好的。"

14

大内，相府，王安石正伏案批阅文书。

侍从梁公敲门。

王安石："请进！"

侍从梁公："王相公，这些卷宗中书省刑房核对过了，你再审核一下，没问题我就送刑部了。"

王安石："好的！"

特写镜头：王安石的办公桌上，有两个标签，左边是"已审核卷宗"，右边是"未审核卷宗"。两个标签前面都放了一沓卷宗，梁公把卷宗放在"未核对卷宗"上。

15

大内钟楼里的钟声响了五下。

"下班啰，下班啰。"

官员们个个挂起毛笔下班了。

衙署的同僚们都走光了。

练亨甫从刚才那个拿档案袋的官员的抽屉里拿出钥匙，打开柜门，翻找吕惠卿"华亭贪利案"的卷宗。

因为有时间标签，他很快找到了档案袋。

他把柜子锁好，把钥匙放回原处。

16

夜晚，汴京的一条僻静小巷，练亨甫从宽大的衣袖里拿出一个档案袋交给王雱。

特写镜头：档案袋上面写着几个字——"华亭贪利案"。

诡异神秘的音乐响起。

两人点点头，彼此使了一下眼色，就各自消失在夜色里。

17

第二天上午，王雱袖里笼着“华亭贪利案”卷宗来到相府门口，他敲敲相府的门。

侍从梁公打开门：“王大人，请进！”

王雱走进相府，见父亲不在，便问道：“梁公，家父呢？”

侍从梁公：“刚才皇上召他过去延和殿了，有什么事吗？”

王雱：“没什么，我刚好路过这里，顺便进来看望他。”

侍从梁公：“哦，请坐，喝杯茶吧。”说着，沏了一杯茶给王雱。

王雱喝了一口茶，拿了一本书，心不在焉地翻着。

他见梁公去忙其他事了，便从宽大的衣袖里拿出档案袋来插进“已审核卷宗”里。

又过了一会儿，见父亲还未回来，王雱起身告辞。

18

当天下午，王安石坐在案前批阅文书。

侍从梁公对他说：“王相公，上午令公子来看望你。”

王安石：“哦，他说什么了吗？”

侍从梁公：“没说什么，他坐了一会儿，喝了杯茶，见你还没回就走了。”

王安石：“哦，他一定是给太子讲了课，路过这里，顺便来坐坐的——梁公，你把这些审核过的卷宗送到刑部去，叫他们要抓紧办，切勿拖沓！”

侍从梁公：“是。”

他把王安石办公桌上那沓“已审核卷宗”全部取走送到刑部去了。

19

刑部衙门，门口悬挂着“清正廉明”的匾额。

大堂，审判官正在审问案犯。

大堂旁边的一间办公室里，王古正在审阅从相府送来的卷宗。当他看到“华亭贪利案”的卷宗时，大吃一惊，立刻抽出卷宗里的材料看了起来。他发现档案袋里除了邓绾逐条揭发吕惠卿罪状的文字外，就只有皇上原先做出的“立案查办！”的批示了。于是，他阴毒地笑了一下：“好你个王安石，没有我们的调查材料，你却迫不及待借皇上以前的谕旨来报私仇，你死定了！”

20

夜晚，月色朦胧，中州平原上寒气袭人。

一匹骏马由汴京往陈州方向奔驰，骑在马背上的人正是吕惠卿的亲信王古。

21

半夜时分，王古策马来到了陈州府衙门口。

烈马一声嘶鸣，惊醒了看门的老头。

看门老头：“来者何人？”

王古：“我乃吕大人的朋友，今有急事相告。”

看门老头："你从哪里来？叫什么名字？"

王古："我从京城来，姓王名古。"

看门老头："等一会儿，我核实一下再进。"

22

吕惠卿书房兼卧室，吕惠卿还在一边喝茶，一边看《邸报》。

这时，有敲门声传来。

吕惠卿："谁？"

看门老头："吕大人，有个叫王古的官人从京城过来，说要马上见你。"

吕惠卿（非常意外）："啊？让他进来！"

看门老头忙打开府衙大门，对王古说："王大人，请进！马让我去拴。"

王古从马背上一跃而下，三步并作两步向吕惠卿住处奔去。

吕惠卿迎了出来。

王古作揖道："王古参见吕大人！"

吕惠卿作揖回礼："敏仲，辛苦了！你半夜来访，有何要紧事？"

王古："进去说。"

23

吕惠卿官邸客厅。

王古和吕惠卿一边喝茶一边叙谈。

王古（从挂在腰带上的褡裢中抽出卷宗）："吕大人，你看。"

吕惠卿（大惊，转而诧异）：“档案到了刑部？怎么没有你们几个的调查意见，也没有皇上处理此案的最后谕旨？”

王古：“王安石和邓绾串通一气，还没等到我和徐禧、蹇周辅写的调查材料，就迫不及待地把邓绾弹劾你的条列案情和陛下上次‘立案查办’的谕示送到刑部，想早点把你给办了。”

吕惠卿：“原来如此！是坏事，也是好事。这回不彻底扳倒你王安石，我的吕字倒过来写！”

吕惠卿推门走进书房，马上书写《讼奏》。

特写镜头：

臣惠卿言，安石尽弃素学，隆尚纵横之末数，违命矫令，罔上欺君。此数恶力行于年岁之间，虽古之失志倒行而逆施者，殆不如此。

…………

写完后，他检查了一遍。从书柜里取出一个信封，把奏折装了进去。他心里还不踏实，又从书柜里找出几封王安石写给他的便笺来。

特写镜头：王安石手迹“无使上知”。

他把这些都装进信封里，然后走出客厅。

王古：“吕大人，写好了？”

吕惠卿点点头。

王古：“好，我连夜赶回汴京，神不知鬼不觉。”

吕惠卿：“你不要直接去见皇上，以免皇上觉得你在袒护我，你这样……”

王古点点头：“好！好！”

第十六集　再度罢相

1

紫宸殿里，宋神宗正和王安石、韩绛、吕嘉问、冯京、徐禧等商议朝政。

这时，宣德门外的登闻鼓“咚咚咚”地响了起来。

宋神宗：“谁在击登闻鼓？”

内侍禀告:“启奏陛下，是刑堂堂吏厉存忠在击鼓。”

宋神宗：“有什么事吗？”

内侍：“他没有说，只说要见皇上，有重大案情禀报。”

宋神宗：“叫他进来吧。”

内侍：“宣厉存忠进殿！”

厉存忠碎步小跑来到神宗面前下跪叩头：“奴才参见陛下，吕惠卿从陈州捎来奏表，托奴才呈给陛下。”

宋神宗：“拿来。”

内侍从厉存忠手中接过奏表，奉给神宗。

宋神宗撕开信封，抽出吕惠卿寄来的信件一看，颜色大变。

他抑制住心头的怒火说：“今天的朝会暂时开到这里，诸位先退朝，王安石留步。”

王安石莫名其妙，待群臣退去，他忐忑不安地走上前去。

宋神宗：“卿家呀，卿家，你看看吕惠卿的奏表，这样的事你也做得出？”说着把吕惠卿捎来的材料一齐递给王安石看。

王安石看了材料，一脸惊诧：“陛下，邓绾所检举揭发的材料，还没有勘审验证，也没有陛下拍板定案的最后谕旨，臣根本就没看过，怎么会送到刑部去呢？这可是欺君罔上之罪！陛下，请相信臣，臣绝对做不出这种龌龊的勾当！”

宋神宗两眼盯了一下王安石，只见王安石也正视他，目光是坦诚的，磊落的。

他说：“朕也相信你不会干这种肮脏事。但漏洞出在相府里，你有责任去调查这件事的来龙去脉。请速查明原委，向朕报告。”

王安石（表情严峻）：“臣遵旨！”

2

夜晚，王安石府邸，客厅。

王安石皱着眉头踱来踱去。

王安石（内心独白）：“是谁能这么神通广大，把中书刑房的卷宗偷出来夹在我送去刑部的档案里呢？”

吴琼：“夫君，时间不早了，你又为啥事在煎熬呢？”

王安石：“没什么……唉，雱儿呢？”

吴琼：“这几天他背上长了痈，敷了药，早早就睡了。”

王安石：“他平时有点小病痛，都不把它放在心上，今天怎么就睡了，是不是……”

3

第二天早上，王安石坐在客厅里喝茶。

王雱的妻子庞氏从卧室里走了出来，向王安石请安："早安，爹爹！"

王安石："儿媳，王雱背上的痈怎么样了？敷的药有用吗？"

庞氏："有用。只是他一夜没睡好。"

此时，王雱也从卧室里出来："早安，爹爹！"

王安石："雱儿，病好些了吗？"

王雱皱着眉头："好些了。"

王安石："你背上长的痈还有药医，我心里得了病可是没药医。"

王雱："怎么了，爹？"

王安石："身在陈州的吕惠卿，告我弄权欺君，想置他于死地。"

王雱："他有什么证据吗？"

王安石："他说我跟邓绾串通一气，绕过皇上，绕过专案组，想把他的案子早日办成铁案，让他永世不得翻身。卷宗都在刑部王古的手上。"

王雱额上飙出冷汗："啊？！"

王安石："皇上叫我查一查，如果查不出，欺君罔上的罪名我是洗刷不了的。"

王雱："哎哟……"

王安石："雱儿，你怎么了？"

王雱："我的背痈有些痛。"

王安石："你去歇息吧，跟太子告个假就是了，唉……"

王雱脸色阴沉地走进房间去。他的眼前又浮现出小巷深处练亨甫和他鬼鬼祟祟交接卷宗的那一幕；还有他在相府趁父亲不在，把卷宗插进卷宗堆里的一幕……他的额头直冒冷汗，感到背疽有些刺痛，坐在床沿上喃喃地说：“我该怎么办？我该怎么办？”

庞氏：“夫君，你别太心急，静下心来，慢慢治疗调养，病自然会好的。”

王雱摇摇头：“嗯，我得的病恐怕是无药可治。”

庞氏：“夫君，不要说些不吉利的话，你还这么年轻，会好起来的。”

王雱摇摇头：“媳妇，你不懂，你不懂。”

庞氏：“夫君，别想那么多，躺下睡会儿。你昨晚没睡好。”于是扶王雱慢慢躺下。王雱侧身卧着，脸朝墙壁。

庞氏带上门，走出客厅。

王雱（画外音）：“我不能让爹背黑锅，父亲是个坦坦荡荡的君子……我缺德，我真傻……”

4

客厅，王安石在看《邸报》，吴琼坐在一旁做女红。

庞氏阴云满面地从卧室里走出来，情不自禁地叹了口气。

王安石关切地问：“儿媳，怎么了？”

庞氏：“爹，王雱的病久治不愈，能否再找个大夫给他诊治诊治？”

吴琼：“听说有个叫庞安时的大夫住在相国寺附近，万姓交易日（注：北宋定时的庙会集市）常为人义诊，很多人的病都给他治好了。”

王安石：“好吧，明天我去打听他的住处，把他请来。”

5

王雱卧室，身着郎中服的庞安时为坐在床上的王雱切脉。

王雱的脸色很黄，下巴显得更尖，目光凝滞。

庞安时摸了左手摸右手，又叫王雱伸出舌头来看，只见舌尖红，舌苔黄。

庞安时说：“公子心火盛，心中烦热，睡眠不好。你转过身我看看背痈。”

王安石为儿子拉起睡衣，只见病灶又红又肿，中间形成多个脓头，似蜂窝状。

庞安时：“相公，公子病得不轻啊。宜静心休养，内外兼治，内则清心降火，外则清热解毒。我先给你开五天的药。”

王雱：“谢谢先生！”

王安石：“谢谢庞先生的精心诊治！管蠡，拿笔砚来。”

管蠡：“来了。”他推开门，把笔砚和毛边纸呈在写字台上。

庞安时用手裁了一小张毛边纸，然后用小楷毛笔书写处方。

6

福宁殿，宋神宗和王安石在交谈。

宋神宗坐在御榻上，王安石坐在旁边的太师椅上，李宪在旁边伺候着。

宋神宗关切地问：“听说为公子治病你四处求医，如今王雱的病好些了吗？”

王安石（略显颓唐）：“谢皇上垂念，还未见好。”

宋神宗：“公子勤于治学，年纪虽轻，著述颇丰；任职太子中允和天章阁侍讲都很出色。人才难得，可偏偏得了这么个顽疾。”

李宪：“皇上，相公，天无绝人之路，坚持治疗，总有希望。”

王安石作揖：“谢李公公！承李公公吉言。”

宋神宗：“李公公，传我口谕，叫太医张谔前往相公府上为王雱诊治。”

李宪：“奴才领旨！”于是退出。

王安石（下跪，激动地）：“张谔乃大内最好的太医，犬子承蒙圣上眷顾，臣不胜感激，臣父子纵使肝脑涂地也不足以报陛下之海恩。”

宋神宗：“卿客气了，平身。”

王安石站起来：“谢陛下！”

宋神宗：“吕惠卿案的卷宗被恶意绕传一事，查到线索没有？”

王安石（歉疚地）：“还没有。”

宋神宗：“要抓紧查，事关相府的名声，大宋律法的尊严。”

王安石弯腰作揖：“臣领旨。”

7

夜晚，王安石宅邸，卧室。

王安石穿着睡袍，坐在床沿上皱着眉头自言自语：“谁有那么大的本事，能把卷宗从中书刑房偷出来，又夹到我已审核的卷宗里？莫非雱儿瞒天过海？”

吴琼：“你说什么？雱儿犯什么天条？”

王安石：“不，我是猜测。”

吴琼："净瞎猜，吓了我一跳！儿子才不会搬起石头砸自己的脚。"

这时，门"笃笃"地响了，王安石拉开门。

王雱扑通一声跪在门槛上："爹，娘，儿不孝，儿对不起你们！"

王安石将儿子扶起："雱儿，你说什么？"

吴琼："雱儿，你自小孝敬长辈，没什么对不起爹娘的。"

王雱泪眼汪汪："不，不，儿做了一件蠢事，一件天下第一蠢的事！"

王安石："莫非你把吕惠卿的卷宗偷出来放到已审核的卷宗堆里？"

王雱（痛苦地）："是的，我犯了欺君之罪了！"

王安石（发怒，打了王雱一巴掌）："你怎么可以做这种肮脏事！"

吴琼（忙挡住王安石的手）："别打孩子，他有病。"

王雱（一把眼泪一把鼻涕跪下）："爹，你打我吧，多打几下，我心里好受点。"

庞氏穿着睡衣从卧室出来，跪在公婆面前："爹爹，夫君有病在身，奴家愿代他挨打受罚。"

王安石："你可以代他挨打，但你不能代他受罚。唉，雱儿，你叫我怎么面对圣上，面对百官，面对百姓？我还有脸做这个宰相吗？"

王雱："爹，你打我吧，最好把我杀了，我没脸见人，呜呜……"

吴琼："儿，别说胡话，想开点，咱不做官，做个普通人不也挺好的吗？都是你，把孩子害了！"

王安石眼泪涟涟，喃喃自语："是的，是我把雱儿害了。我教他读书，没好好教他做人；我把他带进了名利场，又没好好教他怎么做官。雱儿，是爹把你害了……"

王雱："不！不！是孩儿不肖，没有谨记父亲的教导，才铸下这大错！"说着大哭起来。

王安石的弟弟王安国从房间里出来，接着说："哥，你别老自责，都是这官场的尔虞我诈把雱儿带坏的。"

庞氏："夫君，过而能改，善莫大焉。"

王雱背痈疼痛难忍，脸色发青，抽搐，晕倒。

王安石："来人哪！"

管蠡和一个男仆急忙过来。

王安石："把他抬进房间——我去请张太医。"

8

福宁殿，宋神宗端坐御榻上，表情严肃，李宪在旁边伺候着。

王安石（下跪，异常痛心）："陛下，情况就是这样。王雱企图瞒天过海，罪孽深重，听候圣上发落。安石教子无方，造成恶劣影响，请陛下罢免臣的官职。"

宋神宗轻轻地摇了摇头，说："造物主啊造物主，为什么你成人之才，而不成人之德呢？抑或是成人之才易，而成人之德难呢？像吕惠卿、王雱都是绝顶聪明的人，为什么偏要摊上这些事呢？"

王安石长叹一声："唉！这也许就是天命吧。"

宋神宗："卿请平身。"

王安石站起来作揖："谢陛下！"

宋神宗脸上显出疑惑的表情："卿家，朕还有一点不明白，你给吕惠卿的便笺中，为什么要写某事‘无使上知’，有什么事要隐瞒我？”

王安石皱着眉头：“具体情形怎么样臣也忘记了……应该是当时刚讨论立法，纷争太多，为了减少对陛下的纷扰……”

宋神宗略显不悦：“这就不对了，朕是一贯支持变法的呀！”

镜头倏地摇出回忆：

禁宫后苑，太皇太后叮嘱神宗：“皇孙，人可用，但要懂得制衡。骏马再好，也得有马缰绳。记住：不要太倚重任何一个人。文臣也好，武将也罢，重用他们的时候，都得多长个心眼儿。”

王安石目光正视神宗，见神宗走神，王安石倍感不安：“吕惠卿今时今日翻出这些陈年档案来的用心，陛下想必清楚。皇天后土可鉴，安石绝无二心！”

宋神宗：“朕明白。君臣之间贵在沟通，有什么事说清楚就行了。《易》之《泰》曰‘上下交而其志同’。”

王安石（诚挚地）：“陛下英明。唉！犬子弄权矫命，欺君罔上，请陛下依法惩处。安石教子无方，实在无脸面执掌相府，请陛下恩允臣辞去宰相之职。”

宋神宗：“公子的事待他病愈后再说吧。一人做事一人当，卿不必过于自责。”

王安石：“不，身为宰相，不但要有济世之才，更应有崇高的德望；犬子的龌龊行为，使臣蒙羞，臣有何资格号令百官？没有德望的权力是没有感召力的，是担当不起重大历史使命的！”

宋神宗：“唉，环顾朝廷，朕还找不到接替你的合适人选。”

王安石（诚恳地）：“如今新法已全面实施，且日臻完善，圣上受万民拥戴，政局稳定，物色一个干练的朝臣辅弼陛下应该不难。”

宋神宗：“卿之于朕，犹商鞅之于秦孝公，诸葛孔明之于汉昭烈帝。天公吝才，不肯多降。卿走了，其阙难补。”

王安石：“陛下过奖了，臣不敢当。江山代有才人出，朝廷不缺人才，只要陛下敢大胆起用。”

宋神宗：“朝廷不缺当官的人才，缺的是与朕志同道合而又能干大事业的人。”

王安石：“臣蒙陛下知遇之恩，身居相位多年，建树平平，常有盈满之惧、疏漏之忧，加之年迈疲敝，身有痼疾，万望陛下恩准臣辞去宰相之职。”

宋神宗：“容朕三思。”

9

王安石府邸，王雱卧室。

王雱躺在床上，王安石、吴琼和王旁站在床前，庞氏坐在床沿上。

王雱形容憔悴，气息微弱：“爹，娘，孩儿不孝，扔下二老，你们以后要多多保重。媳妇，我走以后，你别守寡，找个人嫁了。”

庞氏抹着眼泪：“夫君，别说胡话了，妾生是你的人，死是你的鬼。”王雱：“弟弟，对不起，服侍爹娘的重担靠你一肩挑了。”

王旁眼圈红红的：“哥，你好好休养，不会有事的。”

王安石哭道：“儿啊，你要坚强点，你要挺住，爹娘不能没有你。”

王雱："爹，我真的不行了，就算我活下去，也是行尸走肉。小的时候读《墨子》，不明白墨子看到白布被染黑了，竟然哭起来，现在我是大彻大悟了。"

王安石："儿啊，别想那么多，你还年轻，一切可以重来。"

王雱："不，爹爹，布染黑了，不能漂白；人有污点，永远都洗不干净……坏就坏在儿名利心太重，行事鲁莽，弄巧成拙，坑了爹爹，也害了自己。我真蠢，我是世上最蠢的人……"

王安石："儿呀，人无完人，金无足赤。知错能改，善莫大焉！"

王雱："不，书本和生活完全两样。皇上绝对不会重用一个有前科的人。完了，我真的完了，啊，我怎变成了一个小人，一个欺君的奸臣……啊啊，这不是真实的我！这不是真实的我！我不要现在的我，我要以前的我——清清白白的我，充满理想的我，怀抱利器的我，君王器重的我……吕惠卿，他害了我，我与他不共戴天！"

说完口吐鲜血，不省人事，握紧的拳头也松了。

庞氏伏在丈夫身上大哭："夫君，夫君，你醒醒啊，你怎么就这样去了呢……"

吴琼老泪纵横，她用左手托住王雱的头，用颤抖的右手抚摸儿子憔悴的脸，慢慢合上儿子依然睁着的双目："儿呀，你离开娘的怀抱才几年，怎么就撇下娘走了呢？"

王旁用右手拭泪，王安石嘴唇颤抖着，双目涌出两行浊泪……

旁白：33岁的王雱在悔恨和病痛的双重折磨下，离开了人世。

10

江宁郊外，秋风萧瑟，落叶纷纷。

王雱墓前，插着点燃的香、蜡烛，摆着花圈和祭品，有纸做的仆人，纸做的车马，纸折的楼阁宅第。

吴琼和儿媳妇庞氏、小女儿王倩儿及一个童仆蹲在地上，将一张张纸钱凑在点燃的蜡烛上焚烧，风把烟雾吹散，有时带起烟灰。

三个女人的眼里噙着泪水。王安石、王旁、蔡卞、王安礼、王安国、俞秀老、俞清老、杨德逢等默默地站立着。王安石显得十分憔悴。

王安礼："我早就看出吕惠卿是个小人，要不是他的余党故意拖延调查进度，侄儿也不至于出此下策，玷污自己，气出病来……"

王安石："知天易，知人难哪！一个人私欲膨胀，追求权力不是为公的话，他会活得很痛苦，很癫狂，丧尽天良。好了，不提这些了，冤冤相报何时了。"

吴琼（泪眼婆娑）："只可惜雱儿成家几年了，也没留下一男半女。"听到这话，庞氏又伤心地哭起来。小姑王倩儿安慰起嫂子来。

俞秀老："芸芸众生皆有定数，都是匆匆过客，节哀顺变吧。"

11

福宁殿，宋神宗坐在御案前批阅奏章。

李舜举在旁边伺候。

宋神宗皱着眉头："怎么又是王安石的请辞表？他上了几道辞职表了？"

李舜举："回陛下，此前上了六道，加上今天的就是七道了。"

宋神宗："朕不是说了吗，凡是王安石的请辞奏本一概不接！"

李舜举："这次他是托参知政事王珪送来的。"

宋神宗："哦？召王珪进殿。"

李舜举："诺！"说着他走了出去。

宋神宗在殿里踱来踱去。

向皇后："皇上，又有何烦恼？"

宋神宗："还不是王安石请辞的事。朕千方百计挽留他，他却三番五次上奏本。"

向皇后放下女红，走上前："皇上跟他相处这么多年，应该知道他的脾气。"

宋神宗："也是的。难怪人们戏说他'拗相公'。"

向皇后："王安石律己极严，其心可谅；新丧爱子，其情可怜。"

这时，李舜举引王珪进来，王珪下跪叩头："微臣王珪参见陛下，参见皇后娘娘，恭祝吾皇万岁万万岁！皇后娘娘千岁千千岁！"

宋神宗："平身。"

王珪站起来："谢陛下！谢皇后娘娘！"

宋神宗（关切地）："王雱去世后，王相公告假已有时日，不知其近况如何？"

王珪：'大公子病逝之后，相公悲伤自责，健康大不如前；他说自己权势重而任事久，常有盈满之忧，意气衰而精力疲，常存疏漏之惧，希望陛下拔贤选优，以充东府。他托微臣转告陛下，切盼赐归江宁，安度余年。”

宋神宗：“相公这么些年来，日理万机，宵衣旰食，为振兴我大宋立下了汗马功劳，如今却不恋权位，功成身退，其高风亮节令人敬服！”

王珪连连点头：“是的，相公乃一代鼎臣，是士大夫之高标。”

宋神宗：“既然王相公三番五次恳求隐退让贤，朕就遂了他的心愿。王珪——”

王珪：“臣在。”

宋神宗：“卿说说看，王安石辞官去后，谁来接任宰相比较合适？”

王珪：“微臣才浅德薄，举荐宰辅人选，事关江山社稷之兴衰，臣不敢妄言。再说，圣虑深远，微臣岂能揣摩百之一二？”

宋神宗笑笑：“卿过谦了，但说无妨。”

王珪：“窃以为此人要既能推行新法，又能包容守旧人士。”

宋神宗：“卿所言极是。这样吧，外放王安石的诏书由你来拟。”

王珪：“谢陛下信任！这诏书该怎么写？”

宋神宗：“你这样写……”

12

相府，王安石坐在案前批阅文书。

李宪手持圣旨走了进来：“王安石，请接旨。”

王安石忙下跪叩头："臣接旨。"

李宪："敕：自朕登基以来，卿倾力相辅，为行新法，殚精竭虑，使我国富兵强，天下太平，念卿贵体疲病，反复请辞，今特许汝以首相官阶判江宁府，加食邑一千户，可。"

王安石激动地再次叩头："谢皇上隆恩，吾皇万岁万万岁！"然后站起来，接过圣旨说，"李公公，请转告皇上，安石明天想觐见皇上。"

李宪："好的。"

13

福宁殿，宋神宗正坐在御案前批阅奏本，向皇后坐在旁边陪伴着，李舜举在旁边伺候着。

一个内侍进来禀报："陛下，王安石已到殿外。"

宋神宗对李舜举说："宣他进来吧。"

李舜举："宣王安石进殿！"

王安石快步走进殿来，他脊背有点驼，两鬓斑白，双目充满了感激。

来到御案前，王安石下跪叩头："臣王安石叩见皇上、皇后，恭祝吾皇万岁万万岁！皇后千岁千千岁！"

宋神宗："平身！"

王安石："谢陛下！谢皇后！承蒙圣上眷顾，臣能回江宁安度余年。臣对大宋贡献微薄，皇上却如此厚赏，加食邑一千户，臣受之有愧。"

宋神宗："卿受命以来，革故鼎新，为振兴我大宋鞠躬尽瘁，劳苦功高，有此赏赐，理所当然。"

王安石：“谢皇上谬赞！离京之前，老朽还想再进一言。”

宋神宗：“卿进言，求之不得，请讲。”

王安石：“新法的施行，来之不易，臣去职之后，望陛下坚定信念，把变法进行到底！”

宋神宗：“这是自然的事，朕以后有事讨教，还望爱卿不吝赐教。”

王安石：“臣不敢当，不过臣愿为江山社稷贡献余晖。”

宋神宗赞赏地说：“要得要得。”走上前来，他感情诚挚地双手握着王安石的手，“卿路上颠簸劳顿，请多保重！

14

钟山南麓，半山园，几间青砖瓦房掩映在绿树丛中。门前有口池塘，清水出入，澄碧如镜，倒映着池塘边的梧桐。半山园其实不像园，它没有篱笆，更没有围墙。

古筝声从房子里传出来，《高山流水》的旋律飘荡在山野间，淙淙铮铮如幽涧之寒流。

堂屋的左耳房里，王安石的儿媳庞氏在弹奏古筝。

右耳房是王安石的书房，他在整理着爱子的著述。他缓缓地把儿子写的十几页零散文稿叠起来，放在案几上。案几上还有王雱著的《老子训传》《老子注》《南华真经新传》《论语解》等几本线装书。

王安石迟滞的目光停留在线装书上。

镜头摇出回忆：

鄞县衙门的庭院里，有几个小孩在追逐玩耍，王雱在其中。

县丞从议事厅走出来笑着对孩子们说:“孩子们，我出个谜语考考你们，好不好？”

孩子们：“好。”

县丞：“两只老鼠扛杠，一只老鼠走上去望，打一字。”

王雱两眼骨碌一转，说：“六字。”

县丞：“这个太容易了。我再出一个，仙人迹杳断桥头，打一字。”

孩子们犯难了。

王雱搔了搔头说：“是峤字吧。”

县丞竖起大拇指说：“真厉害！”

这时王安石从议事厅里出来，笑着说：“你别把他夸坏了。”

镜头摇出另一场景：

鄞县王安石家的庭院，一个木笼子里装着两头野兽，一头是獐，一头是鹿，妻子抱着女儿在观看。

一位长相忠厚、颇有绅士风度的长者对年轻的王安石说：“王大人，这两头野兽是我们村的捕猎能手捕获的，大伙儿出钱买下送给大人补补身子。”

王安石：“里正，我王安石何能何德接受乡亲们的馈赠，发动大家修堤堰、治咸潮是我分内的事。这礼物我绝对不能收。”

里正：“这是大伙的一点心意。”

王安石：“大伙的心意我领了，但礼物我不能收。”

里正：“王大人真是两袖清风哪！”

这时王雱和几个小孩从外面跑进来看热闹。

孩子们：“爷爷，那是什么？”

里正：“山上捕来的獐和鹿。”

孩子们："哦，真好玩。爷爷，放出来我们玩玩吧。"

里正："使不得，使不得，一放出来，它就跑了——哎，你们有谁知道，哪头是獐，哪头是鹿吗？"

孩子们摇摇头："不知道。"

王雱："我知道，獐的旁边是鹿，鹿的旁边是獐。"

一个大男孩："王雱，你认识獐和鹿？"

王雱："老爷爷告诉我们了，笼子里只有两只动物，我这样回答有错吗？"

长者和王安石异常惊诧。

长者："你是谁家的孩子？"

王安石："在下的犬子。"

长者（竖起大拇指）："不得了，不得了，反应如此灵敏，令郎乃栋梁之材！"

镜头回到现在：

王安石（内心独白）："雱儿，爹没有教好你，爹只欣赏你的才华，没好好教你做人。是爹害了你——唉！"

两行浊泪从王安石的脸上流下来。

15

古柏欹斜、苍松参天、山泉环绕的定林寺。

大雄宝殿门口的香炉上，香烟缭绕。

王安石和俞秀老各自在香炉上敬了一炷香，然后次第走进大雄宝殿，在佛祖的金像前三鞠躬。

这时一个皓首银须的和尚走了过来，双手作揖道："阿弥陀佛！”

俞秀老向和尚作揖道：“长老，久违了。”

长老：“俞施主别来无恙？这位是……”

俞秀老：“我的好友王介甫。”

长老：“哦，王施主高居庙堂，深受儒学熏染，为何也到这古刹空门来？”

王安石：“长老，在下以为，儒、释、道三教是我华夏文化的三大河流，它们有相通之处，不应只尊儒术，贬低佛老。”

长老：“哦？何以见得？”

王安石：“佛老之徒，多宽厚平和，不计较什么；他们清静无为，不刻意追求什么。其宽厚平和，有些像儒家的仁，而不刻意追求什么，有些像儒家的义。”

长老：“善哉，善哉！贫僧还是第一次听到如此言语。”

王安石：“在下平时也喜欢研读佛经，早就想来贵寺求教，无奈俗务缠身。如今赋闲在家，求教之心更切，如蒙不弃，倍感荣幸。”

长老：“不敢当。佛经浩如烟海，贫僧所学不过沧海一粟。王施主有兴趣，古刹可备一书斋供你研习。”

王安石作揖：“多谢长老！”

长老回礼：“阿弥陀佛！”

16

紫宸殿，三十出头的宋神宗英气勃勃，坐在御座上，面对着满朝文武说：“自熙宁二年变法以来，我朝变法取得的成果有目共睹，因此变法的大方向不能变，至于争议较大的青苗法、免役法、市易法，在具体操作上可做调整，宗旨是减轻百姓负担。”

王珪、吴充引领百官一齐下跪，高呼：“吾皇英明，吾皇万岁万万岁！”

宋神宗：“各位卿家平身。”

百官起身：“谢陛下！”

宋神宗：“今后，三司条例司合并到司农寺，变法事宜由司农寺负责操办。”

司农寺长官叶康直：“臣遵旨！”

宋神宗：“今后，凡涉及变法的大事，须先启奏，再行榷议。”

王珪：“陛下明察，这样可以减少纷扰，坚定民心。”

宋神宗：“吕嘉问——”

吕嘉问上前磕头：“臣在。”

宋神宗：“从今天起，你由市务易长官改判江宁府。”

吕嘉问：“谢陛下。吾皇万万万岁！臣斗胆问一句，介甫公以宰相的官阶判江宁府才几个月，为何又让我去接替他？”

宋神宗：“王安石反复请辞，他说自己教子不严，无脸面做江宁的父母官。你也知道他的倔脾气，你去了那里，就代朕好好安抚他。”

吕嘉问：“臣遵旨！”

17

江宁，半山园，王安石在书房增删《字说》。

镜头摇出回忆：

汴京，王府夜宴，一家人谈文论字的快乐情景。

管蠡敲门。

王安石："进来。"

管蠡（走了进来）："老爷，吕大人来了。"

王安石："请进。"

吕嘉问（进来）："介甫公，你好！"

王安石："望之，久违了，别来无恙？"

吕嘉问："还好——介甫公又在研究学问了？"

王安石："我一直觉得我们祖先造的文字实在太有意思了，以前断断续续写的《字说》，我想现在好好整理一下。"

吕嘉问："要得要得。"

这时，吴琼也走了进来："他呀，除了偶尔骑头毛驴出去走走外，都在读读写写的。有时在家，有时在定林寺——都成半个和尚了。"

吕嘉问："哎，妙就妙在这'半'字，说明介甫公是以出世的胸怀来做入世的事情，视功名利禄如浮云。先生把新居起名为'半山园'，也有此意吧？"

吴琼："你太抬举他了吧，他是说此地离江宁城七里，离蒋山也七里，从江宁城到蒋山走到此处刚好一半，所以叫半山园。"

吕嘉问："不，不，此中有真意，欲辩已忘言。"

三人不禁哈哈大笑起来。

18

江宁郊区的山野间，王安石和吕嘉问骑着毛驴在小路上走。

吕嘉问："介甫公，你走以后，新法还在继续施行，皇上变法的决心是坚定的。”

王安石：“这样我就放心了。”

吕嘉问：“不过……”

王安石：“不过什么？”

吕嘉问：“原来领导变法的骨干大都离开了朝廷，外调地方任职了。”

王安石：“世事沧桑，这些就不必计较太多了。我们的朝臣到地方为官，把地方的变法搞好了，也就帮了朝廷的大忙。只是王韶人才难得，不能在枢密院运筹帷幄，实在可惜。”

19

鄂州城楼，王韶和僚属登高远望西北方，莽莽苍苍的山河。

王韶（心情沉重）：“眼下，王相公被贬了，章惇外调了，吕嘉问走了，主张变法的人都离开了朝廷。”

一僚属：“王大人，皇上重用王珪、冯京，听说变法的大局不会变。”

王韶：“西北边陲一旦有事怎么办？王珪、冯京应付得了吗？”

一僚属：“皇上哪用他们应付，皇上觉得自己什么都可谋划好，他们只是奉命行事就是了。君不闻王珪被戏称为‘三旨宰相’，他就会取圣旨，领圣旨，得圣旨。”

王韶：“哈哈哈……官场总喜欢没棱没角的人。”

20

元丰二年（1079），湖州衙门口，载着苏轼一家的马车停了下来，几个官员在门口迎接。

苏轼微笑着从马车上下来。

几个官员上前作揖道："苏大人好！"

苏轼作揖回礼："各位好！"

其中一官员："苏大人，一路辛苦了！这几年你从杭州到徐州，所治州郡，无不留下美名。如今又主政湖州，实乃湖州之荣幸。"

苏轼："过奖了。在下不识时务，说话直来直去，喜欢听的人很多，得罪的人也不少，所以在下的窝挪来挪去的，以后还希望各位多多包涵！"

他们说话时，几个小吏把家眷引进府邸，把行李搬进府邸。

21

书房里，苏轼在伏案书写。

苏轼的妻子王闰之进来。

王闰之："夫君，吃午饭了，你又在忙什么？"

苏轼："写一篇《谢上表》给皇上。从徐州徙知湖州，按惯例，我总得向皇上谢恩啊。"

《谢上表》的特写镜头：

知其生不逢时，难以追陪新进；察其老不生事，或可牧养小民。

22

汴京，庄严肃穆的禁宫，紫宸殿。

李舜举站在皇上的御案前。

宋神宗：“朕也累了，李舜举，你念念那些奏表吧。”

李舜举：“好吧，这是苏轼的谢上表，”他念道，“臣荷先帝之误恩，擢置三馆。蒙陛下之过听，付以两州……此盖伏遇皇帝陛下，天覆群生，海涵万族。用人不求其备，嘉善而矜不能。知其愚不适时，难以追陪新进；察其老不生事，或能牧养小民……”

宋神宗：“别念了，这苏轼，对变法有成见，总是话中带刺。”

李舜举：“苏轼诗文里，还有更刻薄的话哩。”

宋神宗：“哦？拿来看看。”

第十七集　营救苏轼

1

紫宸殿早朝会，百官列队殿中，御史中丞李定，监察御史里行何正臣、舒亶，皆在其间。

宋神宗：“自变法以来，我大宋发生了翻天覆地的变化，如今国库充盈，百姓乐业，军队雄武，平定了荆湖之乱，收复了河湟之地，事实证明，变法的路子是走对了。”

何正臣：“陛下英明。可是如此巨大的成就，就有人视而不见，反而攻击变法。”

宋神宗：“谁？”

何正臣：“苏轼。”

宋神宗：“你有何证据？”

何正臣（从袖中抽出一本书呈上）：“这是苏轼叫人刻印的《元丰续添苏子瞻学士钱塘集》，里面有大量的妄自尊大、愚弄朝廷的诗句。”

李舜举把书接过来，奉给宋神宗。

宋神宗打开书本，越看越生气。

舒亶：“陛下，臣也要弹劾苏轼。”他双手呈上苏轼的四本诗集，“苏轼用诗词诽谤新法，愚弄皇上。”

李舜举接过书本，奉给宋神宗。

吴充："陛下，舒亶弹劾苏轼，说诗集里有诽谤新法、愚弄皇上的诗句，可否请他列举出来，让大家分辨分辨，也好以理服人。"

宋神宗："准奏。舒亶，你举几个例子吧。"

舒亶："好！卑职就略举一二。陛下要兴修水利，发展生产，强国富民，苏轼讽之为'东海若知明主意，应教斥卤变桑田'，此诗见《八月十五日看潮五绝》之四；陛下为行新法，令百官认真学习律法文书，苏轼笑之为'读书万卷不读律，致君尧舜知无术'，此诗见《戏子由》；陛下为增加国库收入和保障食盐安全，对食盐实行专卖制，苏轼谤之为'岂是闻韶解忘味，迩来三月食无盐'，此诗见《山村五绝》之三；陛下为了赈济贫乏，低息贷钱于民，苏轼讥之为……"

宋神宗脸色铁青："够了！李定——"

李定："臣在。"

宋神宗："火速派人去湖州捉拿苏轼！"

李定（幸灾乐祸地）："臣遵旨！"

李定（内心独白）："好哇，苏轼！当年你硬要说我不孝，今天报应到了吧？"

2

湖州衙门的一间偏房，苏轼正伏案审阅一个卷宗。

湖州街市，舒亶骑着马领着五个全副武装的狱吏直扑湖州衙门，路人惊恐。

湖州衙门门子向苏轼报告："苏大人，钦差大臣到。"

没等苏轼整好衣冠，舒亶一行已拥进大堂。苏轼和几个僚属非常诧异。

舒亶瞪着苏轼说："苏轼，皇上有旨！"

苏轼下跪："卑职接旨。"

舒亶拿出圣旨念道："敕：大胆苏轼，多年来，舞文弄墨，含沙射影，诽谤变法，蛊惑人心，罪不可赦，即刻押解进京，以候审理。"

苏轼："谢万岁！不过，苏某斗胆问一句，诗歌创作是我个人的私事，我手写我心，何以要治我的罪？"

舒亶："你的诗已被驸马爷刊印成集，在士林中广为流传，成为旧党诽谤新法的工具，流毒甚广。"

苏轼："自古以来，诗歌就有'兴、观、群、怨'的传统，有美刺之说，非我苏某所创。历史上可没有因诗治罪的先例。"

舒亶："苏轼，今天我是来执行公务的，不是来和你论理的，到了京城，你去接受皇上的质询和御史台的审问吧！"

3

御史台牢房，苏轼戴着枷坐在铺着稻草的地面上，蓬头垢脸，形容憔悴。

苏迈坐在旁边安慰父亲："爹，你要想开点，我和叔叔正想办法营救你。御史台那些官员恐吓你的话，不一定能代表皇上的看法。"

苏轼："迈儿，为父不怕他们恐吓，怕的是皇上偏信小人。唉，'天有不测风云，人有旦夕祸福'，也只好听天由命了。"

栅栏外，狱吏来催："苏迈，探监时间到点了，快走吧。"

苏迈："我这就走。"他站起来说，"爹，多保重！我和叔叔一定能把你救出去，你要挺住！”

4

半山园，客厅，王安石与吕嘉问在交谈。

吕嘉问：“荆公，今日听说皇上下旨把苏轼关了起来。”

王安石（吃惊）：“什么？苏轼被抓了起来？”

吕嘉问：“是啊，《邸报》上也登了，听说还要处以极刑。”说着从袖子里取出《邸报》递给王安石。

王安石：“这是为什么？”

吕嘉问：“说他反对变法，诽谤朝廷。”

王安石：“体现在哪里？”

吕嘉问：“在他的诗文里。”

王安石：“苏轼对新法是有成见，但文人写点东西揶揄时政，也没什么大不了的，何至于遭极刑？”

吕嘉问：“你也知道，反对变法的人经常以种种手段破坏变法，我看圣上是为了杀一儆百。”

王安石：“不对路，宋太祖开国之初就立下一条规矩，不许以言罪人。”

吴琼（上来斟茶）：“当年夫君在朝主持变法时，苏轼对你也有不少非议，你还护着他。”

王安石：“夫人，我们不能只计较个人的恩怨，要从国家大局着眼看问题。大宋决不能被搞得万马齐喑，死气沉沉。”

5

洛阳，司马光独乐园。

富弼和司马光在观赏鲜花。

富弼："想不到苏轼这案子牵连这么广，连你也被罚了两个月的俸禄。"

司马光："子瞻恃才傲物，口无遮拦，与王安石政见不同，有今日之下场，自然之理。"

富弼："听说很多人进言营救他。"

司马光："意料中的事，谁叫他苏轼是个才子呢？"

富弼："君实有没有上书求情？"

司马光："我求情有用吗？我都泥菩萨过河——自身难保。"

富弼："君实，其实皇上还是很看重你的。"

司马光摇摇头，淡淡一笑。

6

半山园，客厅，王安石与吕嘉问、吴琼在交谈。

吕嘉问："荆公，如果你上书营救苏轼，惹得皇上不高兴了，以前给你的封号、俸禄恐怕也保不住。"

王安石："我只想朝廷对子瞻有一个公平的处置，文字狱可不是个好东西，其他的我不想那么多。"

吴琼："夫君，安国被贬你不吭一声，雱儿的事你也不向皇上请求宽恕，苏轼惹了祸你倒要挺身而出，他给了你什么好处？要换了别人不拍手称快才怪呢！再说，皇上推行新法的意志那么坚定，你却护着反对变法的人，皇上会怎么想，万一龙颜大怒，你的晚年怎么过？我看全家人都要跟着你受苦！”

王安石：“好了，好了！没想到你说话还蛮啰唆的，要行动总是有风险的。如果能换苏轼不死，就算贬我到穷乡僻壤，餐餐啃番薯芋头也值！”

7

牢房，苏轼戴着枷走来走去，思考着什么。

苏轼的大儿子苏迈提着送饭的竹筒走了进来。

苏迈：“爹，吃饭吧。”

苏轼：“嗯。迈儿，外面听到什么风声没有？”

苏迈：“没有，叔叔在想办法营救你。”

苏轼：“哎，为父的没给你们带来荣华富贵，净给你们添乱。”

苏迈：“爹，别老自责。作为文人士大夫，关心民生，感怀时事，有情绪宣泄于诗文中，那也是很自然的事。只是有些人看不惯你，小题大做而已。其实，这于朝政又有何影响呢？”

苏轼：“要是皇上能这么看就好啰——儿啊，这里说话不大方便，以后情况没什么变化的话，你就送肉和菜。万一有不测，你就送鱼来，好让我有精神准备。”

苏迈:“好的，爹，你别往坏处想。”

8

汴京，永利客栈的一个房间，苏迈对朋友袁生说：“袁兄，我今天有点事要出去一下，你能不能帮我买菜做饭，送到御史台牢房我爹那里？”

袁生：“没问题，我会做好吃的送去。有机会给苏学士送饭是我的荣幸。”

苏迈作揖：“那就拜托了。”

袁生：“不客气。”

9

王珪官邸，客厅。

苏辙向王珪下拜：“王相公，家兄如今身陷囹圄，凶多吉少，你能否帮他求求情，希望皇上网开一面，饶他一命。”

王珪：“贤侄，不瞒你说，这个忙我还真帮不了。皇上励精图治，想振兴大宋，新政的效果明显，你们偏偏不支持。王安石在位时，你们发发议论可以，皇上会认为你们针对王安石，现在王安石不做宰相了，皇上一人担起了变法的大任，你们还不知趣，指手画脚，说三道四，皇上会怎么看！与其叫我帮，还不如你直接求皇上下诏，免你哥死罪。”

苏辙满脸失望：“我请求有用吗？！”

王珪（不冷不热地）：“试试运气吧。”

10

袁生把一条煎好的鱼放进竹制饭筒里，然后用另一个竹筒盛了两碗米饭。

袁生把两个竹筒放进篮子里，自言自语：“苏学士，我今天把鱼煎得香香的，给你打打牙祭。”

袁生在通往御史台监狱的路上大步流星地走着。

11

御史台监狱门口。

狱吏在盘查袁生："你给谁送饭？"

袁生："苏学士。"

狱吏："你是他什么人？"

袁生："公子的朋友。"

狱吏："为什么他儿子不来？"

袁生："家里有事。"

狱吏："好了，饭你就放在进门的桌子上，我们会送进去的。"

袁生："我想见见苏学士。"

狱吏："陌生人，不可以的。"

12

苏轼坐在牢房的地面上。

狱吏："苏轼，你的饭菜送过来了，快拿去吃。"

苏轼站起身来接过篮子，把它放在矮凳子上，转身问狱吏："长官，我儿子呢？"

狱吏："没来。"

苏轼："吃饭固然重要，但我更想见见我的迈儿。"

狱吏锁上铁栅门，没理会苏轼。

苏轼盘腿坐在地上，把竹筒盖揭开，只见里面是白米饭，他闻一闻，说道："好香的米饭！"遂用筷子夹了一小团进嘴里。他一边咀嚼，一边打开另一个竹筒。

特写镜头：

一条煎好的鲮鱼；苏轼惊诧、痛苦的表情。

苏轼站起来，在牢房里徘徊。

沉重的音乐响起。

苏轼愁眉紧锁，一脸绝望。

苏轼（内心独白）："我命已绝矣，怪不得迈儿不进来，他怕看到我绝望的表情。"

苏轼回忆往事，镜头摇出：

苏轼家乡，人们舞龙舞狮庆贺他高中进士。年轻英俊的苏轼，一副春风得意的样子。

紫宸殿，宋仁宗钦点面试，苏轼对答如流。

福宁殿，宋仁宗对曹皇后说："苏轼有宰相之才，日后子孙有他辅弼，我就放心了。"

曹皇后点点头："皇上慧眼识英才。"

镜头拉回现在：

苏轼（独白）："仁宗先帝，苏轼无缘辅弼你的子孙，不才快要和你黄泉下相见了……"

说着说着，他泪如泉涌。

13

苏轼挥笔在矮凳的宣纸上书写道：

狱中寄子由（二首）

其一

圣主如天万物春，小臣愚暗自亡身。
百年未满先偿债，十口无归更累人。
是处青山可埋骨，他年夜雨独伤神。
与君世世为兄弟，更结来生未了因。

其二

柏台霜气夜凄凄，风动琅珰月向低。
梦绕云山心似鹿，魂飞汤火命如鸡。
眼中犀角真吾子，身后牛衣愧老妻。
百岁神游定何处，桐乡知葬浙江西。

14

河南府衙门。

苏辙捧着哥哥的绝命书，泪如泉涌。

15

紫宸殿，苏辙向神宗皇帝叩头求饶："皇上，微臣深知家兄戏谑了新政，冒犯了龙颜，罪该万死。然手足之情相连，臣愿削职为民，赎家兄一条性命，万望陛下恩允！"

宋神宗怒气冲冲："你哥的罪责用不着你来担当，你也担当不起！我大宋人才济济，有你多不到哪里去，没你也少不到哪里去。"

苏辙（绝望地叩头）：“微臣知罪。”

16

江宁，半山园，吕嘉问和王安石在交谈。

吕嘉问：“听说送饭的送了一条鱼去，苏轼以为皇上马上要处死他，还吟了两首绝命诗呢。”

王安石：“哦？看来，苏轼的处境都是蛮危险的，我得写奏表给皇上。”

17

半山园，书房里，王安石在挥笔疾书：

臣某言：陛下宵衣旰食，励精图治，乃有方今之盛世。盛世者，非特国库充盈，兵强马壮，艺文亦繁荣璀璨，人之精神也活泼洒脱。今苏轼与新政有龃龉，情感偶宣泄与诗文中，如陛下听信偏激之辞，将其做儆猴之鸡，窃以为不妥。圣祖有训，大宋不以言杀士，安有圣世而杀才士之理？望陛下三思，臣无任。

特写镜头：

安有圣世而杀才士之理？望陛下三思！

18

福宁殿，宋神宗在踱步。

向皇后："陛下，这几天宫里宫外都在议论苏轼下狱这件事。"

宋神宗："说什么来着？"

向皇后："反对的意见居多。"

宋神宗："意料中的事。朕要变法，要振兴大宋，反对的意见甚嚣尘上，如果都听他们的，我大宋就没有今天的富强。现在我就是要告诉他们，谁要做绊脚石，谁就没有好下场。"

李舜举（上前禀报）："陛下——"

宋神宗："说。"

李舜举："章惇有奏本。"

宋神宗："念。"

李舜举："臣某言，苏轼虽对变法有非议，然其言论只散见于诗文之中，并非以文告形式发表于市井，影响有限。仁宗当年得苏轼，如获至宝，说要留给子孙做宰相。如今陛下要将他处死，恐怕后人会骂……"

宋神宗："骂什么？"

李舜举："骂陛下是秦始皇。"

宋神宗："这个章惇，苏轼是他的同年，他是念及私情来为他辩护的。杀无赦！"

19

汴京街道，苏迈来到一家豪宅门口，叩着朱红的大门，大门咿呀一声打开了。

门子问道："你是谁？"

苏迈："我是苏轼儿子苏……"话没说完，门子便把大门关上了。

苏迈没有气馁，他皱了皱眉头，继续沿着大街走。

又到了一家豪华府第门口，他叩响了门，管家打开门一看："哦，是苏公子，我家大人不在家，恕不接待。"

苏迈摇摇头，叹了口气。他沿着大街继续走，又到了一个官宦之家门口。

他停下脚步，看了看朱红的大门，匾额上写着"王珪府邸"四个大字。

苏迈犹豫好久，正要敲门，身后传来一声大喝："你谁呀！"

苏迈回头看，只见街边停下一顶大轿，两位侍从伺候宰相王珪从轿里走出来。

苏迈忙上前下跪叩头："王大人，我是苏轼儿子苏迈，求求大人救救家父，听说皇上要处他以极刑。"

王珪板着脸孔："我不认识你，听你口音也不是纯正的蜀地口音。"

苏迈："我从小随父亲宦游各地，家乡话讲得不那么地道。"

王珪摇摇头。

一侍从："你滚开！"

另一侍从搀着王珪绕开苏迈直入已打开的大门。

大门嘭的一声关上了。

苏迈站起来，表情颓唐而无奈。

苏迈（画外音）："春风得意多兄弟，急难何曾见一人！"

20

半山园门口，王安石将奏表交给邮差："递夫，此书要以八百里加急送给皇上。"

邮差："王荆公请放心，我一定照办。"

邮差把信件放进褡裢，策马向前，马蹄踢踏扬起一路黄尘。

21

福宁殿，宋神宗坐在御案前批阅奏章。

李舜举："陛下，王安石有奏本。"

宋神宗："哦，他离开朝廷两年了，从未向朕进言，如今是为何而来？"

李舜举："不知道。"他恭恭敬敬地递上奏本。

宋神宗（撕开信封口，展开一看，大吃一惊）："王安石也要替苏轼求情？你这是何苦呢？"神宗站起来，在殿里踱来踱去。李定、何正臣、舒亶、邓绾等人进谏除掉苏轼的情景又浮现在他眼前。

宋神宗自言自语："难道苏轼真的杀不得？"

余安："杀不得，杀了不好向世人交代。"

宋神宗："我是痛快的事一件都做不得。"

李舜举："皇上千万不能逞一时之愤而铸成大错啊！"

宋神宗："看来，王安石说的是对的，杀了苏轼，朕是自己贬低自己。"

余安："对呀，别让苏轼的血玷污了陛下的龙袍。"

宋神宗："王安石，高风亮节无人可比！三年前，他弟弟遭吕惠卿排挤放归江宁，他没上表求情；两年前，他儿子弄权舞弊获罪，他也没上表求情。如今，曾反对他变法的政敌命悬一线，他却不计前嫌，挺身相救，这是何等的胸怀啊！"

22

御史台监狱。

狱吏走到苏轼牢房前。

狱吏："苏轼，你可以出去了。"

苏轼（疑惑地）："长官，你什么意思？"

狱吏："你可以回家了。"说着拿着钥匙去打开他的枷锁。

苏轼（半信半疑）："真的吗？皇上不是说要处我极刑吗？"

狱吏："不杀了，听说是王大人劝皇上不要杀你。"

苏轼："王大人，是王安石吗？"

狱吏："这我就不知道了。"

苏轼走出牢房，大儿子苏迈和弟弟苏辙一起迎了上来。

苏迈："爹爹！"

苏辙："哥哥！"

三人相拥在一起，热泪盈眶。

23

紫宸殿早朝会，文武百官列队站立。宋神宗坐在御座上，余安、李舜举分别站在两边。

宋神宗向李舜举使眼色。

李舜举（心领神会地）："宣苏轼进殿。"

内侍："宣苏轼进殿。"

苏轼在两个太监的陪同下，穿过大臣们站立时留出的通道，来到宋神宗面前，神色平静。

宋神宗："苏轼。"

苏轼：“下官在。”

宋神宗：“你知罪吗？”

苏轼：“微臣有罪。”

宋神宗：“朕今天看在王安石为你求情的分上，放你一马。”

苏轼：“介甫公也在营救我？”

宋神宗：“看看人家的胸怀吧。为了变法的事，你没少诋毁他。今天，为了你的事，他却向朕求情了。”

苏轼：“谢皇上隆恩。”

宋神宗：“不，要谢你就谢王安石！换了任何一个人，恐怕都做不到。”

苏轼：“苏轼明白。”

宋神宗：“现在既然出狱了，你就到黄州去做团练副使吧。对于新政，希望你从实际出发去评判，忌迂阔，忌意气用事。”

苏轼下跪叩头：“谢皇上！吾皇万岁万万岁！”

24

黄州，长江边，乱石穿空，惊涛拍岸。

苏轼拄着拐杖，目眺东方，水天茫茫。

苏轼一边漫步，一边自语：“介甫公，也许我太偏执了，对不起。”

25

半山园，吕嘉问与王安石在品茶。

吕嘉问：“介甫公，《邸报》上说苏轼出狱了，被贬为黄州团练副使。”

王安石：“子瞻，千年一遇的才子，可惜思想迂阔，有时也意气用事……我真想和他好好谈谈，无奈他住长江头，我住长江尾。”

吴琼：“还好，共饮一江水嘛。”

三人哈哈大笑。

第十八集　雄心勃勃

1

紫宸殿早朝会。

宋神宗端坐在御案前，李舜举、余安在旁边侍候着，旁边还站着六位女官。

文武百官列队殿中。王珪、冯京、吴充、吕公著等在其中。

宋神宗：“各位卿家，今天有什么进奏的吗？”

王珪手持奏报上前：“陛下，东府昨晚收到种谔将军从西北送来的奏报！”

宋神宗：“哦？呈上来给朕看看。”

王珪上前一步，李舜举接过奏报，双手呈给皇上。

宋神宗对李舜举说：“李公公拆开念吧！”

李舜举：“诺！”他念道，“方今西夏宫斗激烈，梁太后已将夏惠宗软禁起来了……”

2

西夏王宫，梁太后坐在御座上。

梁乙埋和群臣列队朝堂。

梁太后：“各位卿家，皇上年幼无知，权力欲却极强，哀家觉得他还要再历练几年，才能担当大任。”

一大臣：“太后，皇上已经成年，该把权力交给他了。现在把他软禁在木寨里，国人会怎么看？”

另一个大臣：“太后，万万不可把皇上软禁起来，宋、辽对我夏国虎视眈眈，示内讧于人，就怕招来横祸。”

梁太后（满脸不高兴）：“放肆！”

3

贺兰山上的一个木寨，周围有士兵把守。

夏惠宗在木寨里时而踱来踱去，时而仰天长啸。

夏惠宗自言自语：“母后，你把我关在这里，是不是要效法唐朝的武则天？”

4

紫宸殿。

宋神宗（面对群臣）：“自从元昊僭称皇帝以来，西夏兵屡屡进犯我西北边境，烧杀抢掠，无恶不作。为了集中兵力对付它，我们还忍痛割让了东北七百里给辽国。如今，西夏内讧，人心不齐，正是我征讨西夏，统一西北的大好时机。”他展开地图继续说，“河西走廊这些地方，二百多年前，都是唐朝管辖的，后来被党项人蚕食掉了。尔后，李元昊胆大包天，分裂山河，祸害生民，现在，这出闹剧该收场了！”

孙固：“陛下，常言道‘出兵容易收兵难’，对外用兵，要慎之又慎哪！”

宋神宗："熙宁年间，我们发动河熙战役，恩威并施，不是已经取得辉煌的战果了吗？"

王珪："皇上所言极是，党项人忘恩负义，总有报应。现在是天赐良机，是我大宋统一西北的时候了。"

宋神宗："冯京、吕公著。"

冯京、吕公著异口同声："臣在。"

宋神宗："你们枢密院赶紧拿出一个作战方案来！"

冯京、吕公著："臣遵旨。"

5

半山园，王安石和吕嘉问在交谈。

王安石："熙宁年间对吐蕃用兵，我们有智勇双全的王韶挂帅，如今，我们对西夏用兵，谁能做总指挥？用人可是个大问题啊。"

吕嘉问："是啊，如今皇上身边已无王韶这样的帅才了！"

6

鄂州，王韶府邸。

王韶卧病在床，其夫人坐在旁边侍候药汤，这时一个幕僚捎来一份《邸报》。

他说："王大人，你看朝廷下决心收复西夏了！"

王韶："是吗？扶我起来。"他稍微动一动就咳个不停。

王夫人："夫君就别操心了，你都病成这样了。"

王夫人缓缓地将王韶扶起，只见他形容憔悴。

王韶："拿地图来。"

7

半山园，客厅，王安石展开地图，仔细察看。

吕嘉问坐在旁边。

吕嘉问："听说皇上这次要倾全国之力，调集五路大军，一举拿下西夏，一统西北。"

王安石："不知各路大军的主将是谁？"

吕嘉问："熙河路兵团李宪，环庆路兵团高遵裕，泾原路兵团刘昌祚，鄜延路兵团种谔，河东路兵团王中正，其中刘昌祚归高遵裕节制，种谔归王中正节制。"

王安石："依目前的国力是可以战胜西夏的。关键是用人，谁来做主帅？"

吕嘉问："听说是李宪。"

王安石："李宪？李宪毕竟是宦官，当年在熙河战役中只做过监军……为什么不用王韶？！"

吕嘉问："朝廷的事你也知道，很复杂。"

王安石："唉，两个宦官、一个外戚执掌最高指挥权。"

吕嘉问："皇上最在行的就是制衡，他怕带兵的将领谋反。"

王安石摇摇头："打仗靠谋略取胜，三十五万大军，没有一个帅才来指挥，如何能赢？不行不行，我必须上奏朝廷。"

8

书房，王安石在奋笔疾书。

9

福宁殿，宋神宗在看奏章。

王安石（画外音）：“陛下，千军易得，一将难求。王韶当年指挥我大宋三军，横扫西北，收复河湟，足见其卓越的军事才能。微臣切盼陛下捐弃前嫌，不拘一格重用贤才，以确保对西夏作战的胜利。”

宋神宗：“李舜举，王韶的情况如何？”

李舜举；“听说他心情郁闷，身体多病。不过……”

宋神宗：“不过什么？”

李舜举：“陛下如能重用他，或许他的病会好。”

宋神宗：“他这个人就是牢骚多，居功自傲……朕觉得李宪还是蛮不错的。”

李舜举见皇上如此说，就不再开口。

10

宝慈殿，高太后坐在贵妃椅上，宋神宗进来请安。

宋神宗弯腰作揖：“皇儿恭请母后早安！”

高太后：“谢皇儿。听说朝廷要任命高遵裕为进攻灵州的总指挥，节制环庆军、泾原军，是吗？”

宋神宗：“是的，母后，怎么啦？”

高太后：“高遵裕是哀家的叔父，哀家太了解他了。”

宋神宗：“他老人家镇守西北边陲，屡有战功，难道不可以担任中路军的总指挥吗？举贤不避亲嘛。”

高太后："他为人逞强好胜，容不得别人超过他，倘若在战场上嫉贤妒能，指挥失当，岂不酿成大祸吗？"

宋神宗："唉，母后，我身为皇帝，却一件痛快事都做不得，一个决定出来，不是张三反对，就是李四劝阻……叔外公英勇善战，屡有军功，用他也是颇有胜算的。再说，他们几路大军最终都是归我节制调度的。"

高太后："兵法云，'兵者，国之大事，死生之地，存亡之道，不可不察也'。"

宋神宗："孩儿明白。孩儿掌管这个国家也不是一天两天的事了，就让我做一回主吧！"

旁白：宋神宗胸有成竹，觉得自己也能像王安石那样运筹帷幄，决胜千里之外。

11

紫宸殿，李宪、高遵裕、刘昌祚、种谔、王中正等将领站在朝堂听候命令。宋神宗展开地图，胸有成竹地说："各位将领，我大宋和西夏决战的时候到了，各位建功立业的机会来了。这一仗打赢了，统一大西北就毫无悬念了。各位要听从朕的指挥，听指挥立功者重奖；不服从命令的，连坐全家。"

众将领听说连坐全家，精神为之紧张。

宋神宗接着说："我们这样来安排进攻……"

12

镜头拉出苍凉的远景：绵延起伏的黄土高原。

字幕：元丰四年初秋。

镜头继续往前推：山坡上寸草不长，山岩裸露，砾石满坡。山坡下，大夏河边，李宪身着主帅戎装，骑着高头大马，领着熙河路兵团将士直奔兰州。路上马蹄嗒嗒，尘灰飞扬；旌旗猎猎，有的上面绣着“宋”字，有的绣着“李”字。

兰州城下，宋军士兵从四面架云梯攻城，箭矢如雨，杀声震天。

城门口两组宋军士兵抱起粗大的树干轮流撞击城门。

不一会儿，城门被撞开，宋军士兵潮水般涌进兰州城。

西夏守军与宋军在城墙上、街道上进行肉搏战。

兰州城头插上了宋军的旗帜。

13

福宁殿，深夜，宋神宗坐在御案前批阅奏报。

李舜举拿着战报进来说：“启奏陛下，西路军有消息。”

宋神宗：“哦，情况怎么样？”

李舜举：“熙河路兵团在李宪的率领下一路东进，势如破竹，斩杀西夏骑兵两千多人，现已占领兰州，吸引了敌人的主力西进。”

宋神宗激动地一拍桌子：“太好了！我们的战略意图实现了。传我的命令，东路军种谔部可以发动进攻了。”

14

米脂，山谷两边的高坡上，埋伏着种谔的部队。

西夏骑兵从山谷穿过，当他们进入预定的包围圈后，山上冲下来的士兵挡住了西夏兵进退的出路，弓箭从四面八方飞向西夏兵，西夏兵倒下一大半。

随即，宋军如猛虎下山，挥着手中武器，向溃散的敌军冲去，一阵厮杀……

15

江宁，半山园，王安石正和湖阴先生（杨德逢）喝茶聊天。

家童送来《邸报》：“老爷，有好消息。”

王安石接过《邸报》。

标题特写：种谔率部攻占米脂城。

王安石：“太好了！种谔是一员猛将。”他指着报纸上的文字对湖阴先生说，“你看，种谔在米脂附近的山谷大败西夏梁永能的骑兵，俘获西夏枢密院七名将领，杀敌八千多，米脂城已被我控制。”

杨德逢：“西路军、东路军都捷报频传，还有中路大军进展如何呢？他们打得顺手吗？”

王安石：“是啊，高遵裕、刘昌祚、王中正他们如果也能像这两路人马那样，收复西北也就不成问题了。”

16

大内，枢密院，宋神宗正和王珪、吴充、冯京、吕公著等几个官员在察看地图。

宋神宗：“冯京，速传朕的命令，中路军三路大军迅速挺进灵州，不惜一切代价拿下灵州城。”

冯京：“诺！”

17

泾原通往灵州的路上，刘昌祚快马加鞭，带领官兵疾速行进。

军旗在秋风中飘扬，有的旌旗上绣着“宋”字，有的绣着“刘”字。

环县通往灵州的路上，高遵裕带领环庆军不紧不慢地行军。

军旗在秋风中飘扬，有的旌旗上绣着“宋”字，有的绣着“高”字。

18

浊浪排空的黄河。

岸边，矗立着一座古城，城墙又高又厚，城门上镌刻着“灵州”两个苍劲的大字。

灵州城外，西夏军和刘昌祚率领的宋军杀得难解难分。

刘昌祚和副将分析：“从西夏兵的气势来看，高遵裕的部队还未到达预定地点。我们也管不了那么多，狭路相逢勇者胜，给我冲啊，杀啊！”

刘昌祚挥着长矛骑着战马冲向敌阵。

将士们看见主帅上阵，更加拼命厮杀。

敌人且战且退，主力退进城里，关门死守。

宋军暂且鸣金收兵。

灵州城外的中军帐里，刘昌祚和几位军官在研究作战方案。

刘昌祚："如今我东西两线作战取得节节胜利，敌人分兵应付，士气低落。现在高将军虽然没赶到，我们可先把灵州城包围起来，断他的粮草，让他军心动摇，然后攻而取之。"

将领们佩服地点点头。

19

灵州城内，主帅拓跋越在召集将领开会。

拓跋越："今天，我们和宋军交手了，虽然宋军人多，但我们有坚固的城池。等我们的援军一到，我们就要歼敌于城下。"

一将领："听说宋军还有一路人马由高遵裕带领来包围我们。"

拓跋越："不怕，只要仁多零丁将军的援军一到，就什么都好办了！"

一将领："就不知道仁多零丁将军路上顺利不顺利。"

第十九集　用人失策

1

庆兴府通往灵州的路上，仁多零丁率领一支西夏的骑兵队伍在飞奔，路上黄尘滚滚。

2

灵州城外中军帐里，刘昌祚正在察看作战地图。

一个士兵进来报告：“高大人的环庆军距吾军只有三里路了，这是高大人的信。”

刘昌祚接过信看。

高遵裕（画外音）：“刘将军，我已至灵州城东，请过来筹划战事。”

又一个士兵跑进来报告：“刘将军，前方细作探得情报，西夏将领仁多零丁正带领一支骑兵部队火速增援灵州。”

刘昌祚：“加强黄河渡口的防守，快，事不宜迟！”

刘昌祚走出帐外，一跃上马，策马向前，向东奔去。

3

环庆军的中军帐外，高遵裕正瞭望前方围城的泾原军。他跟身旁的幕僚说：“他们来得好快啊。”

一个幕僚说：“刘将军向来性子急，颇得皇上好感。高将军，这次我们两军合围灵州，攻克灵州如探囊取物耳。”

一个士兵报告:“刘将军到！”

高遵裕转过头来，只见刘昌祚从马上一跃而下，向高遵裕作揖:“高将军，末将到。”

高遵裕作揖还礼道：“刘将军，你的动作好快啊。”

刘昌祚：“高将军，不快不行哪，兵贵神速。仁多零丁的兵来增援灵州了，而且行军速度很快，我们要赶快把灵州城拿下！否则，我们就被动了。”

高遵裕：“你说得没错。这样吧，你的人马到外围去担任防守，攻打灵州城的重任就由我环庆军来承担吧。”

刘昌祚：“高将军，灵州城是西夏人的军事重镇，城防坚固，驻守的人又多，只靠贵部去攻打，恐怕一时难以拿下。仁多零丁的援军一到，我军背腹受敌，那就危险了！”

高遵裕：“刘将军，并不是我想抢头功，而是我部人多，我环庆军有九万人马，比你们多一倍。我作为主将，不能让你吃亏。你们区区五万人去打，不是以卵击石吗？”

刘昌祚：“高将军，煮菜不怕油多，打仗不嫌兵多。战况瞬息万变，兵贵神速！我们两军围攻灵州城可以速战速决。”

高遵裕：“刘将军，出发前皇上有言在先，听指挥立功者重奖，不服从命令的连坐全家。到时候不要说我不保护你啊！”

刘昌祚（无可奈何地）：“末将遵命。”

4

灵州城外，打着“刘”字旗号的泾原军撤出围城阵地。

环庆军接管了阵地，灵州城四周飘扬着“高”字军旗。

5

仁多零丁的队伍向灵州城飞奔。

他们来到城下和高遵裕率领的宋军大战，城里守军见援军到，开了城门，夹击宋军。

撕开一个口子，仁多零丁的骑兵迅速冲进城里，然后又紧闭城门。

高遵裕大怒：“给我攻城！”

几十个士兵抬起一根大木头猛烈地撞击城门，发出“砰！砰！”的声音。其他士兵竖起云梯架在城墙上往上爬。宋军用神臂弓和床子弩放箭，掩护自己人攀云梯，时有城墙上的西夏兵士被射中，但他们拼死抵抗。当宋军士兵快爬上城墙时，他们放箭反击，或推滚木礌石往下砸，宋军始终无法爬上城墙，城门也撞不开。

6

福宁殿，宋神宗躺在龙床上睡着了。

镜头化出梦境：

李宪率领西路军攻进灵州城西城门，王中正率东路军攻进灵州城东门，高遵裕率中路军攻进南城门，城墙上宋军欢声雷动，旌旗飘飘……宋军铁骑乘胜前进，兴庆府被宋军重重包围，兴庆府城头挂出白旗，梁太后、夏惠宗出城投降。

7

镜头拉回现在。

宋神宗梦醒，问李舜举：“李舜举，有没有中路军的消息？”

李舜举：“没有。”

西夏皇宫，梁太后正和朝臣们商量如何破敌。

梁太后：“各位，现在宋兵包围灵州几天了，虽说城池坚固，我们也相当危险，如不主动出击，待宋军几路大军涌过来，敌我过于悬殊，城池就难保了。灵州不保，国都难保矣！”

都罗马尾：“太后，臣有一计，可破高遵裕的环庆军。环庆军一败，其余两路，必然不敢冒进。”

梁太后：“说说看。”

8

环县通往灵州的路上，宋军的粮草车缓缓前行。

罔萌讹率领一支两百人的骑兵部队星夜从兴庆府出发。当他们遇上高遵裕部队的粮草车时，天刚麻麻亮。他们射出的火箭点燃了车上的粮草。

罔萌讹：“冲啊，杀啊！”

押送粮草的士兵被这突如其来的袭击搞得晕头转向。他们奋起抵抗，有的被烧死，有的被砍死，有的被战马冲撞受伤。

有几个士兵无心恋战，急忙向灵州方向奔去。

黄河边，朔风劲吹。西夏士兵有的在黄河筑坝拦水，有的在刨土挖水沟，引水到高遵裕军营。

高遵裕大营，高遵裕正在发愁，突然帐外传来急促的马蹄声。

高遵裕：“谁？”

侍卫：“押送粮草的军官。”

高遵裕：“怎么了？”

军官：“高将军，不好了，西夏人袭击了我们的队伍，烧掉了我们的粮草。”

高遵裕：“啊？西夏人太狡猾了。等着瞧吧，你们烧掉的，我明天要在灵州城里夺回来。”

9

黄河边，西夏兵拉开引水渠的闸门，冰凉的黄河水滚滚向北流去。

夜晚，秋风萧瑟，环庆军将士在帐中入睡了。

突然，执勤的士兵大喊：“不好了，发大水了，发大水了！”

宋营将士从梦中惊醒，乱作一团。

高遵裕：“别慌！别慌！”

这时，水位越来越高，固守在灵州城的仁多零丁率领西夏兵杀将出来，宋兵中箭无数，丢甲弃戈，四散逃亡。

刘昌祚军营。

士兵进来报告：“刘将军，大事不好，高将军部被黄河水淹，西夏人出城反攻，势如破竹。”

刘昌祚："啊！快撤！要不局面不可收拾。"

刘昌祚带领军队南撤。

拓跋越率领的骑兵冲杀过来，两军殊死搏斗。

浑浊的黄河水淹没了宋军的军营，水面上漂着弓弩、枪棒、帐篷及人马的尸体。

远方隐隐约约传来"冲啊！杀啊！"的呐喊声。

10

南撤的路上，高遵裕骑着马在几个随从的保护下，仓皇北顾，拼命南逃。

福宁殿，半夜时分，滴漏在滴答作响。向皇后已睡醒一觉，只见宋神宗还在俯身察看御案上的地图，在思考着什么。

突然，殿门"笃笃"地响了。

宋神宗："进来。"

李舜举走了进来，双手奉上一个信封："陛下，中路军战报。"

宋神宗忙拆开看："啊！怎么会这样？"他长叹一声，摇摇头，不停地敲打自己的头，在榻前走来走去。

旁白：西征战役以中路军的失败而告终，宋神宗围歼西夏主力，统一大西北的战略意图落空了。

11

半山园外，王安石拄着拐杖在散步。

这时，骑着毛驴的侄婿叶涛刚好从城里购物回来。他右脚向后一伸，从驴背上跳下来。

叶涛：“大伯，你在这里散步——不好了，听说进攻西夏的中路军贻误战机，惨遭失败，九万人只剩一万多人。东路军和西路军也不敢贸然向前，皇上的计划落空了！”

王安石（怔怔地站着）：“真的吗？你从哪听来的？”

叶涛：“吕大人说的。”

王安石：“吕嘉问说的应该就是真的了——唉，如果主帅是王韶或者种谔，这仗哪有打不赢的道理！皇上不会用人哪……”说着身体向后倾斜。

叶涛（连忙扶住王安石）：“伯父，你怎么啦？”

王安石：“我头有点晕。”

叶涛：“叔叔、婶婶快来呀，伯父身体不适。”

吴琼、王安国、管蠡三人一起跑出来。

叶涛：“叔叔，快骑我的驴去请大夫。我背伯父回去。”

王安国：“好。”

叶涛背着王安石往半山园走，吴琼接过丈夫手里的拐杖，管蠡在后面跟着。

12

卧室里，王安石躺在床上，眼睛半眯着，无精打采，大夫在一旁把脉。

大夫：“这是气急攻心，血冲脑所致，要安心静养。我开点安神养心的药给你煎来吃。”

吴琼：“他就是放不开，又不做官了，还整天挂念着朝廷的事。”

王安国："哥，你就不要去牵挂朝廷的事了，天塌下来，有皇上顶着。"

王安石摇摇头，眼泪在眼眶里打转。

13

紫宸殿，宋神宗坐在御案前，一脸怒气。

文武百官列队，王珪、冯京、刘昌祚、种谔、李宪、徐禧、高遵裕也在其中。

宋神宗："此次战役之所以失败，完全是因为中路军贻误战机。高遵裕你知罪吗？"

高遵裕急忙下跪："陛下，臣知罪，请赐臣死！"

宋神宗："你就是死一百次也抵偿不了此战的损失！"

王珪："陛下，能否看在当年高将军破西夏军于野人关的分上，饶将军一命。"

宋神宗："来人哪！"

几个太监立刻出现在高遵裕身旁。

宋神宗："把高遵裕的主帅兜鍪摘下来。"

李舜举把系在高遵裕项上兜鍪的带子一扯，摘下兜鍪。

宋神宗："把他带下去闭门思过。"

太监："诺！"

高遵裕："谢皇上不杀之恩，吾皇万岁万万岁！"

旁白："宋神宗看在高太后的分上，免高遵裕一死，贬他到郢州当团练副使。"

14

深秋时节的半山园，天朗气清。

王安石斜躺在病榻上，两颊略陷。经过几天的调养，王安石的气色好多了。

叶涛带着个十岁左右的小男孩走了进来，对王安石说：“伯父，好点了吗？”他转头对小男孩说，“叫外公。”

小男孩：“外公。”

王安石露出慈祥的笑容：“好点了——冬冬。”他摸摸侄外孙的头。

叶涛：“伯父，今天天气不错，我们出去走走如何？”

王安石：“好吧。”

半山园门口，家童牵了两头毛驴过来，王安石和叶涛各自上了毛驴。

这时，王安国也骑着一头驴过来了。

叶涛：“伯父、岳父，今儿我们去哪里溜达？”

家童：“老爷，我们去狮子山怎么样？”

王安石：“好吧。好久没登过狮子山了。”

狮子山上，草木开始发白或凋落，只有松树还郁郁葱葱。

山顶凉亭里，王安石拄着拐杖和王安国、叶涛、侄外孙、家童等一起领略江宁的景色。江天寥廓，万里无云，浩浩荡荡的长江像一匹巨幅的绸缎横在眼前，来往穿梭的白帆，是绣在绸缎上的图案；北岸的山脉重峦叠嶂，绵亘天边；回看狮子山下，街市纵横，酒旗招展。

家童：“此情此景就和老爷填的词《桂枝香》一样啊！”

王安石：“哦，你还记得我写的《桂枝香》？”

家童："记得，要不要我背给你听听？"

王安石："好，考考你的记性。"

家童："登临送目，正故国晚秋，天气初肃。千里澄江似练，翠峰如簇。归帆去棹残阳里，背西风，酒旗斜矗。彩舟云淡，星河鹭起，画图难足。

家童背了一半，侄外孙说："外公，我也会背。"

王安石："乖！试试看。"

侄外孙："念往昔，繁华竞逐，叹门外楼头，悲恨相续。千古凭高对此，谩嗟荣辱。六朝旧事随流水，但寒烟衰草凝绿。至今商女，时时犹唱，后庭遗曲。"

王安国（鼓掌）："不错不错，你们俩都好记性！"

家童："老爷，过奖了。天天听到你们吟诗诵赋，耳濡目染，我也会背几句了。"

王安石："有你的。"

叶涛："伯父，一直以来你都不忘国事，心忧天下，可这新法实施以来，也遭不少人诟病。"

王安石："阿涛，士大夫忧以天下，乐以天下，理所当然。至于说到新法遭人诟病，要看遭什么人诟病。现在不满新法的无非是王公贵族，有钱的官僚地主和商人，平民百姓大多数是拥护的。你看变法这么多年来，爆发过民变没？现在我忧虑的是，我们军事上为什么强大不起来？"

王安国："这就是宋王朝的宿命，想富国强兵，又不会用人或者说不敢用人，怎么能打胜仗？"

王安石："是啊，如果这次对夏作战，中路军能用王韶为总指挥，我看，西北都统一了。"

王安国："五路大军，有两路是宦官统领，还有一路是外戚……”

王安石喃喃自语：“两个宦官，一个外戚。两个宦官，一个外戚……皇上为什么要这样用人？”

王安国：“皇上是怕将领功高盖主，拥兵自重。”

王安石：“天晓得，天晓得——唉，王珪这宰相，怎么就一点作用都起不到？”

王安国：“王珪这个人，善于观言察色，从不忤逆皇上，人称其为‘三旨宰相’，上朝进殿只会‘取圣旨’‘领圣旨’，退朝后只会告诉禀事的人‘已得圣旨’。”

王安石：“唉，国势不振，只怕乌纱帽也难保啊。”

他的双目眺望着遥远的北方。

15

洛阳，富弼府邸。

坐北朝南的客厅，一进门便看见间厅橱窗，里面摆放着宋代官窑的瓷器作品，还有奇石、根雕、唐三彩等珍品古玩。穿过间厅橱窗，只见北面墙上挂着《秋山萧寺图》，两边墙上挂着米芾、黄庭坚、苏轼等名家的书法作品。

客厅的北边放着五张花梨木太师椅，东西两边各摆着四张太师椅，太师椅之间是檀香木茶几，富弼坐在北面的中央。他的右手边是潞国公文彦博、退休的司封郎中席汝言，左手边是退休的太常少卿王尚宫、赵丙，其余人员是退休的秘书监刘几、卫州防御冯行已、天章阁待制楚建中、司农少卿王谨言、太中大夫张问、通议大夫张焘，还有司马光。他们个个七十岁以上，皓发银须；只有司马光比较年轻，六十四岁，但头发也已花白。

富弼：“各位同僚，欢迎大家雅聚寒舍，参加文大人倡议搞的‘洛阳耆英会’。历史上有不少著名的聚会：东晋有兰亭会，于是有《兰亭序》传世；唐有白乐天与八位贤者聚会普明僧舍，时人慕之，作《九老图》传于世。今天我们也请来了画师郑先生为我们的聚会作画，大家鼓掌欢迎。”

众人鼓掌。

郑奂从后厅出来，恭恭敬敬地作揖：“各位大人、各位前辈，献丑了，请不吝赐教。”

文彦博（捋捋胡须）：“今天会上大家可吟诗作对、泼墨挥毫或出其他什么节目，这里最年轻的当数君实，那就请君实先出节目如何？”

司马光：“各位前辈，在下未及古稀，德寡才疏，本不够资格赴会，文大人非要我出席。作为地主，我请了几个乐伎，为大家助兴。如何？”

众人（鼓掌）：“好！好！”

司马光：“下面就请她们演奏柳屯田的《雨霖铃》。”

众人拍掌。

司马光向后厅招招手，五个穿着艳装的乐伎踩着碎步款款而来，最后一个，背着古筝。

家童把一个红木琴架支起来，背古筝的乐伎把琴搭在架上，熟练地弹奏起《雨霖铃》曲来，四个乐伎翩翩起舞。

舞毕，众人热烈鼓掌。

席汝言：“谢谢君实，请来这么好的乐伎，真是‘此曲只应天上有，人间哪得几回闻’，让老夫也来享享这太平盛世的快乐。”

司马光：“大家辅佐皇上治天下，殚精竭虑一辈子，现在颐养天年，是该享受享受。还有一句话在下有所保留，就是现在算不算太平盛世？”

众人：“算哪，怎么不算呢？”

司马光：“王安石变法，搞得民怨沸腾；对夏作战失利以来，皇上茶饭无心，大病了一场，辽国人又来挑衅……”

文彦博：“这都是王安石惹的祸，如果王安石不搞变法，皇上就不会对外用兵，也就不会招致这样的失败。”

富弼：“皇上刚登基时，我就劝过他，二十年内休要言兵，他不听，结果怎么样？”

16

子夜，福宁殿。

宋神宗坐在御案前，看着地图，连连叹气。他站起来，踱来踱去，自言自语：“要是王安石、王韶在朝，何至于此？”

向皇后拿来棉袍给他披上。

向皇后：“皇上，别太自责，胜败乃兵家之常事。该歇息了，要保重龙体，留得五湖明月在，何愁无处下金钩。”

紫宸殿早朝会，神宗坐在御案前，文武百官列队朝堂。王珪、吴充、蔡确、章惇、冯京、沈括、徐禧、种谔也在其中。

宋神宗：“近日李宪上书说，虽然我中路军失利，但西夏军也大伤元气。请朝廷组织兵力趁西夏国筋疲力尽之时，好好收拾他。大家以为如何？”

冯京：“陛下，臣以为不可，中路军新败，士气低落。去年三路军进攻尚未能获最后胜利，如今贸然进攻，太危险了！”

种谔：“陛下，从现在敌我双方的情况来看，可以对西夏用兵，但要讲究方式方法。”

宋神宗："种将军，具体说说看。"

种谔："首先，我们要有信心，此次我们向西夏进攻，虽然失利了，但也有很多可圈可点的地方，譬如李宪率领的西路军，就打得很好嘛，一路打到天都山，重创了西夏的精锐之师，烧掉了李元昊的皇宫。我们鄜延军也屡战屡胜，攻克了米脂。"

宋神宗："嗯，不错。如果路路人马像你们这样，朕无忧矣。"

种谔："如今，我们不宜纵深作战，怕粮草供应不上，打下来守不住。我们最好是在夏州以西修筑多个城堡，采取稳扎稳打、步步为营的办法，逐步收复西夏。"

宋神宗（笑）："好！种将军提出的战略构想是切实可行的。就看我们下一步如何实施。李舜举——"

李舜举："奴才在。"

宋神宗："徐禧——"

徐禧："臣在。"

宋神宗："你游历甚广，博览群书，对此有何见解？"

徐禧："臣赞成种将军的战略构想，至于具体实施方案，臣等考察山川地貌后方可禀报皇上。"

宋神宗："卿所言极是。沈括——"

沈括："臣在。"

宋神宗："你们三人跟种将军一起去横山、无定河一带，谋划修筑城堡之事。"

四人下跪磕头："谢皇上信任！臣等将竭尽全力以报陛下！"

17

半山园，客厅。

王安石和吕嘉问、王安国、杨德逢在喝茶。

吕嘉问：“情况就是这样，皇上不甘心上次的失利，准备再战西夏。”

王安石：“种谔的战略构想是好的，就看怎么布局城堡。沈括知识广博，懂战法，善修造，是个人才。徐禧兵书读过不少，游历也蛮广的，只是没有经过实战的考验，要是他能像当年的王韶那样就好。”

吕嘉问：“听说王韶背上长痈，身体非常虚弱。”

王安石：“王韶官职一贬再贬，长期郁郁寡欢，不病才怪呢。我写封信给他，叫他好好养病，保重身体。”

18

鄂州，王韶官邸，卧室。

王韶伏在病榻上，咬紧牙关，形容消瘦，背上贴着膏药。王韶的夫人、儿子在旁边服侍。

王韶的儿子：“父亲，痛，你就喊出声来，这样会好受些。”

王韶摇摇头。

王韶的儿子：“王荆公给你来信了。”

王韶：“哦，讲啥？”

王韶夫人：“他劝你看淡一切，保重身体。”

王韶（点头）：“嗯。不看淡也得看淡，我还能有啥作为了？”

19

徐禧、种谔、沈括、李舜举四人骑着马在无定河岸边走，他们时而张望，时而交谈着什么。

镜头逐渐拉远，沟壑纵横的黄土高原。

无定河边，大庙梁山下，徐禧一行停了下来。

徐禧上前问放羊的老人："老人家，这座山叫什么山？"

放羊老人："叫大庙梁山。"

沈括展开地图，迅速查找起来。

沈括："看，就在这里。"

徐禧："走，我们爬上去看看。"

大庙梁山顶大而平，四人往下看，山路陡峭，东边是无定河，南边有马湖峪河。山上植物稀少，没有水源。

沈括展开地图。

种谔："此地离银州老城25里。"

徐禧："此山适合修城堡，它三面悬崖峭壁，东临无定河，易守难攻。"

李舜举："从地理位置看是蛮重要，它与葭芦寨遥相呼应，进可攻，退可守。"

种谔："可惜山上没水源，这是它致命的弱点。"

徐禧："困难是可以克服的嘛。"

沈括："打起仗来，如果敌人将山围住，切断我向无定河取水之路，那怎么办？"

徐禧："我们的人马是吃素的吗？我们居高临下，还怕打不赢？这叫置之死地而后生。"

种谔："徐大人，千万不能这里修城堡。我们驻守于此，西夏人必来围攻，我们人畜缺水，难以坚守。”

徐禧：“不要把西夏人看得那么可怕，李宪战胜过他们，你也打败过他们，独我徐禧不行吗？”

种谔：“徐大人，我不是这个意思。”

20

汴京，皇宫，紫宸殿。

宋神宗坐在御案前，两旁坐着吴充、王珪、冯京。

宋神宗：“昨天接到徐禧奏报，说他和种谔就筑城问题吵得不可开交。徐禧力主在无定河西边的大庙梁山上筑城，而种谔极力反对。诸位，你们谈谈自己的看法。”

王珪：“陛下，臣未曾到过米脂，对那里的山川地貌不熟悉，故难言谁是谁非。”

吴充：“城是死的，人是活的，关键是如何指挥。”

冯京：“一山不能藏二虎，种谔和徐禧都很自信，谁也说服不了谁，干脆把他们调开。”

宋神宗：“也好。那就叫种谔去守延州，沈括在米脂，如果战事有急，也可互相照应。”

冯京：“诺！”

21

大庙梁山坡上，成千上万的挑夫用土筐挑土上山。

山顶上，民工在用夹板筑墙，他们把挑上来的土，倒进板筐里，撒上石灰，洒适量的水，然后用锹来搅和，用大木头来夯实。

徐禧、沈括、李舜举在巡视。

“一、二、三，嘿哟！”

“一、二、三，嘿哟！”

吆喝声此起彼伏。

22

西夏王宫，夏惠宗坐在御案前，两边站着文武大臣。

夏惠宗：“听说宋军在大庙梁山上火速修筑城堡，起名‘永乐城’，他们有何企图？”

叶悖麻：“皇上，宋军的目的就是想盘踞在此，与葭芦寨遥相呼应，伺机对我进行攻击，逐步蚕食我大夏国领土，如不趁早动手，虎口拔牙，我大夏国危矣！”

夏惠宗：“你的推断很正确。请问诸位有何良策破敌？”

咩讹埋：“目前，宋军的兵力较分散，驻守大庙梁山的不过几万人。山上缺水，臣有一计，可破宋军。”

夏惠宗：“好的，你说来听听。”

咩讹埋（吞吞吐吐）：“这个……”

夏惠宗（眼珠骨碌一转）：“请大家退下。”

众文武大臣退出朝堂。

夏惠宗见身边只有贴身的内侍，于是对咩讹埋说：“卿但讲无妨。”

咩讹埋走上前，附在夏惠宗耳旁说：“皇上，我们可以这样……”夏惠宗点点头。

第二十集　政息人亡

1

大庙梁山顶，一座城堡巍然矗立。

城墙上旌旗飘扬，有的绣着“徐”字，有的绣着“宋”字。

徐禧、沈括、李舜举、高永能、曲珍、李稷等站在城墙上向四周眺望，徐禧一副踌躇满志的样子。

城堡内外，士兵在操练，秩序井然，威武庄严。

徐禧：“哈哈，我们的民工真厉害，十四天就修好了一座城堡。皇上看了奏报后很满意，赐寨名曰‘永乐城’。”

曲珍：“徐大人，城堡是修起来了，但末将心里还是不踏实——山上没水。”

徐禧：“无定河里有的是水。”

高永能：“生死对决时，敌人会轻易让我们下山取水吗？”

徐禧：“打井，我们在山上自找水源。”

李舜举：“徐大人，士兵打了几口几丈深的井，都没有泉水。”

沈括一怔：“什么？挖了几丈深都没水？”

李舜举点点头。

沈括：“那这地方绝对不好防守！劳民伤财。”

徐禧：“你跟种谔一个样，只看到对我军不利的一面，看不到有利的地方。你去守好米脂城就是了，其他事你别管！”

沈括：“卑职遵命！”

曲珍和高永能叹了口气，无奈地摇了摇头。

2

西夏军大营，外面篝火熊熊。

西夏将领正在帐内召开军事会议。

咩讹埋：“仁多零丁！”

仁多零丁：“卑职在！”

咩讹埋：“你的任务是在南边阻击绥德方向来的增援之敌。”

仁多零丁：“嘚！”

咩讹埋：“叶悖麻！”

叶悖麻：“卑职在！”

咩讹埋：“你的任务是在东边阻击米脂方向来的增援之敌！”

叶悖麻：“嘚！”

咩讹埋：“其他各路大军星夜行军，迅速包围永乐城，一定要消灭城堡里的宋军。”

3

汴京，御街。宋神宗的御驾从南郊回来，护卫他的禁军队伍浩浩荡荡向宣德门走去。

宋神宗坐在黄绫金顶轿舆里，像在思考着什么，时而向外张望。突然，他发现在御廊两边，人们三五成群在议论什么，神色紧张。

宋神宗："来人。"

一内侍："陛下，奴才在。"

宋神宗："过去御廊里了解一下，人们在议论什么。"

一会儿，内侍回来。

内侍："回万岁爷，刚才听人说，永乐城被西夏人攻陷了。"

宋神宗："啊？！"

他目瞪口呆，脸色发青，浑身发抖，然后瘫倒在轿里。

内侍："陛下，这只是道听途说的消息，未必是真的，请陛下宽心。"

宋神宗："可能吗？人们为什么要传假消息？"

4

福宁殿前，四个内侍抬着宋神宗进殿。

宋神宗斜躺在卧榻上，高太后、向皇后、王珪、冯京和两个内侍站在一旁，御医沈安士为之诊脉。

沈安士："皇上乃气郁痰火，蒙迷心神。"

向皇后（泪眼婆娑）："眼下如何是好？"

沈安士："我煎些安神静心、散火舒气的药汤给皇上喝。"

宋神宗（迷迷糊糊地）："徐禧——李舜举——战报——徐禧——李舜举——战报……"

高太后（伤心地）："皇儿，兴许那是假消息，你别这样……"

5

福宁殿。

宋神宗斜躺在卧榻上，向皇后坐在旁边，侍女给宋神宗喂药汤，沈安士站在旁边端详着皇上。

喂完药汤，宋神宗仍然喃喃不断地叨念：“徐禧——李舜举——战报——徐禧——李舜举——战报……”

6

第二天，福宁殿。王珪、冯京、吴充、章惇等人站在御榻前。

曲珍带着哭腔走了进来：“皇上，末将送战报来了。”

稍微清醒的宋神宗挣扎着想坐起来。

向皇后：“皇上，你身体还虚弱，就别看了。”

宋神宗：“不，朕要看，就是阎王爷要朕的命也要看。”

他挣扎着站起来，向皇后和一个内侍扶着他，所有大臣早已跪在地上。

曲珍（跪着，一把眼泪一把鼻涕）：“末将死里逃生，本无脸见你，但为了让你了解战争的真相，末将写了战报呈送，望能吸取前车之鉴！”

宋神宗坐在御案前：“给朕看。”

曲珍双手发抖地呈给内侍，内侍呈给宋神宗。

宋神宗全神贯注地阅读战报。

战报的文字转化成战争的场面：

永乐城城墙上，徐禧、高永能、曲珍、李舜举等向无定河方向望去，只见西夏军士兵纷纷渡河，向永乐城方向前进。

曲珍：“徐大人，我军可趁敌渡河、队形混乱，主动攻击敌人。”

徐禧：“你知道什么，王师不鼓不成列，这样去打人家有失大国风范。”

镜头回到现在。

曲珍：“就这样，我们失去了向敌人进攻的最佳时机。等到敌军大部队压过来时，我们在城外列好阵的部队，抵挡不住敌人的进攻。于是，无定河的水源被切断了，士兵渴死者过半。二十日夜，天降大雨，城墙有的地方崩溃，敌人趁势猛攻，永乐城不幸陷落。”

镜头回到战场：

电闪雷鸣，大雨倾盆，渴得奄奄一息的宋军仰头托雨，山呼万岁。东南角城墙被雨水冲溃。徐禧忙叫人填土，但是，雨水太大，于事无补。

西夏士兵蜂拥上来，孱弱的宋军抵挡不住，曲珍带着一队人马杀出重围，往东南方向夺路而逃。

永乐城内两军混战，战马嘶鸣。

高永能在马背上被箭射中，翻身落马；徐禧被西夏一士兵一枪捅中胸口，鲜血喷涌；李舜举被一西夏将领砍中颈项，人头落地。永乐城外，无定河边，杀声震天，无定河水被染红了……

镜头回到现在。

宋神宗伏在御案上大哭：“我对不起列祖列宗！对不起天下苍

生！我有罪……我用错人……”

7

江宁，半山园客厅。

吕嘉问、王安石、王安国、蔡卞坐在一起。

蔡卞：“情况就是这样。皇上每每黯然神伤，龙体大不如前。”

王安国：“想不到徐禧如此平庸无能。此仗换了任何一个将领指挥，也不至于输得这么惨。”

王安石：“事情到了这步田地，说什么都无济于事了。眼下只求皇上龙体安康，天下太平。”

蔡卞：“岳父大人，皇上听说你贵体欠安，特意派我来探望。”

王安石：“谢皇上隆恩！哎，老夫如今身似朽木，不能帮陛下排忧解难……”说着，他流下两行浑浊的老泪。

8

黄州，苏轼住处。

苏轼：“真是奇耻大辱。如果用王韶，我看西北都统一了！”

巢谷：“听说王韶被永乐兵败的消息气得口吐鲜血，已经归天了。”

苏轼：“可惜呀可惜。千里马不用用驽马，大宋怎么能真正强大起来？”

这时，苏辙从门外进来：“哥哥，邮差送来朝廷文书。”

苏轼："哦，拿来。"

苏辙双手递给哥哥。

苏轼（展开文书看）："哦，圣上要调我到汝州。"

苏辙："好哇。"

苏轼："好什么，还不是团练副使。"

苏辙："汝州地理位置重要，离京城近，强于黄州这偏远荒蛮之地，我看这是圣上想重用你的先兆。"

苏轼："但愿如此吧——到汝州上任，要经过江宁，我想顺便去拜访王荆公，听说他大病了一场。"

巢谷："子瞻和王荆公都是当世奇才，惺惺惜惺惺。"

苏辙："哥，你见了荆公，请代我向他老人家问好。"

苏轼："好的，我要修封书先告知荆公。"说着，坐在案前挥起笔来。

9

半山园，堂屋一角，王安石在弹奏古筝曲《出水莲》。清丽、典雅的旋律萦绕着半山园。

家童手拿一封书信站在门口等候。

曲子弹完了，家童走进去："老爷，收到信。"

王安石接过信封，撕开一看，喜出望外："好家伙，苏子瞻要来看望我，稀客稀客！看来今天这曲子我没白弹。"

这时，吴琼从耳房里出来："你呀，越老越像个孩子，一听说有客人来便高兴得不得了。"

10

烟波浩渺的长江，载着苏轼一家老小的小船顺流而下。

苏轼身着官服，站立船头，举目四望。

近处赤壁耸立，远方青山逶迤，江天无际；疾驶的风帆，滔天的浪花，舒卷的白云，引发他无限的遐想……

苏轼（画外音）：“大江东去，浪淘尽，千古风流人物。故垒西边，人道是，三国周郎赤壁。乱石穿空，惊涛拍岸，卷起千堆雪。江山如画，一时多少豪杰！”

江宁码头，王安石身着文人服，拄着拐杖。管蠡牵着毛驴，站着等候苏轼的到来，旁边还有一辆受雇的马车。

苏轼在船上眺望。

王安石的形象由朦胧到清晰，他看见一条小船向码头缓缓划来。

苏轼（站在船头，双手贴在嘴边，做喇叭状）：“王荆公——”

王安石：“子瞻——”

船靠码头，苏轼一步跨上岸来，向王安石作揖：“荆公，久违了。想煞我了。”

王安石作揖：“子瞻，老夫也想你呀，你受苦了！”

苏轼：“苏轼与荆公政见不同，危难之时荆公却冒开罪于皇上的风险，出手相救，苏轼没齿难忘。”

王安石：“哎，哪里话，我们大宋本来就开放包容，怎么能以诗定罪，以言杀士呢？如果杀了你，我们就读不到《赤壁赋》和《念奴娇·赤壁怀古》了。”说完大笑。

苏轼（跟着笑）：“承蒙荆公错爱。”

王安石：“这回来了，你可要手书一幅《念奴娇》给老夫哟。”

苏轼：“苏轼一定从命。”

这时苏轼的夫人王闰之、侍妾王朝云及其子女和巢谷也登上岸来。苏轼指着他们一一介绍。

王闰之：“王荆公年事已高，还亲自到码头来接我们，让我们倍感不安。”

王安石：“夫人，不客气。礼节难道是为我辈设的吗？子瞻来信说要光临寒舍，我早也盼，晚也盼，快想死我了。哈哈哈！”

苏轼一家也笑起来。

巢谷作揖：“久仰荆公高德，今日得以相见，幸甚幸甚！”

王安石：“巢谷客气了！听说当年押解子瞻的小吏想半途杀害子瞻，然后污蔑他畏罪投湖，幸亏你大喝一声，才使子瞻幸免于难。真有大侠风范！”

巢谷作揖道：“荆公过奖了。”

王安石：“有朋自远方来，不亦乐乎？你看，我这一乐，都忘了叫你们上车。快上车吧，到了家里再聊。”

11

半山园，吴琼和王闰之在客厅聊天，朝云在一旁抚琴，清丽的旋律萦绕着半山园。

王安石和苏轼在书房品茗，管蠡在一旁研墨。

苏轼：“荆公，十年前，对你的咏菊诗句‘残菊飘零满地金’，我还写诗质疑过，到了黄州我才知道自已糗大了——黄州的菊花真是满地落瓣。”

王安石：“吟诗作对，难免纰漏。这也印证了你在《石钟山记》所说的：'事不目见耳闻，而臆断其有无，可乎？'"

苏轼："荆公所言极是。"

王安石："听说你在黄州这几年，书法长进不少，给我留幅墨宝吧。"

苏轼："多谢荆公厚爱！那我就恭敬不如从命了。"

苏轼走到砚台前，管鑫已铺好宣纸。

他把笔蘸饱，在宣纸上挥洒起来。

一会儿，字写毕，王安石管鑫齐声叫好。

特写镜头：苏轼手书的《念奴娇·赤壁怀古》，字形风格与其《赤壁赋》差不多。

王安石："子瞻的字朴拙厚重，端庄娟秀，独具一格，多谢馈赠！"

苏轼："献丑了，能蒙荆公惠存，苏轼倍感荣幸！"

王安石："'人生如梦'一句，颇得佛、老意蕴，好诗！好诗！"

苏轼："荆公过奖了——听说你在编撰《字说》一书。"

王安石："是的，我们祖先创造的文字，真是了不起，你看这形声字、会意字，字字合事理，理解起来，一点也不费劲。"

苏轼："可否让苏轼拜读受教？"

王安石："不敢当，还请子瞻不吝赐教。"说着进去书房拿了一本线装书递给苏轼。

苏轼（翻开书）："坡者，土之皮也，波者，水之皮也，这解释都有一定道理；可滑字呢，总不能以此推出'滑，水之骨'的意思吧？"

王安石（先是有点尴尬，转而哈哈大笑）："子瞻哪，水之骨，不是骨头的骨，而是指水的本质，水的神韵。无水哪来滑，有水方能润嘛。”

苏轼哈哈大笑：“荆公善辩。不过，苏轼钦佩你的不是这个，而是……”

王安石：“而是什么？”

苏轼：“你主持制定的免役法。”

王安石：“子瞻何故有如此转变？”

苏轼：“通过数年来的观察，我看到免役法确实便民，各行各业的人交了助役钱就可以安心生产经营，免受差役之困扰。这样一来，大宋迈向富强的步子就越走越快了。”

王安石：“子瞻，你的转变大出老夫意料。”

苏轼：“不仅我，子由、范纯仁、李常他们也以为免役法便民利国。”

王安石：“这就对了！我们制定一项新法不是凭空去臆想的，而是从世情、民情出发的。日子长了，人们终究会看到它的功效。”

这时，管蠡进来说：“老爷、苏大人，吃饭了。”

王安石：“好哩，不知不觉就到了吃饭时间了。子瞻，吃饭去吧。”

12

客厅里，王安石夫妇、王安国夫妇和苏轼一家围坐在圆桌旁吃饭。

饭桌上，有羊肉煲、糖醋鱼、鸡肉、扣肉、豆腐、凉瓜……

苏轼：“吴夫人为我们准备了那么多美味佳肴，多谢了！”

王安石：“子瞻，客气什么，来来来，倒酒。”

管蠡捧起酒壶给每个人的酒樽都斟满酒。

王安石："子瞻，我们暌违多年，重聚是种缘分，来，大家一起来，为我们的重逢干杯。"

众人一起举杯。

苏轼："荆公原是滴酒不沾的，如今却劝起酒来了……"

王安石："我也感到奇怪，今天特别想喝酒。"

巢谷："荆公，这就叫'酒逢知己千杯少'嘛。哈哈哈……"

大家都笑起来。

13

定林寺，米芾题字的"昭文斋"门口，王安石和苏轼在与年老的方丈交谈。

钟山半山腰，王安石和苏轼骑着驴边走边交谈。

玄武湖，王安石和苏轼挥着鹅毛扇，在船上侃侃而谈。

苏轼："荆公，今日饱览湖光山色，出个上联来活络活络脑筋如何？"

王安石："你是对对高手，恐怕难不倒你。"

苏轼："试试看。"

王安石："七里山塘，行到半塘三里半。"

苏轼略微思索了一下便对道："九溪蛮洞，经过中洞五溪中。"

王安石："铁瓮城西，金玉银山三宝地。"

苏轼："铜都郭北，水空陆路九华山。"

王安石："厉害，厉害。我还有一个绝对，看看你能否对得上。"

苏轼：“说出来，试试看。”

王安石：“有一年，正月和腊月两次立春，又闰八月，故我出了上联：一岁二春双八月，人间两度春秋。”

苏轼想了好久，也对不上来，尴尬地笑笑：“这真是一个绝对。”

王安石：“是啊，不知谁能对上。”

旁白：“几百年后，到了清朝才有个文人对上了：六旬花甲再周天，世上重逢甲子。”

14

幕府山的山梁上，苏轼和王安石骑着毛驴，边走边聊。

苏轼：“金陵乃六朝古都，钟灵毓秀之地，浩瀚的长江曾使多少文人墨客兴怀咏叹。”

王安石：“寄蜉蝣于天地，渺沧海之一粟。哀人生之须臾，羡长江之无穷。于我心有戚戚焉。”

苏轼：“六朝旧事如流水，但寒烟衰草凝绿。至今商女，时时犹唱，后庭遗曲。我也是过目不忘。《桂枝香》写得最好的当数荆公。”

王安石：“人生苦短，想想这世界，有多少有志士怀抱利器，却不能施展拳脚，随着滔滔江流，悻悻而去。”

苏轼：“所以才有‘门外楼头悲恨相续’的故事。如今我朝，重用贤才，又怕他们功高盖主；重用庸才，又抵御不了外侮，让蛮胡得寸进尺。我真担心大宋亡于外患。”

王安石：“是呀，就看皇上如何自省和拿捏了。”

苏轼：“听说皇上永乐兵败后，健康每况愈下，真令人担心啊！”

15

福宁殿。

形容憔悴的宋神宗斜躺在龙床上。

高太后、向皇后、皇子佣及太医、内侍站在旁边。

宋神宗对高太后说：“母后，孩儿身体一天不如一天，恐怕不能尽孝……”

高太后（眼泪在眼眶里打转）：“皇儿，不会的，你会好起来的。”

向皇后（泪眼婆娑）：“皇上还年轻，会好起来的，孩儿们还小，他们不能没有父皇。”

宋神宗对内侍说：“宣王珪、冯京进来吧。”

内侍：“诺。”

王珪和冯京走进殿来，齐齐叩头：“微臣参见陛下，愿龙体早日康复！”

宋神宗：“平身吧。今天，当着大家的面，朕宣布立延安郡王佣为太子，赐名煦。”

皇儿佣：“谢陛下！愿父皇早日康复，万寿无疆！”

宋神宗：“皇儿，起来吧，你要好好念书，听太后和母后的话。”

皇儿佣：“父皇的话，孩儿铭记于心。”

宋神宗：“还有，军国大事，暂由皇太后裁处，待朕康复时归政。王珪，你去拟旨吧。”

王珪：“臣遵旨。”

旁白：宋神宗没有康复过来，元丰八年三月，驾崩于福宁殿。

16

福宁殿门外，细雨迷蒙，春寒料峭。

宋神宗的遗像和灵柩两旁，孝幡竖立。

皇子、公主以及宗室、百官，披麻戴孝，下跪痛哭，哭声震天。庭院里是白晃晃的一片。

镜头推向跪在最前面的小皇帝赵煦，他才十岁。在他旁边有蔡确、吕公著、司马光、章惇等人。

小皇帝神色悲戚，在道士的指挥下，和大家一起向灵柩三鞠躬。

17

三月的江宁，天空飘着牛毛细雨，天色灰蒙蒙的，秦淮河畔的一座小院门口，门虚掩着。

镜头向里推进：

王安石家的客厅，北边挂着宋神宗的画像，画框披着黑纱，中间是一朵黑纱织成的花。画像下边有一张条形案几，上面陈列着香炉和烛台，前面摆着若干个花圈。

厅堂里的每一个人都神色哀戚。

王安石、王安礼、吕嘉问、吴琼、王旁夫妇依次向神宗皇帝敬香、烧纸钱、跪拜。

管蠡搀扶着站起来的王安石。

王安石难过地说：“先帝驾鹤西去了，我们不能到汴京去吊丧，只好在家里设个灵堂，寄托哀思。”

王安礼：“真没想到，先帝竟然英年早逝。”

吕嘉问：“王珪这个‘三旨宰相’不顶用，事无巨细都得先帝谋划处理。先帝实在是操劳过度，加上永乐兵败，对他刺激太大……”

王安石挣脱管蠡的手，朝门外走去。

管蠡：“老爷要去哪儿？”

王安石：“我要出去门口看看。”

管蠡：“外面下着毛毛雨。”

王安石：“不怕。”

王安石由管蠡扶着，和王安礼、吕嘉问站在门口向西北方向凝望，秦淮河、长江以及远方的群山全笼罩在苍茫的烟雨中。他浑浊的双眼噙着泪水。

镜头摇出回忆：

紫宸殿，宋神宗初次召见王安石的情景：

宋神宗连连点头：“卿之言正合朕意。这样一来，九九归一，我神州各族又回到和睦相处的大家庭来，再不会兵戎相见、兄弟相残了。”

王安石：“是呀，万民和乐，共享太平——此乃千秋伟业，这是陛下的机遇，也是陛下要面对的挑战。”

宋神宗钦佩地说：“当年汉昭烈帝得诸葛孔明，如鱼得水，如今听卿一席话，朕茅塞顿开，颇有同感。”

王安石谦虚地笑笑：“陛下谬赞了，微臣不敢当。”

元丰三年（1080），半山园。

宋神宗遣员给王安石加特进尚书左仆射、门下侍郎，封荆国公的情景：王安石跪在客厅地面上，梁惟简宣读圣旨："敕：王安石上忠君国，下惠黎民；创新法于时艰，振国威于番邦；勤谨廉明，鞠躬尽瘁，乃我大宋社稷之臣，今加特进尚书左仆射、门下侍郎，改封荆国公，可！"

王安石叩头："谢圣上隆恩，吾皇万岁万万岁！"

镜头回到现在。

王安石（画外音）："唉，先帝就这么去了——苍梧云未远，姑射露先晞。玉暗蛟龙蛰，金寒雁鹜飞。老臣他日泪，湖海想遗衣。"

吴琼出来对他说："夫君，节哀顺变吧。你也一身的病，这不，我把你要喝的药煎好了，进去喝吧。"

王安石："唉！先帝四十都不到就走了。变法的大业需要他撑腰，现在他走了，皇上才十岁，由高太后听政，变法还能坚持下去吗？"

吴琼："行了行了，你就别操那份心了，不在其位，不谋其政。"

王安石："什么'不在其位，不谋其政'，我们每个人都有责任，大宋的振兴靠变法，如果又走回老路，那就前功尽弃，中兴无望哪。"说着大声咳嗽起来。

这时，王安石弟弟安礼也出来劝哥哥："哥，保重身体——奇怪，你们在半山园住得好好的，为啥要搬来这秦淮河边租房子住呢？"

王安石："我和你嫂子都六十好几的人了，能长生不老吗？定林寺高僧说半山园那地方做寺庙好，我就趁自己头脑还清醒捐出来做庙宇，这不先帝准奏了，还赐名叫报宁寺。”

王安礼：“你捐房产出来，那还不容易。可你来这秦淮河边租房住，就多了一笔开销，你在半山园住，可不用付房租。”

王安石：“我退居江湖，朝廷还给我这么多俸禄，你侄儿在江宁府粮料院供职也有薪水，我们拿来租房住，生活也不拮据，有啥不可？房子、钱财，都是身外之物，你能带走吗？”

18

福宁殿，高太后和十岁的宋哲宗并排坐在御座上。

高太后：“宣司马光进殿。”

内侍：“宣司马光进殿！”

须眉已白的司马光走进殿来，径直到御座前叩头。

司马光：“司马光参见太皇太后，参见皇上，恭请太后圣安，愿吾皇万岁万万岁！”

高太后：“平身。”

司马光：“谢太后！谢皇上！”

高太后：“卿德高望重，十五年来，你闲居洛阳，备受冷落，却始终心系国事。你上的每一道奏章我都看过了，哀家颇有同感。这新法不废，天下难安。如今王珪已逝，蔡确靠不住，宰相一职，非你莫属。”

司马光故作谦让：“谢太皇太后！谢皇上！臣年事已高，德薄才疏，恐难胜任，还望另选贤才。”

高太后：“姜子牙遇见周文王时已年过古稀，卿今年才六十六，六六大顺，治国安邦正当时。”

司马光再次叩头：“谢太皇太后栽培！谢皇上隆恩！吾皇万岁

万万岁！”

旁白：司马光登上相位后，立即打着“以母改子”的幌子，紧锣密鼓地废除新法。这就是历史上的“元祐更化”。

19

中书省官署，司马光坐在北边中间的太师椅上，两旁是吕公著、文彦博、吴充、冯京、苏轼、范纯仁、章惇、蔡京、李常等人。

司马光：“自熙宁变法以来，上至太皇太后，下至黎民百姓，莫不对新法深恶痛绝，如今纠偏补阙的重任就落在我们肩上了。”

范纯仁：“相公，先帝在世时，新法施行有年；如今先帝尸骨未寒，幼主不谙朝政，我们就废除新法，以子改父，恐怕会给皇上落下不孝的骂名。”

司马光：“这不是什么以子改父，高太皇太后早就对新法颇为不满，如今改弦更张，是以母改子。”

章惇：“宰相大人，新法施行这么些年来，国库充盈，百姓的负担减轻了，他们安居乐业，不能以少数人的好恶来否定新法啊。”

文彦博：“章惇，你是王安石的得力干将，当然会说新法好。”

章惇：“熙宁、元丰年间，是社会最安定的时期，没有发生过民变，这一点足以证明，变法是值得肯定的，是应该继续下去的。我们应该拿事实说话，而不是意气用事。”

司马光：“谁意气用事了？今天召集大家来议事，就是想听听大家的意见。”

范纯仁："相公，以前我也曾反对青苗法。但这几年我到地方任职，发现常平仓借粮给百姓，利息比私人借的利息低多了，百姓确实拥护啊。"

司马光："够了，今天召集你们来就听这些？"

苏轼："恩公，苏轼这么些年在地方任职，看到了免役法的便民之处。新法执行有十五年了，再改反而会困扰百姓，引起社会动荡。"

司马光："好哇你个苏轼，当年受你'乌台诗案'牵连，罚了我两个月俸禄，现在你还替熙丰党人说话。"

苏轼："我不是替熙丰党人说话，我只是说了一句实事求是的话。"

蔡京（露出阴险的笑容）："苏大人，你和王安石过从甚密，久而久之，被潜移默化了吧。"

章惇："蔡京，你这两面三刀的小人！先帝在世时，你净讲新法的好处，巴结王安石。如今先帝刚走，你马上翻脸，卖主求荣，实在令士大夫不齿！"

20

旁白：章惇因为替新法辩护，被司马光排挤出朝廷。

汴河码头，苏轼送别章惇。

苏轼："子厚兄，想不到我刚从汝州回来，你又要到汝州去。"

章惇："子瞻兄，意料中的事。司马光容不得赞成变法的人，犬子就拜托仁兄管教了。"

苏轼："苏轼也不知能在朝廷待多久，只要我在京城，公子的学业绝不会荒疏。”

章惇（作揖）：“多谢子瞻兄!

苏轼（作揖回礼）：“子厚兄，别客气，路上多保重！”

章惇的船缓缓远去。

章惇向站在岸边的苏轼招手，苏轼也向章惇招手。

21

江宁，秦淮河畔，王安石的小院。

王安石在喝酒。

吴琼：“夫君，你以前很少喝酒，如今怎么频频喝酒了？”

王安石：“闷啊，如今司马光上台，对变法的官员赶尽杀绝，对新法全盘否定，又让大宋重回老路，中兴无望，还有什么比这更让人痛心的？！”

22

中书省官署，司马光坐在北边中间的太师椅上，两旁是吕公著、文彦博、吴充、冯京、蔡京。

司马光：“这么些年来，王安石的思想流毒颇深，以致废除新法阻力不小，我看要从思想上斩草除根。”

文彦博：“是的。熙丰党人的歪理邪说，体现在王安石的《三经新义》上，首相应奏请太皇太后昭告天下，销毁此书。”

吕公著：“拨乱反正非常有必要！”

蔡京：“司马公，还有王安石那本《字说》也要禁止刊印发行。”

冯京、吴充向蔡京投去鄙夷的目光。

司马光："好！那我明天就面奏太皇太后和皇上。"

他的脸上显露出复仇的快感。

镜头摇出回忆。

延和殿里司马光和王安石辩论的情景：

宋神宗点点头，对司马光充满敬意："卿对朝廷真是忠心耿耿！"

司马光作揖道："皇上过奖了，朝廷的事，也就是我们臣子的事。皮之不存，毛将焉附？"

听司马光说要减半年俸禄，其他官员面面相觑，低声议论。

这时，王安石从行列里站出来作揖说："陛下，君实兄说得有一定道理，但微臣以为减免赏赐省不了多少钱，减薪也非长久之计，这是治标不治本。"

全场顿时鸦雀无声，大家都惊呆了。

司马光的冬瓜脸一阵红一阵白。他名望很高，平时在朝堂说话，只有附和的，没有反对的，今天却杀出个程咬金，让他出洋相。

他"哼"了一声，表示不满。

迩英殿，吕惠卿嘲笑司马迁讲"萧规曹随"的情景：

宋神宗："不会吧？萧何制定的律法一直都不变吗？萧规曹随只是个成语而已，成语不等于真理吧？"

司马光："'萧规曹随'既是成语，也是真理。上古三代的帝王，夏商周的圣君，他们的主张如果一直延续到现在都是管用的，没问题的。”

宋神宗：“这……”

在座的官员有的点头有的摇头，王安石深邃的目光扫视着全场。

吕惠卿大笑：“哈哈哈……”在黧黑面孔的衬托下，一口牙齿显得格外洁白。

镜头回到现在。

司马光（画外音）：“王安石呀王安石，你当初让我难堪，我今天要叫你一败涂地！”

第二十一集　英雄长恨

1

紫宸殿，高太皇太后和宋哲宗并排坐在御座上。

梁惟简："太皇太后、皇上，司马光请求觐见。"

高太后："宣司马光进殿。"

梁惟简："宣司马光进殿！"

司马光走进殿来，径直到御座前叩头："臣司马光参见太皇太后，参见皇上。"

高太后："卿有何进言？"

司马光："太皇太后，如今朝廷废除新法，拨乱反正，深得民心。但臣以为还不够，朝廷要明文规定，太学、州学、县学不得把王安石等熙丰党人编著的《三经新义》作为教科书，更不能作为科举考试的依据，这样方可正本清源。"

高太后："准奏。"

宋哲宗表情诧异，但不敢出声。

司马光："谢太皇太后，谢皇上！"

2

秦淮河畔，王安石家。

王安石坐在堂屋里看《邸报》。

标题特写《〈三经新义〉列为禁书，各级学校从速销毁》，纸上内容转化为烈火熊熊的烧书场面。

王安石脸色铁青。

3

中书省官署，司马光正和朝臣们议事。

司马光："免役法颁行以来，弊端多多，朝廷要求各路长官，在五日内废除此法，恢复差役法。"

李常："宰相大人，免役法施行了十五年，百姓颇感便利，如今突然罢废它，恐遭天下人非议。"

司马光："李常，你当年也是反对新法的，今天何以袒护起新法来了？"

李常："这些年来，我曾外放到过地方为官，知道百姓是拥护免役法的。因为他们出了助役钱，就可以安心做自己的事，我们不能因人废事。宰相大人，变法之前，你对差役法也多有不满，如今为什么又要恢复它呢？"

苏轼："恩公，苏轼以为其他新法可废除，独免役法不可。"

司马光："何以见得？"

苏轼："恩公，唐以前，兵农合一，农民既耕田，又当差。唐以后，兵农分开，实际上是一种社会进步。可以说，王安石是继承了唐以来兵农分开的治国方略。"

司马光摇摇头。

范纯仁："宰相大人，就算这免役法要废除，也不宜太急。一个国家那么大，要求五天之内就废除新法，官民如何操作？官府收了人家的钱，怎好又派人家去当差呢？凡事总有个过程嘛。”

蔡京：“宰相大人，我们开封府可以做到。”

苏轼、范纯仁、李常对他投去鄙视的眼光。

司马光：“你们看，蔡知府能做到，你们为什么做不到？”

范纯仁：“蔡京，你这见风使舵、投机钻营的小人！当年为了讨好王安石，你极言新法如何好如何好，如今司马公登上相位了，你却成了否定新法的急先锋，无耻！”

苏轼：“在某些人眼里，没有是非黑白，只有权柄的得失。这种人的良知早给狗吃掉了！不配高居庙堂。”

蔡京怒视苏轼一眼。

苏轼正气凛然地回瞪了他一眼。

司马光：“好了好了，今儿是同意也得改，不同意也得改。本府的札子高太皇太后都首肯了，你们就休提反对意见了。”

4

皇城的甬道里，苏轼和李常、范纯仁走在一起。

苏轼：“人，一旦有了权力，就很任性，很可怕。你们看司马公，他以前说王安石一意孤行，听不进劝谏，是‘拗相公’；如今他是有过之而无不及。对于新法，无论好的还是不好的，他一概否定，听不进半点异议。”

李常：“子瞻，你还是少说两句吧，为这变法的事你可是吃尽了苦头。”

苏轼：“身为朝廷命官，就要敢讲真话，这免役法利国利民，废除它绝对是下策！他这牛脾气不改，朝政也好不到哪里去。就算要贬官，我也这么说！”

李常："子瞻啊，你真是江山易改，禀性难移呀！"

5

东明县的"常平仓"门前，刘志康和刘七、王石头挑着箩筐等候县官开仓借粮。

刘志康两鬓已夹银丝，眼角已有明显的鱼尾纹，但脸庞没有当年闹宰相府时那么瘦削，有点发福了，脸色也较红润。

刘七："刘大哥，你们家这几年的光景还不错，怎么也来借粮？"

刘志康："去年冬，我娶儿媳妇办酒席，吃掉很多粮食，今天来借两担麦子，和着番薯、芋头将就着吃，争取度过这春荒；指望今年风调雨顺，收成好，赶快把这个缺口补上。"

刘七："恭喜刘大哥！"

刘志康（开心地）："多谢了——唉，你们两位怎么也来借粮啊？"

刘七："我们家年前盖了房子，这泥水佬和木匠来吃了一个多月，粮食自然不够了。"

刘志康："哦，盖了房子，办了大事业，缺点粮也是正常的。"

刘七："是呀，我对两个儿子说，盖房子是为了给你们娶媳妇，你们要好好干，争取今年大丰收，把债还清。"

王石头缄口不言，愁眉苦脸。

刘志康问："兄弟，有什么不开心的事吗？说出来心里好受些。"

王石头："我那婆姨整天说膝盖酸痛，走路都一瘸一拐的，卖了许多麦子请郎中看，也不见效……”

刘志康：“可能是坐月子时落下的病根——唉，奇怪了，今天县官怎么还不来开仓借粮？”

话音刚落，从县衙门口走过来一个小吏，对他们说：“从今天起，常平仓不借粮了！”

刘志康（诧异地）：“为什么不借？不借这春荒我们怎么过？”

小吏：“这一朝天子一朝臣的道理你们懂吧。现在是司马光当国，他把青苗法给废了！要粮食你们就去向大户人家借啦。”

刘志康：“向大户人家借贷那利息是百分之百，有的还翻两倍、三倍，我们怎么还得起？”

小吏：“这个我们也管不了，爱莫能助了。”

刘七：“这个事我们还蒙在鼓里，官府又不告诉我们。”

小吏：“各村的里正昨天都把‘安民告示’贴出去了，你们没看？”

刘七：“我们又不识几个字，很少去看什么‘安民告示’。”

刘志康（愤愤不平地）：“什么‘安民告示’，我看是‘害民告示’！”

6

秦淮河边，王安石的家，客厅，王安石在皱着眉头看《邸报》。

他的脸有些浮肿，脸上多了好多老人斑，但目光还是那样锐利，神情还是那样沉毅。

门吱呀一声打开了，王雱回来了：“爹。”

王安石："儿啊，今天外边有什么动静？"

王旁："上元县农民到本县的常平仓借粮遭拒，他们又挑着箩筐来到我们粮料院，听说官府不借粮了，他们破口大骂，然后悻悻地走了。"

王安石："他们说了些什么？"

王旁："他们说，官府不借粮，就是要逼人去借高利贷，逼人往火坑里跳。"

王安石："可不是嘛，骂得好！青苗法低息贷粮给百姓，他们偏要废除。唉，先帝走了，他们要翻天了，大宋这样折腾下去，还能支撑多久？嗟呼！悠悠苍天，惜我生民！嗯哼！嗯哼……"说完又大声咳嗽起来。

吴琼："夫君，别动气，郎中要你静养，你就别去看《邸报》了。"

王安石："要我做聋子瞎子？那办不到！两耳不闻窗外事，那不如死了好。嗯哼！嗯哼……"

这时，管蠡端了一碗药汤来到王安石面前："老爷，药煎好了，趁热喝了吧。"

王安石："嗯哼！嗯哼！你先放茶几上。"

王旁："爹，有时间就念念佛经吧，你不是从定林寺借了佛经回来抄吗？"

王安石："国家没事的时候我可以静下心来研读佛经，嗯哼！嗯哼！眼下司马光要全盘否定新法，陷黎民于水火，我哪里静得下心来念经？嗯哼！嗯哼……"

7

字幕：山西介休。

文府田庄，门口站满了前来借粮的农民，说话声叽叽喳喳。

一个青年农民挑着一担麦子从里边出来，问："狗娃，文大人家的利息怎么计？"

狗娃："借一担还两担，借期至多一年，到期不还，利滚利。"

另一青年农民："太可怕了，从俺懂事起，就没听过借粮要给这么高利息。"

狗娃："有什么办法呢，摘野果、挖野菜吃终非长久之计。"

一农夫："唉，我就怕明年还不起利息，利滚利，最后被文大人家收了土地。"

讲到这里，群情激愤，大家七嘴八舌议论起来。

"依我看哪，这放高利贷呀，就是变相打劫。"

"为什么常平仓不借粮？为什么要废掉青苗法？"

"我看就是达官贵人们为了自家的粮食能借出去，能赚利息。"

"还让不让人活了？！我宁愿逃荒要饭也不借文家的高利贷。"

"说句难听的，我宁愿落草也不愿借高利贷！"

有三个青年农民挑着空箩筐悻悻地走了。

8

江南水乡，农家小院。

年近五十的鲁宏，头发花白，他正和孙子做弹弓。陶花和儿媳妇在堂屋里纺纱。

一个小吏拿着文书闯进小院，对鲁宏说："鲁宏县上要抽你们家一男丁去押运粮食，后天出发。"

鲁宏（站起来）："官人，不是交了助役钱吗？怎么又抓丁拉夫的？"

小吏："免役法废除了，你不知道吗？"

鲁宏："啥时候废除的？"

小吏："前几天哪！"

鲁宏："我家能不能出点钱免服役？"

小吏："不行！"

鲁宏："那粮食押运到哪里？"

小吏："江宁府粮料院。"

陶花（从屋里出来）："官人，免役法颁行十几年了，大家都习惯了，好好的为什么又要变呢？我们家男人，平时忙于农活，也没拜师习过武艺，叫他们去押运粮食，能胜任吗？十五年前，孩子他爹押运粮食到京城，遇上大风大浪翻了船，差点赔得我家破人亡。我们宁愿交点助役钱，求一家人平平安安。"

小吏："大娘，现在是司马光当权了，一切他说了算。"

9

晚饭后，鲁家堂屋，鲁宏和一家人围坐在一起商量事情。

鲁宏："衙门的差遣是推不掉的。这样吧，这次押运粮食的差役还是让我去服，我一把年纪了，经历的风浪多，好应付。"

大儿子："爹，使不得。你腰疼、腿痛，肠胃又不好，怎能负此重任？”

小儿子：“爹都一把年纪了，身体又不好，就别去了。哥，侄子还小，嫂子和侄儿都离不开你，最好还是我去。”

大儿子：“哪有哥哥不去，让弟弟去的？”

小儿子：“哥，这些年我学了武功，万一遇到强人我也能保护好这船粮食。”

大儿子：“你学了武功我也学了武功，三五个强人上来，不在话下。”

鲁宏：“儿啊，你们都别逞强。山外有山，武艺高强的几个有好下场？你们去我还真怕出事！算了算了，还是我去好，毕竟我押运过一次粮食，现在不是刮台风的季节，应该不会有大问题。”

大儿子：“爹，现在歉收的农户借不到官府的青苗粮（钱）了，偷盗都比以前多了，你得当心啊！”

鲁宏笑笑：“我会当心，不会有事的。老天爷特别眷顾我。你看，上次碰到大难我能遇上王相公这样的好人，使我们这个眼看要破碎的家得以团圆。这么些年来，我们家也算风调雨顺，日子过得比较宽裕。”

陶花：“不知道王相公怎么样了？”

鲁宏：“只晓得他罢相好多年了……唉，好人为什么做官做不长久呢？”

小儿子：“爹，别把侥幸当天命，你一把年纪了，就怕有什么意外反应不过来或者体力不支。”

鲁宏：“不会的。”

小儿子：“爹，这去江宁的水路怎么走啊？”

鲁宏：“从浏河到长江，江宁就在长江边嘛。”

小儿子：“哦，要当心哪。”

陶花：“他爹，去江宁要多久才能回来？”

鲁宏：“顺利的话，个把月可以回来。”

10

全椒县衙门口。

余庚生和两个小伙子在用扁担对打，发出噼噼啪啪的响声，吸引了几十人来看热闹。

这时，衙门吱呀一声打开了。

县尉张大人出来大喝一声：“住手！谁叫你们一大早这里打架的？”

三人霎时停了下来。

余庚生放下扁担，弯腰作揖：“张大人，打扰了，我们是闹着玩的。”

县尉板着脸孔：“闹着玩不去别处玩，想找死啊？”

另一个小伙：“我们想来县衙找点差事做。”

县尉：“现在朝廷下令罢废了免役法，以后官府押送货物、修路架桥、守仓逋盗等差事，统统分派到各家各户，官府没有雇役的钱了，你们回去吧。”

另一个小伙搔搔头笑笑：“那我们是英雄无用武之地了。”

余庚生：“我们家没几亩地，父母指望我出去当差，挣点钱贴补家计，我也习惯了到外面闯荡。”

另一小伙：“我才不想待在家干农活，我喜欢今年开封，明年洛阳，山山水水走个遍。”

11

浩瀚的长江，江面上，穿梭着南来北往的船只。

镜头拉近：

一艘货船，胡子花白的鲁宏站在甲板上，警惕地打量附近的小船。船主和两个船工在紧张地划着船。

鲁宏（走近掌舵的船主）："船家，照这个速度走，还得几天到达江宁？"

船主（四十岁上下的汉子）："如果不刮逆风两天，刮逆风要三天。"

船工："大叔，这几天算你走运了，都刮东南风，借到老天爷的力了，从太湖到这里，才走了六天。"

鲁宏笑笑："我这人，你说运气好嘛，又不好；你说不好嘛，又算好。"

船工："你这话说得有点玄，让人摸不着头脑。"

船主："就是说吉人天相，祸中有福嘛。"

鲁宏（高兴地）："对对对，你说得没错！今晚我们就到京口码头停靠一晚，我请你们喝两盅！"

12

京口望江酒楼，鲁宏和船家及两位船工在吃晚餐。

餐桌上摆放着几个菜，蒸全鱼、芦笋炒牛肉、炒四季豆、炒苋菜等。

鲁宏举起酒樽，向三位敬酒："来，三位辛苦了，我敬你们一杯。"三位异口同声："谢谢大叔！"几个人互相频繁地敬起酒来。

鲁宏："你们多喝点，我够了，晚上我还得站岗放哨，千万不能麻痹大意。"

船主："还是大叔想得周到。"

13

深夜，白茫茫的雾气笼罩着江面，京口码头静悄悄的。

微风吹动岸边的芦苇发出沙沙的响声，几只停靠在码头的船只在轻轻地摇荡。

鲁宏坐在船头，半睡半醒的样子，他的脸朝着岸边。

一艘敞篷小船飞快地划出江湾，朝鲁宏的货船驶来。

四个黑影倏地跃上鲁宏的船。

鲁宏："谁！"

话音未落，两个蒙面人上前把他击倒，用布塞住了他的口。鲁宏拼命挣扎，但无济于事，蒙面人用绳索把他五花大绑拴在桅杆上。

另外两个黑衣人也把喝得醉醺醺、已昏睡过去的船工和船主反绑起来。他们迅速将一袋袋粮食搬进敞篷小船里。

镜头特写：鲁宏晃动的头颅，绝望的眼神。

14

鲁宏家的小院，头发花白的陶花在撒着米喂小鸡，几岁大的孙子在乱石堆里抓蟋蟀，儿媳妇在堂屋里纺纱。

上次来派差役的小吏在门口大声喊："鲁宏！鲁宏！"

陶花：“他还没回来。”

小吏走了进来：“你儿子呢？”

陶花：“都下地干活去了。”

儿媳妇听到说话声，从堂屋里走了出来。

小孙子看到陌生人来了，也停止抓蟋蟀。

小吏瞟了少妇一眼，又问陶花：“你男人真没回来？”

陶花：“真的没有。”

小吏：“这就怪了，他都去一个多月了，人也不见，江宁府粮料院也没有回函。”

陶花大惊：“天哪！莫非又翻船了？”

小吏：“现在也不是飓风季节，不会吧？”

陶花：“那就再过几天看看吧，官人。”

15

一个月后，秦淮河边，王安石家的小院。

王安石在拔着花盆里的杂草。

门“笃笃”地响。

王安石：“管蠡，开门。”

管蠡：“哎！”

管蠡打开门，只见衣衫褴褛、胡子拉碴的鲁宏出现在门口，他的手里拿着一个破碗。

鲁宏：“官人，行行好吧，给点吃的。”

管蠡觉得这个人很面熟，努力回忆：“老乡，你是不是叫鲁宏？”

鲁宏：“是啊。你怎么知道？”

正在侍弄花草的王安石走过来："谁啊？鲁宏？"

鲁宏认出王安石："王相公，我是鲁宏，你怎么住这里？"

王安石："我闲居江宁多年，搬到这里住也有些时日了。"

这时，吴琼闻声出来，她满脸警惕。

鲁宏扔掉破碗，扑通一声跪下，泪流满面："相公，你的大恩大德我未报，今儿竟然又乞讨到府上，我没脸见你，我走了！"

鲁宏刚站起身，王安石就抓住他的手："鲁宏别走，你把话说清楚，何故出来讨饭？"

鲁宏："朝廷废除了免役法，我家又摊上了押送粮食的差役。农忙季节，两个儿子走不开，这么些年来，世道还算太平，我想从苏州到江宁，也不算太远，就一个人押着一船稻谷来江宁。一路上船家配合，还算顺风顺水。谁知在京口码头停靠的那一晚，竟遭人抢劫，一船谷子全被抢光……"

王安石（怜悯地）："你报官没有？"

鲁宏摇摇头："没有，我坐牢坐怕了，赔怕了。"

王安石："家里人知道吗？"

鲁宏摇摇头。

王安石夫妇眼圈红红的，王安石"嗯哼！嗯哼"地咳嗽，管蠡脸上流露出深深的同情。

吴琼："管蠡，去拿吊钱出来。"

王安石："鲁宏，进来堂屋坐吧，吃点东西。"

鲁宏（羞赧地）："王大人，谢了，小民这一身邋邋遢遢的，实在难看。"

王安石："不怕，怕什么！嗯哼！嗯哼！"

鲁宏："不客气了，小民能再次遇上相公，已是不幸中之万幸了，岂可多加打扰，况且相公年岁已高，贵体欠安。"

管蠡拿了一贯钱出来，王安石接过钱，郑重地交给鲁宏。

王安石："你不进来，我也不勉强你了。这点钱你拿去用吧，你还是要跟家人取得联系，孤身在外，终非长久之计。"

鲁宏热泪盈眶地接过钱把它放在贴身的口袋里，然后作揖："相公，我恐怕回不去了……小人欠相公的实在太多，这辈子无以为报，下辈子愿为相公做牛做马！相公，我去了，你要多保重！"

王安石："你也要多保重！"

他久久地凝视着鲁宏的背影，表情失落而又愤懑，额头上的"川"字纹显得更深了。

16

书房，王安石踱来踱去："司马光哪司马光，你造孽呀！免役法是我和先帝经过两年反复斟酌敲定的，大多数人都说好，你却蛮横地废除掉，难怪苏轼说你'司马牛'！"

王安石冲动地拿起毛笔蘸了墨汁，在案几的毛边纸上，反反复复地写："司马牛，司马牛……"

他一边咳，一边写，手不住地颤抖，写出来的字歪歪斜斜。

17

鲁宏家的小院，头发花白的陶花在用簸箕选豆种，几岁大的孙子在玩弹弓，大儿子在劈柴。

上次来派差役的小吏带着县尉来到小院门口大声喊："鲁宏！鲁宏！"

陶花："他还没回来。"

小吏和县尉闯了进来。

县尉："你家男人是怎么搞的？"

大儿子放下斧头用手背擦擦额头的汗："我还想问问你们，我爹怎么还没回来。"

陶花大惊："是不是在路上遭人抢劫了呢？"

小吏："那不好说，按差役法，丢了东西，要负责押运的人赔。"

大儿子："都不讲道理的，谁愿意在路上出事呢？"

小吏："谁知道你们家是不是监守自盗呢！"

陶花："狗官！你血口喷人！我家男人绝不会干这种伤天害理的事！"

县尉："嚯，老婆子还挺凶的啊，你没死过吧？"

陶花："我死过一次了！十五年前被你们逼得差点家破人亡，现在又想要我家赔粮食，告诉你，要钱没有，要命一条，我老婆子可以死给你们看！"

陶花因过于激动，头晕身子向后倾斜。

儿子忙上前抱住："娘！娘！"

小孙子哭喊："奶奶！奶奶……"

18

冬天的姑苏城，风雪交加。

一条小街的屋檐下，衣衫褴褛、胡子拉碴的鲁宏，坐在一张破棉絮上，冻得瑟瑟发抖，表情痛苦而无奈。

他旁边放着一个破碗和一根拐杖……

19

相府，司马光在和僚属商议政事，司马光坐主位，文彦博、吕公著、苏轼、范纯仁等坐在两旁的太师椅上。

司马光："诸位，据西北边关急报，西夏人又出动骑兵进攻我榆林、米脂、葭芦、环州等六城，大家说说看，我们该如何应对？"

范纯仁："宰相先谈谈吧。"

司马光："本相以为，我国和西夏长期不和，乃边界争端所致，每逢新主登基，他们便来进犯。如果我们放弃六城，它必感恩于我，臣服于我，宋夏之间就可以永续和平。"

苏轼："司马公，千万不能弃六城，弃城求和，如抱薪救火，薪不尽，火不灭；如此一来，国威大损，军心动摇，西北又失去屏障，国危矣！"

范纯仁："宰相，子瞻说得有道理。"

司马光："不弃城，必与之战，我方有胜算吗？"

苏轼："有！西夏骑兵讲求速战速决，我偏不与之决战，选精兵良将固守城寨，待其锐气已挫，粮草已尽，再进行反攻，岂能言无胜算？"

司马光："子瞻啊子瞻，现在哪有什么良将，连宦官都上阵带兵打仗了。幼主刚刚继位，还是以和平安定为好。"

文彦博点点头："宰相所言极是，还是以和平安定为好。"

苏轼："司马公，如果边关确实无人，苏某愿披挂上阵，戍守边城！"

司马光："你写诗词歌赋还擅长，这带兵打仗嘛，你行吗？"

旁白：公元1086年，苟且偷安的高太皇太后批准了司马光、文彦博等保守派的动议，弃六城求和。

20

秦淮河边，王安石的家。

王安石的卧室兼书房，王安石在看书。

小院门口，邮差敲门，管蠡出来接过一份《邸报》，他看看版面，马上送进王安石的书房兼卧室。

管蠡："老爷，从汴京送来的《邸报》。"

王安石抬起头来，左手接过《邸报》，立马看了起来。

镜头特写：第一版标题《我军让出六城，夏兵烧杀抢掠》，文字内容化为一个个画面：

（画面一）

米脂城楼，城头的碑石上镌刻着三个隶书大字"米脂城"，字形和风格近似《张迁碑》。

城门洞开，宋朝士兵在城门外的黄沙地上，整装待发。旌旗上绣着"种"或"宋"字。

三十多岁的种师道将军骑着战马在两个侍卫的陪同下，走出城门，来到队伍面前。

士兵们下跪："将军，我们不能走，我们走了，弟兄们的鲜血就等于白流了！"

一个军官："将军，我们不能走，我们走了，米脂、葭芦、榆林等六城的百姓就要遭殃了。"

种师道："弟兄们，我何尝想走？我的心像刀剜那么痛！六城是种家军几代人用性命和鲜血换回来的。然而，圣旨已下，你不走，朝廷不供粮草，你也守不住。"他难过流泪，"出发吧！"

士兵们扛着长矛，带着弓箭，排着整齐的队伍缓缓地向南开拔……

（画面二）

米脂城门外，人们在逃难。

男人用畜力车拉着一袋袋粮食在往南跑，妇女背着小孩在后面跟着；老人赶着羊群往黄土高坡上跑；中年汉子挑着麦子往山坳里逃……

一大队西夏骑兵截住驴车、牛车、马车，砍断拉车的绳索，牛、马、驴受惊狂奔，驾车男子与西夏兵搏斗，被西夏兵砍死在车下，妇女、孩子伏在男人尸体上大哭；挑着粮食往山坳里去的汉子被西夏兵截住，汉子撂下担子操起扁担跟西夏兵拼，寡不敌众，被西夏兵用长枪捅死……

与此同时，西夏兵长驱直入米脂城，铁蹄嗒嗒，有几处窑洞的门被撬开，里面传出妇女们的惨叫声："流氓！强盗！啊……"几处窑洞的物品被抛掷到街上，鸡飞狗跳……

镜头回到现在。

泪水从王安石的双眼涌出，他用左手拭了拭泪，突然站起来，嘭的一声拍了一下桌子，破口大骂："司马光，你倒行逆施，祸国殃民，你死有余辜！你死有余辜！"

吴琼和管蠡在堂屋里听到王安石的叫骂声，急忙跑过来，只见王安石身体歪斜倒在太师椅上。

吴琼一边大声呼喊："夫君、夫君！"一边掐王安石的人中。

管蠡："夫人，我去叫郎中。"

吴琼："好！越快越好！"

这时王安礼和侄媳也惊诧地跑进来。

21

王安石的卧室兼书房。

郎中把脉说出病因："夫人，荆公这是气急攻心，血冲脑所致。"

吴琼："上次在半山园大夫也是这么说的。"

郎中摇摇头："只可惜他的心脉越来越微弱，可能颅内已出血……"吴琼摸摸丈夫的右手，也试图摸到丈夫的跳动的脉搏。

镜头特写：吴琼泪眼婆娑、伤心绝望的神情。

王安礼和王雱夫妇满脸愁容站在王安石床前，管蠡端着药汤站在旁边。

王安石眼角含着泪（迷迷糊糊、声音微弱）："皇上……救救百姓……皇上……救救百姓……皇上……救救……百姓……"

他的头一偏，停止了呼吸。

郎中长叹一声："唉！"

吴琼泪流满面摇着王安石的胳膊急切地哭喊："夫君，快醒醒啊！夫君，你醒醒啊！您怎么就这样去了呢？呃呃……呃呃……"

王安礼流泪："哥哥，哥哥！"他走上前去，用手帕轻轻地拭着兄长眼角的泪。

王雱夫妇哭泣着床前下跪："爹……呜呜……"

管蠡下跪（悲痛地）："老爷……老爷，一路走好……"

旁白：王安石变法图强、统一华夏的理想因宋神宗的逝世而破灭，他带着满腔的遗恨离开了这个世界……

王安石的遗容叠化为一尊石雕像。

镜头拉远，伟岸的雕像旁边矗立着一棵高大的梧桐。

与此同时，主题音乐响起，男高音再唱主题歌，歌声沉郁苍凉而又慷慨激昂：

一

大厦岌岌可危，
我忧心如焚。
百姓流离失所，
我寝食难安。
金瓯有缺干戈频，
愧对汉唐祖先。
革除弊政解民困，
社稷中兴人开颜。
啊，风难测，云难量，
风云骤变莫问天。
革故鼎新无反顾，
荣辱毁誉抛一边。
千秋功罪后人评，
公道自在天地间。

二

仇寇虎视眈眈，
我辈岂能等闲！
蛮夷磨刀霍霍，
战马哪敢歇鞍！
九州不一烽烟起，
忍看生灵涂炭？

厉兵秣马任英才，
旌麾横扫青海云。
啊，冰已破，船已行，
暗流漩涡何惧险。
革故鼎新无反顾，
荣辱毁誉抛一边。
千秋功罪后人评，
公道自在天地间。

全剧终

后 记

中华民族的历史天空中，有许多政治明星，王安石就是其中璀璨夺目的一颗。他是北宋一位伟大的爱国者、伟大的改革家。然而，在他辞世后的近千年里，封建朝廷主导的对他的历史评价是不公正的。在南渡史官的笔下，王安石成了北宋覆亡的替罪羊，元代成书的《宋史》也因袭了这一说法。直到晚清才有人为他拭去历史的尘垢，真是可悲可叹！

王安石还是一位杰出的散文家和诗人。我对荆公的了解是从接触他的诗文开始的，后来又从对他文学作品的研读逐步扩展到对他哲学思想、治国理念、变法成就的研究。知之愈详，爱之愈深。我深为王安石忧国忧民的情怀所感动，无比敬佩他那革故鼎新、富国强兵、要一统华夏的胆识和气魄，于是下决心写一部真实反映熙宁变法的电视剧，还王荆公一个公道。

本人自知才疏学浅，非好好蓄积自己的学养、掌握大量史料不能担此重任。我从1985年开始搜集资料，足迹遍及江西、浙江、江苏、河南、陕西、宁夏、甘肃、青海等地，所到之处的地方史志、民间传说，只要与熙宁变法有关、与剧中人物有关的我都把它收入囊中；我如饥似渴地阅读了大量史学的、哲学的、文学的、美学的名著，从而提高自己的思想水平和文艺修养；我到过草原、大漠、黄土高坡察看山川地貌，想象变法后的宋军饮马夏河，收复甘肃、青海的情景……

当千年前的王安石和他同时代的一群历史人物在我心中孕育得呼之欲出时，我才打开电脑，敲起了键盘。此时已是2015年的暑假了。我战战兢兢，如履薄冰，每写完一集，都要反复诵读，看看人物的表情、动作、台词是否符合人物性格的逻辑；剧情的发展有没有亮点，有没有悬念；它和前后部分的衔接是否自然。

我用了四年半的业余时间，几易其稿，终于把电视文学剧本《王安石演义》完成了。北斗老师和“深圳青年戏剧坊”的张雅笛老师看了剧本后，认为写得不错，给了我很多鼓励。2020年3月，“深圳青年戏剧坊”邀集北京、上海、武汉、深圳等地的部分艺术院校师生视频围读了剧本，大家认为剧中的人物写得很鲜活。同年11月，承蒙深圳市文联和深圳市客家文化节组委会厚爱，剧本的部分内容在“传统文化进校园”的活动中展演。

自己的劳动成果，得到了社会的认可，使我感到欣慰。衷心感谢所有支持、帮助过我的单位和朋友。由于自己水平有限，剧本或许存在这样那样的纰漏，还请读者诸君不吝赐教。

作者

2024年3月于东莞